राष्ट्रीय चेतना
की
अभिव्यक्ति

राष्ट्रीय चेतना की अभिव्यक्ति

प्रो. (डॉ.) राजेंद्र प्रसाद गुप्ता

प्रभात प्रकाशन

प्रकाशक

प्रभात प्रकाशन प्रा. लि.

4/19 आसफ अली रोड, नई दिल्ली–110002

फोन : 011–23289777 • हेल्पलाइन नं. : 7827007777

इ–मेल : prabhatbooks@gmail.com ❖ वेब ठिकाना : www.prabhatbooks.com

संस्करण

प्रथम, 2025

पेपरबैक मूल्य

तीन सौ पचास रुपए

मुद्रक

आर–टेक ऑफसेट प्रिंटर्स, दिल्ली

★

RASHTRIYA CHETNA KI ABHIVYAKTI

by Prof. (Dr.) Rajendra Prasad Gupta

Published by **PRABHAT PRAKASHAN PVT. LTD.**

4/19 Asaf Ali Road, New Delhi-110002

ISBN 978-93-5562-082-8

₹ 350.00 (PB)

भूमिका

राष्ट्रीय चेतना का तात्पर्य है राष्ट्रप्रेम की अनुभूति, देशभक्ति का बोध, राष्ट्र के प्रति जागरूकता, समर्पण, राष्ट्रीय स्वाभिमान का जागरण इत्यादि। यह राष्ट्रीयता, भारतीयता और भारत-बोध का भी पर्याय है। राष्ट्रीय चेतना एक ऐसी अनुभूति है, जिससे अनुप्राणित होकर लोग अपने राष्ट्र की संस्कृति, सभ्यता, जीवन-मूल्य, विरासत, दर्शन, चिंतन, प्रतीकों इत्यादि के प्रति गौरवान्वित होते हैं। इससे राष्ट्र के प्रति जागरूकता और समर्पण का संस्कार उत्पन्न होता है। राष्ट्रीय चेतना-संपन्न लोगों में अपनी अस्मिता और विरासत के प्रति गर्व की भावना होती है। इससे उसमें राष्ट्रीय पहचान के प्रति स्वाभिमान जाग्रत् होता है। ऐसी मनोदशा में ही 'तन समर्पित, मन समर्पित और यह जीवन समर्पित' की भावना उत्पन्न होती है। राष्ट्रीय चेतना का भाव-जागरण वस्तुतः राष्ट्रीय एकता और अखंडता की निर्मिति का आधार-स्तंभ भी बनाता है।

आज राष्ट्र के समक्ष अनेक चुनौतियाँ हैं। डेमोग्राफी में तेजी के साथ हो रहे परिवर्तन के कारण राष्ट्रीय एकता और अखंडता पर प्रश्न-चिह्न खड़ा होता जा रहा है। देश के विभिन्न हिस्सों में राष्ट्र-विरोधी अलगाववादी शक्तियाँ सिर उठा रही हैं। समाज के सभी वर्गों के लिए जनसंख्या-नियंत्रण आवश्यक प्रतीत हो रहा है। 'बँटोगे तो कटोगे' यह कोई राजनीतिक नारा मात्र नहीं है, अपितु सच्चाई है। हम यदि अखंड भारत का चित्र अपने मन-मस्तिष्क में लाएँ और स्मरण करें तो इस कथित नारे की सत्यता दिखाई देती है। अखंड भारत में अफगानिस्तान, पाकिस्तान, बांग्लादेश, नेपाल, बर्मा, तिब्बत, श्रीलंका इत्यादि आते थे, जिनमें से अधिकतर जनसंख्या असंतुलन के कारण स्वतंत्र देश बन गए हैं।

महर्षि अरविंद अखंड भारत के पुजारी थे। इतिहास हमें बताता है कि भारत तभी तक धर्मनिरपेक्ष है, जबतक भारत में हिंदू बहुसंख्यक हैं। इसलिए डेमोग्राफी

में बदलाव को रोकना समय की माँग है। इस संदर्भ में महाकवि आरसी प्रसाद सिंह की एक रचना मुझे याद आ रही है, जो इस प्रकार है—

“हिंदू घटा बँटा भारत, यह तथ्य किसे है ज्ञात नहीं?
फिर भी जो चुपचाप भ्रांति को पाल रहे अनजान बने।
क्या कहिए उनको, बेचारे हैं परिवार नियोजन में।
'दिन-दूने रात चौगुने है' रक्तबीज संतान जने।”

प्रस्तुत पुस्तक 'राष्ट्रीय चेतना की अभिव्यक्ति' में समसामयिक राष्ट्रीय-अंतरराष्ट्रीय विमर्शों को राष्ट्रीय चेतना की दृष्टि से ही देखने का प्रयास किया गया है। राष्ट्रीय चेतना से ओत-प्रोत होकर ही मैंने राष्ट्रीय-अंतरराष्ट्रीय संदर्भों को तार्किकता की कसौटी पर कसा है। राजनीति की आपाधापी और भाग-दौड़ के बीच भी मैंने समय निकालकर समसामयिक विमर्शों पर लेखन जारी रखा, जिसे राष्ट्रीय स्तर की पत्र-पत्रिकाओं ने सम्मानपूर्वक सराहा और महत्त्वपूर्ण स्थान देकर ऐतिहासिकता प्रदान करने की उदारता दिखाई है। समसामयिक संदर्भों पर मेरे आलेखों को समाज के सभी वर्गों ने स्वीकृति प्रदान की। इस बीच मेरे अनेक मित्रों और शुभचिंतकों ने इसे पुस्तक-रूप देकर स्थायित्व प्रदान करने का सानुनय अनुरोध किया। उसी की फलश्रुति है यह पुस्तक।

भूमिका के रूप में इन्हीं चंद शब्दों के साथ मैं पुस्तक के अध्ययन-अनुशीलन का सात्त्विक आग्रह करता हूँ। मैं आशा करता हूँ कि आप जैसे गुणी पाठक इसे सहृदयता के साथ पढ़ेंगे और इसका मूल्यांकन समग्रता के साथ करेंगे। आप जैसे सहज, सरल और सहृदय पाठकों के सार्थक सुझाव की मुझे सदा प्रतीक्षा रहेगी।

उत्पन्ना एकादशी, कृष्णपक्ष
मार्गशीर्ष (अगहन) विक्रम संवत् 2081
संविधान दिवस
26 नवंबर, 2024

—प्रो. (डॉ.) राजेंद्र प्रसाद गुप्ता
अवकाश प्राप्त प्रोफेसर एवं संकायाध्यक्ष
पाटलिपुत्र विश्वविद्यालय, पटना,
उपनेता, सत्तारूढ़ दल, बिहार विधान-परिषद्, पटना

अनुक्रम

वैचारिकी

सामाजिकी

समसामयिक विमर्श

परिवारवाद और भ्रष्टाचार का पर्याय है विपक्षी खेमा

बलिदानों और संघर्षों के पश्चात् सन् 1947 में अंग्रेजों की गुलामी से भारत आजाद हुआ। भारत के हर कोने में लोग स्वतंत्रता के उत्साह में सराबोर थे। नीति-निर्धारकों ने 2 वर्ष, 11 माह और 18 दिन तक कई दौर की बैठकों के उपरांत भारत गणराज्य में लोकतांत्रिक व्यवस्था को स्थापित करने हेतु संविधान लिखा। सबकी अपेक्षा थी कि भारत का शासक जो भी होगा, वह भ्रष्टाचार और परिवारवाद से मुक्त होकर लोकतांत्रिक मूल्यों को ध्यान में रखकर सर्वसमाज के हित में न्याय करते हुए राष्ट्र को प्रगति के पथ पर ले जाएगा, लेकिन दुर्भाग्यवश कुछ राजनेताओं की नीति और नीयत में खोट तथा भ्रष्टाचार की वजह से ऐसा नहीं हो पाया।

सन् 2014 से पूर्व तक शायद ही कोई दिन रहा होगा, जब समाचार-पत्रों में राजनैतिक भ्रष्टाचार से जुड़ी खबर नहीं छपी होगी, लेकिन सन् 2014 के बाद से केंद्र की मोदी सरकार के नौ वर्षों के कार्यकाल में किसी भी मंत्री या विभाग के अधिकारी पर भ्रष्टाचार का कोई आरोप नहीं लगा है। विपक्षी नेताओं ने समय-समय पर आरोप मढ़ने के प्रयास जरूर किए, लेकिन उन्हें कोई सफलता नहीं मिली। जबकि न्यायालय में कांग्रेस के कई नेताओं पर आरोप सिद्ध हुए हैं और सजा भी मिली है। बावजूद इसके कांग्रेस के नेता अपनी गलती को स्वीकार करने और सुधारने की बजाय उसे बढ़ावा देते रहे हैं। इस प्रकार जो सिलसिला सन् 1947 में शुरू हुआ था, उसी विरासत को

आज के भी कांग्रेसी आगे बढ़ा रहे हैं।

भारतीय स्वतंत्रता के उपरांत 75 वर्षों के कालखंड में पाँच दशकों तक कांग्रेस पार्टी या कह लीजिए नेहरू परिवार के चंद लोगों के हाथ में ही सत्ता की बागडोर रही है। इस दौरान सरकार के संरक्षण में जो कुछ भी हुआ, उससे भारत विकास के मानकों पर पिछड़ता ही गया। इसका असर आज भी देखने को मिलता है। कांग्रेस ने कई समस्याओं को पेचीदा बनाकर ऐसा उलझाया कि आज तक वह भारत के लिए सिरदर्द बना हुआ है। इसकी मुख्य वजह राजनीति में भ्रष्टाचार, परिवारवाद और तुष्टीकरण के मिश्रण से उत्पन्न पदलोलुप तानाशाही शासन प्रणाली रही है।

कांग्रेस सत्ता में रही हो या विपक्ष में; उसके व्यवहार, कार्यक्रम तथा विचार हमेशा देश को खंडित करने वाले रहे हैं। नेहरू से लेकर राहुल गांधी के दौर तक में कोई बदलाव नजर नहीं आता है। कांग्रेस ने अपनी शासनकाल में ऐसी परंपरा बनाई कि भ्रष्टाचार ही शिष्टाचार हो गया था। भारत के स्वतंत्रता प्राप्ति के तुरंत बाद हुए बड़े घोटाले के रूप में कलकत्ता के उद्योगपति हरिदास मूँदड़ा को जाना जाता है। प्रधानमंत्री नेहरू ने इस मामले में अपने सरकार के वित्तमंत्री कृष्णमाचारी को बचाने का पूरा प्रयास किया, लेकिन अंततः उन्हें इस्तीफा देना पड़ा था। 1973 में हुए मारुति घोटाले में तत्कालीन प्रधानमंत्री इंदिरा गांधी का नाम था। 'बोफोर्स घोटाला' 1987 में राजीव गांधी के कार्यकाल में हुआ था और अब नेशनल हेराल्ड केस में सोनिया गांधी और राहुल गांधी पर जाँच चल रही है। वहीं अगस्ता हेलीकॉप्टर घोटाले में सोनिया गांधी के राजनैतिक सचिव और कांग्रेस नेता पर आरोप था।

मामला जम्मू-कश्मीर का हो या भारत को संयुक्त राष्ट्र की सुरक्षा परिषद् में स्थायी सदस्य बनने का, दोनों अवसरों पर तत्कालीन प्रधानमंत्री नेहरू ने भारत के हित का ध्यान नहीं रखा। सन् 1962 में चीन के साथ युद्ध भी उनकी कूटनीतिक अपरिपक्वता का ही परिणाम था। बतौर प्रधानमंत्री इंदिरा गांधी न्यायपालिका और कार्यपालिका को अपनी राजनैतिक सनक से चलाना चाहती थीं। जब-जब उनका विरोध हुआ तो उन्होंने संविधान और कानून को दरकिनार कर फैसला लिया। सन् 1974 में इंदिरा गांधी सरकार में हुए

व्यापक भ्रष्टाचार का देशव्यापी विरोध हुआ था, जबकि सन् 1975 में माननीय इलाहाबाद उच्च न्यायालय ने इंदिरा गांधी को चुनाव गड़बड़ी के आरोप में दोषी पाते हुए उनकी लोकसभा की सदस्यता रद्द कर दी थी। शासन की कुव्यवस्था से श्रीमती गांधी चौतरफा घिर चुकी थीं। इसलिए बौखलाहट में उन्होंने जनता की आवाज को खामोश करने हेतु 25 जून, 1975 को आपातकाल लगाकर भारत को गर्त में धकेल दिया। इतना ही नहीं, बिना किसी पद के इंदिरा गांधी ने अपने पुत्र संजय गांधी को सरकार के सभी कामकाजों में संलिप्त रखा, इसलिए उन्हें भारतीय राजनीति में परिवारवाद की कड़ी को और मजबूती प्रदान करने वालों में गिना जाता है। प्रधानमंत्री रहते हुए राजीव गांधी ने वोट की खातिर अल्पसंख्यक समुदाय को खुश करने के लिए शाहबानो केस में माननीय न्यायालय के फैसले को पलट दिया था। सन् 2004 से 2014 तक के कांग्रेस नेतृत्व वाली मनमोहन सरकार में 2जी, कॉमनवेल्थ गेम्स, अगस्ता वेस्ट लैंड और कोल ब्लॉक आवंटन समेत दर्जनों घोटाले हुए। विश्व के सबसे बड़े खेल आयोजनों में से एक, राष्ट्रमंडल खेल का आयोजन 2010 में हुआ था। इसकी चर्चा पदक जीतने की बजाय कांग्रेस नेताओं द्वारा किए गए भ्रष्टाचार के लिए विख्यात है।

राजद, बसपा, सपा, आप जैसे क्षेत्रीय दलों की भी स्थिति कांग्रेस जैसी ही है। महात्मा गांधी, जयप्रकाश नारायण, राम मनोहर लोहिया के विचार इन पार्टियों के नेताओं के भाषणों तक ही सिमटे हुए हैं। सभी तथाकथित नवसमाजवादी नेता इन महापुरुषों को अपना आदर्श बताते हैं, लेकिन भ्रष्टाचार और सत्ता लोलुपता को केंद्र में रखकर ही ये नेता भारतीय राजनीति में सक्रिय हैं। नवसमाजवादी नेताओं ने कभी भी भ्रष्टाचार, आतंकवाद और अलगाववाद के खिलाफ बोलने का भी साहस नहीं दिखाया है। जाति आधारित भेदभाव एवं भ्रष्टाचार को खत्म करने की जो लौ लोहिया और जयप्रकाश ने जलाई थी, आज उसे बुझाने का काम वर्तमान के स्वघोषित नवसमाजवादी नेताओं ने किया है। कुरसी लोलुप नेताओं ने समाजवादी विचारधारा को एक-एक कर अपने घिनौने राजनैतिक कृत्यों से दूषित ही किया है।

सन् 2014 से पूर्व ये सभी दल एक-दूसरे का विरोध करते थे, लेकिन

सन् 2014 के बाद से भारतीय राजनीति में गुणवत्तापूर्ण सुधार के साथ विकास को केंद्र में रखकर जो विमर्श शुरू हुआ, उसका मुकाबला ये पार्टियाँ नहीं कर पाईं। इस कारण सभी विपक्षी दल भारतीय राजनीति में बने रहने के लिए न चाहते हुए भी एक-दूसरे का सहारा बनने के प्रयास में लगे हैं। तभी यह देखने को मिल रहा है कि समाजवाद के नाम पर शुरू हुए कांग्रेस और वामपंथ के साथ गठजोड़ कर रही हैं। गैर भाजपा दलों को जोड़ने के प्रयास में लगे दल और नेता या तो किसी-न-किसी भ्रष्टाचार में लिप्त हैं या फिर परिवारवादी हैं।

भारतीय जनसंघ और आज की भाजपा ने अपने स्थापनाकाल से ही मूल्यों और सिद्धांतों की राजनीति की है। पार्टी सत्ता में रही हो या विपक्ष में, भाजपा ने कभी भी कांग्रेसी, वामपंथी, उग्रवादी एवं अलगाववादी शक्तियों से किसी प्रकार का समझौता नहीं किया। सन् 1951 में जनसंघ द्वारा अपने पहले घोषणा-पत्र में भारत को शक्तिशाली, सुसंगठित तथा सामाजिक व आर्थिक जनतंत्र बनाने की बात कही गई थी और आज भी भाजपा इन विषयों को केंद्र में रखकर कार्य कर रही है।

डॉ. श्यामा प्रसाद मुखर्जी की राष्ट्रीय एकता एवं अखंडता के प्रति दृढ़ता तथा पं. दीनदयाल द्वारा प्रतिपादित एकात्म मानववाद को आधार मानकर भारत को पुनः विश्वगुरु के रूप में स्थापित करने हेतु प्रधानमंत्री नरेंद्र मोदी की नेतृत्व वाली सरकार प्रतिबद्ध है। इसका परिणाम सरकार की कार्ययोजना, नीतियों और फैसलों से आम जन जीवन में आए परिवर्तन में झलकता है। एक विधान, एक प्रधान और एक निशान के संकल्प के साथ काश्मीर से धारा 370 हटाने से लेकर सर्जिकल स्ट्राइक, विदेशी कूटनीति और अपनी जनकल्याणकाणी नीतियों से यह सरकार भारत के पूर्व की गलतियों को सुधारते हुए भविष्य को सँवारने का काम कर रही है। विगत नौ वर्षों के शासनकाल में भाजपा ने भारत की राजनैतिक कार्यसंस्कृति को बदला है। परिवारवाद, जातिवाद और तुष्टीकरण जैसे रूढ़िवादी राजनैतिक पद्धति को समाप्त कर भाजपा ने विकासवाद की पद्धति को स्थापित किया है तथा सबका साथ, सबका विकास, सबका विश्वास और सबका प्रयास मंत्र को अपनाया है। स्वतंत्रता के 75 वर्षों के बाद आज देश जिस मोड़ पड़ खड़ा है, वहाँ आवश्यक है कि पुनः विकृत मानसिकता वाले राष्ट्रविरोधी

राजनैतिक ताकतों को पनपने नहीं दें। परिवारवादी एवं सामंती सोच वाले नेता जिन्होंने दशकों तक अपने और अपनों के स्वार्थ को साधने के लिए सनातन संस्कृति की उपेक्षा की हो और भारतीय लोकतंत्र को तार-तार किया हो, उसे जड़ से उखाड़ फेंकने से ही राष्ट्र सुरक्षित और अखंडित रहेगा।

(इस आलेख का संपादित अंश
29 मार्च, 2023 को 'स्वदेश' (भोपाल) में प्रकाशित हुआ।)

□

क्या मुखौटा बनकर रह जाएँगे खड़गे?

आखिरकार 19 अक्तूबर, 2022 को कांग्रेस पार्टी ने चुनाव कराकर नेहरू परिवार के मन मुताबिक 80 वर्षीय वयोवृद्ध नेता मल्लिकार्जुन खड़गे को राष्ट्रीय अध्यक्ष के रूप में चुन लिया था। 24 वर्ष बाद हुए इस चुनाव को कांग्रेस लोकतांत्रिक व्यवस्था के तहत निष्पक्ष ढंग से चुनावी प्रक्रिया से चुने गए अध्यक्ष के तौर पर पेश कर रही है। जो 'हाथी के दाँत खाने के और दिखाने के और' मुहावरे को चरितार्थ कर रहा है। ऐसा इसलिए, क्योंकि पूरे भारत की जनता को मालूम है कि जीते हुए उम्मीदवार का चुनाव से पहले ही गांधी परिवार द्वारा चयन कर अपना रुख स्पष्ट कर दिया गया था। इसके बाद बस औपचारिकताएँ पूरी की गईं।

चुनाव परिणाम से पहले तक जो भी घटनाक्रम हुआ उससे साफ झलकता है कि नेहरू परिवार को विश्वास था कि इस तथाकथित चुनाव में उनके द्वारा चयनित उम्मीदवार की जीत तय है। तभी तो नतीजे की घोषणा होने से पूर्व राहुल गांधी से प्रेस कॉन्फ्रेंस में जब सवाल किया गया कि कांग्रेस पार्टी में आपका दायित्व क्या होगा तो इसका जवाब देते हुए उन्होंने कहा कि यह मल्लिकार्जुन खड़गे ही तय करेंगे। यहाँ ध्यान देने वाली बात है कि जब यह बात राहुल गांधी ने मीडिया को कही उस समय तक चुनाव का परिणाम आया भी नहीं था। पहले अशोक गहलोत, फिर दिग्विजय सिंह और बाद में मल्लिकार्जुन खड़गे के नाम पर मुहर लगते ही यह तय हो चुका था कि नेहरू परिवार का पूरा समर्थन और संरक्षण मल्लिकार्जुन खड़गे को प्राप्त है। इसलिए उन्हें एक

आसान जीत मिली। चुनावी मैदान में आने के बाद खड़गे ने जब कहा था कि वह इसलिए चुनाव लड़ रहे हैं, क्योंकि नेहरू परिवार का कोई सदस्य नहीं लड़ रहा है। तब भी समझ आ गया था कि यह अप्रत्यक्ष रूप से नेहरू परिवार के उम्मीदवार हैं। उसी प्रकार नामांकन के दिन से लेकर प्रचार-प्रसार तक सभी वरिष्ठ कांग्रेसी खड़गे के साथ एकजुट दिखे।

स्वतंत्रता के बाद से 75 वर्षों तक कांग्रेस में मल्लिकार्जुन खड़गे से पहले तक 11 गैर-नेहरू परिवार के नेता पार्टी अध्यक्ष बने, जिनका कुल कार्यकाल मिलाकर लगभग 25 वर्षों का होगा। उनमें से कई अध्यक्ष ऐसे थे, जो नेहरू परिवार की पसंद से बने और जिन्होंने रबर स्टैंप की तरह कार्य किए। जिस अध्यक्ष ने नेहरू परिवारहित का ध्यान नहीं रखे, उसका हश्र बहुत बुरा हुआ। पूर्व के अध्यक्ष के. कामराज, सीताराम केसरी या फिर पूर्व प्रधानमंत्री पी.वी. नरसिम्हा राव आदि। इन सबके साथ नेहरू परिवार द्वारा खराब बरताव ही हुआ था। इंदिरा गांधी को प्रधानमंत्री बनाने में महत्त्वपूर्ण भूमिका निभाने वाले के. कामराज सन् 1964 में कांग्रेस के अध्यक्ष बने और उन्होंने पार्टी तथा संगठन में सुधार के लिए कई कार्य किए। बाद के दिनों में इन्होंने नेहरू परिवार के मन मुताबिक काम नहीं किया तो परिवार से रिश्ते में गाँठ पड़ गई। परिणामस्वरूप सन् 1969 में इंदिरा गांधी ने कामराज समेत अन्य वरिष्ठ नेताओं को कांग्रेस से बाहर कर दिया था।

सन् 1991 में राजीव गांधी की हत्या के उपरांत कांग्रेस चाहती थी कि सोनिया गांधी प्रधानमंत्री बने, लेकिन जब वह नहीं बन पाई तो नरसिम्हा राव को प्रधानमंत्री और कांग्रेस का अध्यक्ष बनाया गया, लेकिन नेहरू परिवार की मरजी के बिना पार्टी चलाने के कारण परिवार से रिश्ते में तल्खी बढ़ती गई। दोनों के बीच दूरी इतनी बढ़ी कि सन् 2004 में नरसिम्हा राव के निधन के बाद उनके पार्थिव शरीर को न दिल्ली स्थित कांग्रेस मुख्यालय ले जाने दिया गया और न ही उनका अंतिम संस्कार दिल्ली में करने दिया गया। सन् 1996 में कांग्रेस अध्यक्ष पद पर चुने गए सीताराम केसरी को भी नेहरू परिवार ने बेइज्जत करके पद से जबरन हटाया था। पहली बार ऐसा हुआ कि पार्टी के राष्ट्रीय अध्यक्ष को सन् 1998 के लोकसभा चुनाव में प्रचार से दूर रखा गया।

नेहरू परिवार का विरोध करने वाला कोई भी नेता इस चुनाव में नहीं दिखा। ऐसा इसलिए, क्योंकि कोई भी अपना राजनैतिक कॅरियर दाँव पर नहीं लगाना चाहता था। कांग्रेस के इतिहास में ऐसा ही हुआ है। वी.पी. सिंह और शरद यादव ऐसे नेता थे, जो पार्टी में बदलाव चाहते थे, जिसके परिणामस्वरूप उन्हें कांग्रेस को छोड़ना पड़ा था।

137 वर्षीय कांग्रेस पार्टी के इतिहास में अब तक सन् 1939, 1950, 1977, 1997, 2000 और 2022 में कुल मिलाकर 6 बार ही राष्ट्रीय अध्यक्ष के लिए चुनाव हुआ है। भारतीय स्वतंत्रता के बाद अब तक 75 वर्षों में 50 वर्षों तक नेहरू परिवार के ही कोई सदस्य ही अध्यक्ष रहे हैं।

खड़गे 88 प्रतिशत मत पाकर जीते जरूर, लेकिन यह थरूर के लिए भी बड़ी उपलब्धि मानी जाएगी। यह इस बात का सूचक भी है कुछ लोग हैं, जो पार्टी में बदलाव चाहते हैं, तभी तो खड़गे को नेहरू परिवार के अंदरूनी समर्थन के बावजूद 12 प्रतिशत मत थरूर को पड़े। अब देखना होगा कि क्या कांग्रेस थरूर को कोई महत्त्वपूर्ण जिम्मेदारी देती है या फिर दरकिनार करती है, क्योंकि सन् 2000 में जब सोनिया गांधी के खिलाफ जितिन प्रसाद ने अध्यक्ष का चुनाव लड़ा तो उन्हें सौ वोट भी प्राप्त नहीं हुए थे और उनकी राजनैतिक यात्रा पर पूर्णविराम लग गया था। राजनैतिक गलियारों में चर्चा यह भी हो रही है कि 2024 लोकसभा चुनाव से पूर्व हिमाचल प्रदेश, गुजरात, मध्य प्रदेश, छत्तीसगढ़, राजस्थान, मेघालय, नागालैंड त्रिपुरा, कर्नाटक, तेलंगाना में विधान सभा का चुनाव होना है, लेकिन जो परिस्थिति बनती दिख रही है उसमें सभी राज्यों में कांग्रेस के हाथ में सत्ता आने का आसार दूर-दूर तक नहीं है। इतना ही नहीं छत्तीसगढ़ और राजस्थान में जहाँ अभी कांग्रेस की सरकार है वहाँ भी वह हार के कगार पर है। ऐसे में हार का दोष नेहरू परिवार पर न लगे, इसलिए खड़गे को अध्यक्ष के रूप में बलि का बकरा बनाया गया है। दल में अध्यक्ष का चुनाव लोकतांत्रिक व्यवस्था के तहत कराना नेहरू परिवार की सोची-समझी राजनीति है। राहुल गांधी की गैर राजनैतिक समझदारी एवं अपरिपक्व व्यक्तित्व का होना, सोनिया गांधी का स्वास्थ्य कारणों से सक्रियता कम होना तथा वाड्रा परिवार के कारण प्रियंका गांधी का विवादास्पद एवं भ्रष्टाचारी पहचान होने के

कारण मजबूरी में नेहरू परिवार को कांग्रेस के आधिकारिक रूप से अध्यक्ष पद से दूर रहना पड़ रहा है।

पूर्व की जनसंघ हो या वर्तमान की भाजपा इस दल में एक परंपरा रही है। अब तक जो भी अध्यक्ष बने सभी पार्टी की लोकतांत्रिक व्यवस्था के तहत ही बने। सन् 1951 से सन् 1977 और सन् 1980 से अब तक यानी 71 वर्षों में कुल 23 राष्ट्रीय अध्यक्ष बने। ये सभी देश के विभिन्न राज्यों और समुदाय से आते हैं, जो लोकतांत्रिक प्रक्रिया से चुने गए। किसी को भी परिवार की विरासत में यह पद नहीं हासिल हुआ, जैसा कि कांग्रेस में होता रहा है। राजनीति में जिस प्रकार से विगत कुछ वर्षों में बदलाव हुआ है, उससे स्पष्ट है कि भारतीय लोकतांत्रिक व्यवस्था के भीतर वामपंथी समाप्त हो जाएँगे। महत्त्वाकांक्षी एवं परिवारवादी राजनीति के कारण क्षेत्रीय पार्टियों से भी किसी सर्वमान्य नेता की राष्ट्रीय राजनीति में आने की संभावना नहीं दिखती है।

ऐसी स्थिति में कांग्रेस ने भाजपा से सबक लेकर पार्टी के भीतर लोकतांत्रिक व्यवस्था के अंतर्गत नेहरू परिवार से हटकर नेता खोजा है। यह नवनियुक्त अध्यक्ष मल्लिकार्जुन खड़गे के लिए चुनौती और अवसर भी है। खड़गे के समक्ष कांग्रेस को एकजुट करने, युवाओं एवं वरिष्ठ नेताओं के बीच सामंजस्य बैठाने, पार्टी में गुटबाजी रोकने तथा सन् 2023 में होने वाले विधानसभा चुनाव एवं 2024 के लोकसभा चुनाव में कांग्रेस के लिए जमीन तैयार करना एक बड़ी चुनौती है, लेकिन सवाल यह है कि क्या नेहरू परिवार के आदेशों की जी-हजूरी के अलावा कुछ भी फैसला कर पाने का साहस जुटा पाएँगे खड़गे? यह अभी तो असंभव मालूम पड़ता है। नेहरू परिवार की दरबारी और आलाकमान वाली संस्कृति से घिरे हुए कांग्रेस को उस मकड़जाल से बाहर ला पाना खड़गे के बस की बात नहीं है, क्योंकि वह स्वयं भी उस टीम के हिस्सा रहे हैं, इसलिए ऐसा माना जा रहा है कि कांग्रेस में सबकुछ पहले की तरह ही चलेगा। बस कांग्रेस दफ्तर में सोनिया गांधी की बजाय खड़गे का नाम होगा। खड़गे की जीत के बाद पार्टी और कार्यकर्ताओं द्वारा कांग्रेस में आंतरिक लोकतंत्र तथा निष्पक्ष चुनाव के नाम पर खूब जश्न मनाया गया, लेकिन सच्चाई यही है कि नेहरू परिवार के बिना कांग्रेस अधूरी है, तभी तो खड़गे के पोलिंग एजेंट रहे प्रमोद तिवारी

से जब पूछा गया कि गांधी परिवार की भूमिका क्या होगी तो उन्होंने यह कहने में देर नहीं की कि गांधी परिवार के बिना कांग्रेस बिना आत्मा की पार्टी होगी।

कांग्रेस पार्टी को भले ही नया अध्यक्ष मिल गया हो, लेकिन उनकी भाषा में कोई परिवर्तन देखने को नहीं मिला। प्रेस के समक्ष लिखे हुए भाषण को पढ़ते हुए नवनिर्वाचित कांग्रेस अध्यक्ष ने देश के संविधान और लोकतंत्र को खतरे में बताया। साथ ही खड़गे ने प्रधानमंत्री नरेंद्र मोदी के लिए पहले संबोधन में तानाशाह बता दिया। खड़गे शायद यह भूल गए कि जिस पार्टी का इतिहास आपातकाल लगाने का हो, जिस पर कांग्रेस के भीतर और बाहर के विरोधी नेताओं की राजनैतिक हत्याओं का आरोप हो, जिसका पूरा अस्तित्व ही खतरे में हो, वह स्वयं के गिरेबान में न झाँकते हुए दूसरे को तानाशाह बता रहे हैं और देश बचाने की बात कर रहे हैं, जो हास्यास्पद मालूम पड़ रहा है। यहाँ गौर करने वाली बात एक और है कि खड़गे भारत के प्रधानमंत्री के लिए इस प्रकार का ओछा बयान दे रहे हैं, जबकि प्रधानमंत्री मोदी ने खड़गे को कांग्रेस के अध्यक्ष बनने के लिए बधाई दी। यह देखने में मामूली बात हो सकती है, लेकिन यहाँ दोनों के बयानों से उनकी पार्टी का संस्कार और चरित्र झलकता है।

(इस आलेख का संपादित अंश
8 नवंबर, 2022 को 'स्वदेश' (भोपाल) में प्रकाशित हुआ।)

□

उद्योगपतियों का मनोबल तोड़ने का षड्यंत्र कर रही है कांग्रेस

मोदी सरकार ने 1 फरवरी को वित्तीय वर्ष 2023-24 का केंद्रीय बजट लोकसभा में पेश किया। इसे अमृत काल का ब्लू प्रिंट भी कहा गया, जो कि भारत को अगले 25 वर्षों में सशक्त एवं समावेशी अर्थव्यवस्था की ओर ले जाएगा। यह सर्वसमाज के हित में है, ऐसा इसलिए, क्योंकि इसमें समावेशी विकास, अंतिम व्यक्ति तक पहुँचना, अवसंरचना एवं निवेश, संभावनाओं को उन्मुक्त करना, हरित विकास, युवा शक्ति और वित्तीय क्षेत्र के रूप में 7 प्राथमिकताएँ समाहित हैं। इस बजट को लेकर सभी वर्गों में उत्साह था तो विपक्षी दलों में हताशा और बौखलाहट। फिर क्या था कांग्रेस, वामदल, आप समेत अन्य दलों ने उद्योगपतियों का राजनीतीकरण कर सरकार को घेरने और जनता को भ्रमित करने की कोशिश की, जो अब उन पर ही भारी पड़ रहा है।

जिस कंपनी के सर्वेक्षण को आधार मान विपक्ष आरोप मढ़ रहा है, वह पूर्व में कई विवादों को जन्म दे चुका है। आमतौर पर कुछ संस्थाएँ पूर्व में भी इस तरह की रणनीति अपनाती रही हैं, जिससे किसी कंपनी के विरुद्ध अफवाह फैलाकर उसकी विश्वसनीयता पर प्रश्नचिह्न लगाया जा सके। हिंडनबर्ग भी इस तरह के प्रकरण से टारगेट किलिंग करने में आगे है। वह पूर्व में ब्लूम एनर्जी, एस.सी. वर्क्स, जीनियस ब्रांड्स जैसी कई कंपनियों के साथ ऐसा कर चुका है। निकोला कंपनी के शेयर में तो 90 प्रतिशत गिरावट आई थी।

बिना साक्ष्य के किसी भी बात को सदन के पटल पर रखना और

किसी दूसरे देश की निजी संस्था की रिपोर्ट को बिना जाने-समझे सही मानना राजनैतिक अपरिपक्वता नहीं तो और क्या है? हाल ही में अमरीका में स्थित 2017 में स्थापित हिंडनबर्ग नामक निजी कंपनी ने एक सर्वेक्षण रिपोर्ट जारी कर अडानी ग्रुप पर मार्केट में हेराफेरी और धोखाधड़ी का आरोप लगाया है। इसके बाद से भारत की विपक्षी पार्टियाँ उसे ऐसे बता रही हैं, जैसे भारतीय अर्थव्यवस्था चरमरा गई हो। यह सर्वेक्षण रिपोर्ट कितनी सही और कितनी गलत है, उसे परखे बिना इस प्रकार का माहौल बनाना दुर्भाग्यपूर्ण है।

अब प्रश्न उठता है क्या हिंडनबर्ग द्वारा अडानी के विरुद्ध इस सर्वेक्षण रिपोर्ट के पीछे किसी का हाथ तो नहीं? वैश्विक संकट के मध्य मजबूत होती भारत की अर्थव्यवस्था से परेशान देशों का कहीं यह अंतरराष्ट्रीय षड्यंत्र तो नहीं? जिस प्रकार तेजी से भारत वैश्विक नेतृत्व वाले राष्ट्र के रूप में उभर रहा है, यह प्रश्न उठना स्वाभाविक है। उदाहरणस्वरूप हाल ही में बी.बी.सी. द्वारा गलत तथ्य के साथ मोदी पर डॉक्यूमेंट्री बनाई और अब अमेरिका के अरबपति उद्योगपति जॉर्ज सोरेस ने हिंडनबर्ग के बहाने भारत की लोकतांत्रिक व्यवस्था से चुनी गई सरकार और उसके मुखिया नरेंद्र मोदी को अलोकतांत्रिक कह दिया। दुश्मन ऐसा कर सकते हैं, इसमें कोई संदेह नहीं, लेकिन देश के राजनेता भी अपने उद्योगपति और प्रधानमंत्री पर बिना सिर-पैर कुछ भी बोलेंगे, यह अपेक्षा नहीं है। 'भारत जोड़ो यात्रा' से लौटे नेहरू परिवार के युवराज और कांग्रेस सांसद राहुल गांधी से उम्मीद थी कि वह संसद् में जनसरोकार से जुड़े मुद्दे को उठाएँगे और बजट पर तर्कपूर्ण बहस करेंगे, पर ऐसा नहीं हुआ। लगा कि विपक्ष के पास सरकार के कार्यों और नीतियों का कोई तोड़ नहीं, इसलिए विवश होकर उसने उद्योगपतियों को आधार बनाकर सदन के नेता और प्रधानमंत्री नरेंद्र मोदी पर कई बेबुनियाद आरोप लगा दिए।

सरकार और उद्योग विकास के दो ऐसे पहिए हैं, जो आपसी सहयोग से समाज का चहुँमुखी विकास करते हैं। ऐसे में इन दोनों का परस्पर सहयोग स्वाभाविक है। फिर इस पर विपक्ष द्वारा हो-हल्ला करने का क्या तुक बनता है? संसद् में राहुल गांधी, प्रधानमंत्री मोदी और गौतम अडानी की एक साथ प्लेन में बैठे हुए की तसवीर दिखाकर आरोप लगा रहे थे। क्या किसी उद्योगपति

के साथ प्रधानमंत्री का मिलना गलत है? यदि राहुल गांधी और विपक्ष के नेता ऐसा मानते हैं तो फिर क्या यह सत्य नहीं कि अडानी की ऐसी तसवीर राहुल गांधी के रिश्तेदार रॉबर्ट वाड्रा के साथ है, जब वाड्रा स्वयं 2009 में अडानी से मिलने गए थे। राजस्थान के मुख्यमंत्री अशोक गहलोत, पश्चिम बंगाल की मुख्यमंत्री ममता बनर्जी स्वयं अडानी ग्रुप के साथ अपने राज्य में निवेश करने की बात कह चुके हैं। अडानी के साथ शरद पवार, शशि थरूर, मधुसूदन मिस्त्री, हेमंत सोरेन समेत कई दलों के नेता मिलते रहे हैं, फिर ऐसे में उद्योगपति और मोदी को बदनाम कर जनता को गुमराह क्यों किया जा रहा है? कहीं यह 2024 लोकसभा आम चुनाव हारने के डर से भारत के विकास में अवरोध उत्पन्न करने के विपक्षी षड्यंत्र का हिस्सा तो नहीं? उद्योगपतियों और कॉरपोरेट घराने के संबंध में 29 जुलाई, 2019 को लखनऊ में एक कार्यक्रम को संबोधित करते हुए प्रधानमंत्री मोदी ने स्पष्ट कहा था कि "वह उन लोगों की तरह नहीं हैं, जो उद्योगपतियों और प्रभावशाली कारोबारियों के साथ सार्वजनिक रूप से खड़े होने से घबराते हैं और ऐसा इसलिए है, क्योंकि उनकी नीयत साफ है। उद्योगपति भी राष्ट्र निर्माण में योगदान देते हैं और उन सभी को चोर बताना अच्छी बात नहीं है, लेकिन जो गलत करेंगे उनको या तो देश छोड़कर जाना पड़ेगा या जेल जाना पड़ेगा।"

उद्यमियों और उद्योगपतियों की छवि धूमिल करने की मंशा ठीक नहीं है। राहुल गांधी का यह कहना कि जिस देश में मोदीजी जाते हैं, वहाँ पर अडानी को काम का ठेका मिलता है, वह भी सरासर झूठ है। सच्चाई यह है कि अडानी की पहली विदेशी डील यू.पी.ए. कार्यकाल में सन् 2008, 2010 और 2011 में इंडोनेशिया और ऑस्ट्रेलिया में निवेश करने की हुई थी। यदि कोई भारतीय उद्यमी और उद्योगपति मेहनत और संघर्ष कर दुनिया में सर्वश्रेष्ठ स्थान बनाता है तो यह राष्ट्र के लिए गौरव का विषय है, लेकिन घोटालों में लिप्त कांग्रेस और उसके नेता को क्या इस बात पर विश्वास नहीं होता कि बिना भ्रष्टाचार के भी लोग धनवान बन सकते हैं और अच्छा कर सकते हैं? ऐसा लांछन लगाकर वह टाटा, अडानी, अंबानी, बिड़ला, बजाज, महिंद्रा, डालमिया जैसे उद्योगपतियों का तिरस्कार और बहिष्कार कर रहे, जिन्होंने अपने परिश्रम से

भारत के लोगों के लिए रोजगार सृजन किए हैं। वरिष्ठ नेता द्वारा बार-बार झूठ बोलकर किसी बात को सत्य बनाने का कुत्सित प्रयास चिंतनीय है, या यों कहें कि फेक नैरेटिव का हिस्सा है।

राहुल गांधी ने बार-बार कहा कि अडानी ग्रुप को बिना अनुभव के भारत के कई एयरपोर्ट दे दिए गए, जो कि अधूरी बात है। उनके संसदीय राज्य केरल के तिरुवनंतपुरम एयरपोर्ट को अडानी ग्रुप को लीज पर दिए जाने के विरुद्ध केरल सरकार हाईकोर्ट गई थी, जिसे कोर्ट ने खारिज किया। जब मामला सुप्रीम कोर्ट गया तो मुख्य न्यायधीश यूयू ललित की अगुवाई वाली बेंच ने भी अक्तूबर 2022 में उसे खारिज कर दिया था। जिन 6 एयरपोर्ट को अडानी ग्रुप को दिए जाने की बात राहुल गांधी कर रहे हैं, वह तथ्य से परे है। उन्हें पता होना चाहिए कि सन् 2019 में लीज पर अडानी ग्रुप को 6 एयरपोर्ट का काम मिला था। यह भी किसी की लोकप्रियता और पसंद के आधार पर नहीं दी गई थी, बल्कि सभी की नीलामी हुई थी, जिसमें अडानी ग्रुप ने सर्वाधिक बोली लगाई थी। जहाँ तक प्रश्न है एयरपोर्ट के विकास हेतु उसे निजी कंपनी को देने के नियम का तो यह स्पष्ट होना चाहिए कि प्रधानमंत्री मनमोहन सिंह के नेतृत्व वाली यू.पी.ए. सरकार ने ही ऐसा नियम बनाया और उसने ही कंपनी को एयरपोर्ट विकसित करने हेतु, अनुभव होना चाहिए, वाली शर्त हटाई थी। मोदी सरकार ने उसमें और आवश्यक बदलाव किए, ताकि कुछ कंपनियों का जो एकाधिकार है, वह समाप्त हो और सबको अवसर मिले।

यह बात सही है कि आरोप लगते हैं तो उनकी जाँच होनी चाहिए और उसके लिए जो नियम-कानून बना है वह अपना कार्य भी करता है। सेबी इसकी जाँच भी कर रही है। अभी यह मामला सुप्रीम कोर्ट के अधीन है, जिसकी सुनवाई मुख्य न्यायाधीश डीवाई चंद्रचूड़, न्यायाधीश पीएस नरसिम्हा और जेबी पारदीवाला की बेंच कर रही है। ज्ञातव्य हो कि 13 फरवरी को सुनवाई के दौरान केंद्र सरकार के तरफ से सॉलिसिटर जनरल तुषार मेहता ने कहा कि मामले की जाँच के लिए यदि न्यायालय कोई कमेटी गठित करती है तो सरकार उसके लिए तैयार है। जबकि 17 फरवरी को इस पर सुनवाई करते हुए न्यायालय ने अपना आदेश सुरक्षित रखा और पारदर्शिता बनाए रखने

के लिए एक कमेटी बनाने की बात कही। इतने के बावजूद नाहक इस विषय को तूल देकर देश का माहौल बिगाड़ना किसी भी राजनैतिक दल के लिए कहाँ तक न्यायोचित है। विगत नौ वर्षों में ऐसा कभी नहीं हुआ, जब विपक्ष ने सरकार या प्रधानमंत्री की तर्कपूर्ण आलोचना की हो। हमेशा उसने बिना साक्ष्य आरोप लगाए हैं। कांग्रेस की यह नीति-रीति रही है कि वह जब भी विपक्ष में रहती है उद्योगपतियों का विरोध करती है। विशेषकर चुनाव आते ही मुद्दे के नाम पर कुछ भी जनता को परोसने लगती है। जैसे सन् 2019 के लोकसभा चुनाव से पूर्व राफेल को मुद्दा बनाया, पेगासेस जासूसी, ई.वी.एम. में गड़बड़ी और जी.एस.टी. को लेकर सदन से सड़क तक कई प्रकार की भ्रामक बातें की गईं, लेकिन जनता ने हर बार विपक्ष के इन मिथ्या आरोपों को नकारा है।

भारतीय राजनीति में वामपंथियों ने हमेशा से उद्योगपतियों का विरोध किया है, क्योंकि उन्हें लगता है कि यदि भारत के उद्योगपति आगे बढ़ेंगे, तो चीन जिसका वह समर्थन करते हैं, उसका हश्र क्या होगा? आज राहुल गांधी पर भी वामपंथियों का असर दिखाई पड़ता है। उद्योगपतियों और कारोबारियों के प्रति जिस व्यवहार और भाषा का इस्तेमाल राहुल गांधी कर रहे हैं, वह वामपंथी एवं नक्सली करते हैं। विपक्ष में रहते हुए, जो स्वर राहुल गांधी का आज सत्ता पक्ष के लिए है, यही काम कांग्रेस के शासनकाल में वामपंथी भी करते थे। विपक्ष में आने के बाद से हर बात को राहुल गांधी उद्योगपतियों से जोड़कर उन पर छींटाकशी करते नहीं थकते। आज जब भारत उद्यमिता और उद्योगपतियों के सहयोग से विश्व में अपना परचम लहरा रहा है, ऐसे में विपक्ष प्रोत्साहन न देकर निकृष्ट राजनीति कर उद्यमशीलता के प्रति द्वेष का भाव पैदा कर रहे हैं।

किसी भी देश की मजबूती के लिए अर्थतंत्र की आवश्यकता होती है, जिसमें उद्योगपति की महत्त्वपूर्ण भूमिका रहती है। भारत के पास इसका काफी अनुभव रहा है, जिसका सार्थक लाभ भी मिला है। स्वतंत्रता की लड़ाई में उद्योगपतियों के योगदान को नहीं भुलाया जा सकता है। घनश्यामदास बिड़ला, जमनालाल बजाज, जमशेदजी टाटा, रामकृष्ण डालमिया, वालचंद हीरा चंद दोषी जैसे उद्योगपतियों ने अपना योगदान दिया है। स्वतंत्रता उपरांत भी उद्योगपतियों ने औद्योगिक विकास के साथ-साथ सामाजिक एवं सांस्कृतिक

दायित्वों का राष्ट्रहित में अपनी भूमिका का निर्वहन किया है। ताजा उदाहरण के रूप में कोरोना वैश्विक महामारी के दौरान जब प्रधानमंत्री मोदी ने पी.एम. केयर्स के माध्यम से देश की जनता से आर्थिक सहयोग की अपील की, तब भी उद्योगपति बढ़-चढ़कर आगे आए। इसलिए अपना राजनैतिक हित साधने के लिए विपक्ष निराधार आरोप लगाकर उद्योग जगत को तिरस्कृत करने से बचे, क्योंकि इसका नुकसान राष्ट्र को ही होगा।

(इस आलेख का संपादित अंश
28 फरवरी, 2023 को 'स्वदेश' (भोपाल) में प्रकाशित हुआ।)

□

अपरिपक्वता का परिचायक है विदेशों में राहुल का राष्ट्रविरोधी बयान

'रस्सी जल गई, पर ऐंठन नहीं गई' इस लोकोक्ति को पूर्व कांग्रेस अध्यक्ष श्री राहुल गांधी और उनकी पार्टी कई अवसरों पर अपने दुर्व्यवहार और अपरिपक्वता से चरितार्थ करती रही है। भारत को विदेशों में तिरष्कृत करने का काम कांग्रेस पार्टी और उसके नेता, विशेषकर नेहरू परिवार करता रहा है। कांग्रेस और उसके नेताओं द्वारा राष्ट्रविरोधी गतिविधियों में सहभागिता दिखाने की परंपरा को राहुल गांधी नई ऊँचाई प्रदान कर रहे हैं। उसी कड़ी में उन्होंने एक और अध्याय अपने नाम जोड़ा। 'भारत जोड़ो यात्रा' के पश्चात् राहुल गांधी नए अंदाज में इंग्लैंड तो पहुँचे, लेकिन उनकी भाषा में गरिमा, व्यवहार में शिष्टता और दिए गए प्रस्तुतीकरण के तथ्यों में प्रामाणिकता का घोर अभाव मिला। जो स्थापित करता है कि वह क्यों भारत के किसी भी वर्ग को स्वीकार नहीं हैं, यहाँ तक कि युवाओं ने भी उन्हें कभी नहीं स्वीकारा। अवसर था कैंब्रिज विश्वविद्यालय के जज बिजनेस स्कूल में छात्रों को संबोधित करने का, जहाँ राहुल गांधी भारत तोड़ने की दिशा में बहुत कुछ बोल गए।

यह सर्वविदित है कि विगत 9 वर्षों में प्रधानमंत्री नरेंद्र मोदीजी के कुशल नेतृत्व के कारण भारत आज ऐसे मुकाम पर खड़ा है, जिसकी प्रशंसा सभी देशों में हो रही है। बात भारत में निवेश करने की हो या किसी भी आर्थिक, सामाजिक और राजनैतिक मुद्दों को सुलझाने की, सभी देश भारत की तरफ भरोसेमंद साथी के रूप में देख रहे हैं। अंतरराष्ट्रीय स्तर पर ऐसा वातावरण बना

हुआ है कि चारों तरफ भारत ही भारत सुर्खियों में है, लेकिन इन सब बातों से अनभिज्ञ बन राहुल गांधी विदेश में जाकर यह समझाने का दुस्साहस कर गए कि भारत में सबकुछ अस्थिर है, जैसे मानो सचमुच देश विकट परिस्थितियों से जूझ रहा है। राहुल गांधी इंग्लैंड स्थित कैंब्रिज यूनिवर्सिटी जैसे प्रतिष्ठित संस्थान में जाकर जो कुछ कहा वह भारतीय अस्मिता को कलंकित करने वाला था। हर बार की भाँति प्रधानमंत्री नरेंद्र मोदी के विरोध करते-करते वह भारत का विरोध कर गए। अपने एक घंटे तक के संबोधन के दौरान राहुल गांधी ने झूठ का अंबार लगा दिया। मालूम पड़ रहा था कि वे एक-एक सच को छुपाने के लिए एक पर एक झूठ बोलते रहे हों।

अपने संबोधन के दौरान राहुल गांधी स्वयं को कभी पीड़ित तो कभी राष्ट्रनायक और जननेता के रूप में प्रस्तुत करते रहे। उन्होंने कहा कि हम पर नजर रखी जा रही है। मेरे खुद के फोन में पेगासस था। बड़ी संख्या में ऐसे नेता हैं, जिनके फोन में पेगासस था। मुझे खुफिया संस्थाओं के अधिकारियों ने कहा कि आप जो भी फोन पर कह रहे हैं, वह सावधानीपूर्वक कहिए, क्योंकि हम आपकी बात रिकॉर्ड कर रहे हैं। इसकी वजह से मैं लगतार दबाव झेल रहा था। फोन जासूसी से जुड़े मामले में जो आरोप राहुल गांधी लगा रहे हैं, उसे पूर्व में ही भारत के सर्वोच्च न्यायालय ने निरस्त कर दिया है। तब माननीय सर्वोच्च न्यायालय ने पेगासस मामले की जाँच के लिए तकनीकी विशेषज्ञों की एक कमेटी गठित की थी। उस कमेटी ने जाँच के बाद जो अपनी रिपोर्ट सौंपी, उसमें बताया कि जासूसी के शिकायतकर्ताओं में से 29 मोबाइल फोन की जाँच की गई, जिसमें उन्हें किसी भी फोन में पेगासस होने का कोई भी साक्ष्य नहीं मिला, इसलिए न्यायालय ने सरकार को दोषमुक्त बताया था। यहाँ ध्यान देने वाली बात यह है कि जब पेगासस केस की जाँच चल रही थी, तब न्यायालय ने आरोप मढ़ने वाले सभी नेताओं समेत अन्य लोगों से पूछा था कि अगर जासूसी हो रही है तो आपने एफ.आई.आर. क्यों नहीं की? यह प्रश्न अब भी उठ रहा है। इतना ही नहीं लोग यह भी जानना चाहते हैं कि जब उन्हें पता था कि उनके मोबाइल फोन की टैपिंग हो रही है तो राहुल गांधी समेत अन्य नेताओं ने जाँच के लिए अपना मोबाइल क्यों नहीं दिया? इससे तो यही स्पष्ट होता है कि राहुल गांधी

द्वारा इरादतन निरर्थक आरोप लगाकर भारत की न्यायपालिका पर कुठाराघात किया गया। दिसंबर 2018 में आर.टी.आई. के माध्यम से यह पता चलता था कि प्रधानमंत्री मनमोहन सिंह के नेतृत्व वाली यू.पी.ए.-2 के शासनकाल में सन् 2009-2013 तक 9000 फोन टैप और प्रति माह 500 ईमेल की जासूसी होती थी। कांग्रेस नेता प्रणव मुखर्जी समेत विभिन्न राजनैतिक दलों के नेताओं ने यू.पी.ए. सरकार के दौरान फोन टैपिंग का मामला उठाया था। तब प्रधानमंत्री मनमोहन सिंह ने माना था कि राष्ट्रीय सुरक्षा के लिए फोन टैप हो रहे हैं। अब बताइए उनकी सरकार में यह सब होता था, तब उसको सही स्थापित करने के लिए उसके पक्ष में बोला जाता था, जबकि आज की सरकार में न्यायिक जाँच में भी उजागर हुआ कि ऐसा कुछ भी नहीं हो रहा है। फिर भी नेहरू खानदान द्वारा षड्यंत्र के तहत भारत को बदनाम किया जा रहा है।

राहुल गांधी ने कहा कि विपक्ष के नेताओं पर झूठे मुकदमे किए जा रहे हैं। मेरे ऊपर भी कई आपराधिक केस किए गए, जो किसी भी हालत में आपराधिक पृष्ठभूमि के नहीं थे। उन्होंने कहा कि विपक्ष के तौर पर हमें लगता है कि जब आप पर ऐसे हमले हों तो आपका लोगों से बात करना मुश्किल हो जाता है। स्वयं को पाक-साफ दिखाते हुए राहुल गांधी बता रहे हैं, उन पर जान-बूझकर आपराधिक केस दर्ज हुए हैं। उन्हें यह बताना चाहिए था कि नेशनल हेरॉल्ड मामले में वह और सोनिया गांधी सन् 2015 से न्यायालय से आग्रह कर बेल पर हैं। राहुल गांधी द्वारा सन् 2019 के लोकसभा चुनाव में दिए गए हलफनामे के अनुसार उन पर पाँच केस दर्ज हैं, जो 12 आरोपों पर आधारित हैं, जिनमें से आठ आरोप मानहानि के हैं, जिससे यह सिद्ध होता है कि पूर्व में भी कई बार विभिन्न मुद्दों और व्यक्तियों को लेकर वह बेबुनियाद आरोप लगाते रहे हैं।

लोकतंत्र के संबंध में उन्होंने कहा कि हर कोई यह जानता है और खबरों में भी है कि भारत का लोकतंत्र दबाव और खतरे में है। संसद्, फ्री प्रेस और न्यायपालिका का खुलकर काम करना मुश्किल हो रहा है। हम लोकतंत्र के मूल ढाँचे पर हमले को झेल रहे हैं। 3 मार्च, 2023 को राहुल गांधी न्यायपालिका की स्वतंत्रता को लेकर जब आरोप मढ़ रहे थे और अपमानित करने हेतु विभिन्न आरोप लगा रहे थे, उससे एक दिन पूर्व यानी 2 मार्च, 2023 को भारत के सर्वोच्च

न्यायालय ने मुख्य चुनाव आयुक्त की नियुक्ति पर निर्णय सुनाया था। चुनाव आयोग को निष्पक्ष और स्वतंत्र बनाने की दिशा में पाँच न्यायाधीशों की संविधान पीठ ने अपना फैसला सुनाते हुए कहा कि भारत के प्रधानमंत्री, लोकसभा में विपक्ष के नेता और सुप्रीम कोर्ट के मुख्य न्यायाधीश की सलाह पर अब चुनाव आयुक्तों की नियुक्ति होगी। यदि न्यायपालिका सचमुच दबाव में होती, तो फिर यह फैसला कैसे होता? इससे प्रत्यक्ष प्रमाण मिलता है कि न्यायपालिका द्वारा कोई भी फैसला अगर राहुल गांधी और कांग्रेस के पक्ष में नहीं होता है तो वह सरकार के साथ-साथ न्यायपालिका का भी चरित्र हनन करते हैं।

राहुल गांधी का यह कहना कि लोकतंत्र खतरे में है अपरिपक्वता का बोध कराता है। वह बोल गए कि उनका और विपक्षी नेताओं का सदन में माइक बंद कर दिया जाता है और बोलने नहीं दिया जाता, जबकि बतौर सांसद सदन के अंदर उनकी उपस्थिति का आँकड़ा देखेंगे तो राष्ट्रीय औसत से भी कम है। पीआरएस लेजिसलेटिव रिसर्च के आँकड़ों के मुताबिक 2019 से अभी तक संसद् के भीतर राहुल गांधी 52% है, जबकि राष्ट्रीय औसत 79% है। इतना ही नहीं राहुल गांधी 2019 से अभी तक संसद् में छह बहसों में ही हिस्सा ले चुके हैं, जबकि राष्ट्रीय औसत 41 है। सन् में 2014 से 2019 के दौरान भी राहुल गांधी की उपस्थिति सदन के भीतर 52% थी और तब राष्ट्रीय औसत 80% थी। तब भी उन्होंने पूरे कार्यकाल के दौरान 14 बहसों में हिस्सा लिया था और राष्ट्रीय औसत 67 थी। ऐसे में राहुल गांधी का इस प्रकार बात करना उस बहाने के जैसा लगता है, जैसे कोई छात्र परीक्षा में असफल होने पर कहता है कि स्कूल में पढ़ाई नहीं होती, जबकि छात्र स्कूल ही कम जाता था। राहुल गांधी के पूरे भाषण में विरोधाभास ही नजर आता है। उन्होंने अपने संबोधन में कहा कि विपक्षी नेताओं पर हमले हो रहे हैं, बोलने की स्वतंत्रता नहीं है, ऐसी स्थिति में लोगों से बात करना मुश्किल हो गया है, जबकि वह स्वयं यह भी बता रहे हैं कि उन्होंने कन्याकुमारी से कश्मीर तक 'भारत जोड़ो यात्रा' की जिसमें लोगों से मिले और उनसे कई समस्याओं के बारे में पता चला। राहुल गांधी ने कश्मीर को हिंसक भी बताया। इसी कड़ी में वे यह भी बोल गए कि अपने 'भारत जोड़ो यात्रा' के दौरान वह एक आतंकवादी से भी मिले और उन लोगों उन पर इसलिए हमला नहीं किया,

क्योंकि राहुल गांधी उनको सुनने गए थे तथा उनके साथ अहिंसा की ताकत थी। यह बहुत बड़ी बात है, क्योंकि अब प्रश्न उठता है कि क्या राहुल गांधी स्वयं को अहिंसावादी बताकर महात्मा गांधी की तरह पेश कर रहे हैं? इससे यही प्रतीत होता है कि निर्दोष जवानों और लोगों को आतंकवादियों द्वारा इसलिए मार दिया जाता है, क्योंकि वह उन्हें नहीं सुनते? इस प्रकार से क्या वह आतंकवादियों को महिमामंडित कर रहे हैं?

यह सच है कि कांग्रेस और नेहरू परिवार का पाकिस्तान और चीन प्रेम अकसर सर चढ़कर बोलता है। जिस प्रकार पाकिस्तान हमेशा भारत में अल्पसंख्यकों को खतरे में बताता है, उसी प्रकार राहुल गांधी ने कैंब्रिज में नरेंद्र मोदी के बारे में कहा कि वह भारत के अल्पसंख्यकों को दोयम दर्जे का नागरिक समझते हैं। ऐसा प्रधानमंत्री मोदी कब बोले, इसका कोई प्रमाण नहीं दिया। उन्होंने चीन की तारीफ में कहा कि चीन की कम्युनिस्ट सरकार ने सद्भाव बढ़ाने का काम किया और उसे शांति पसंद है। वैसे यह कोई नई बात नहीं है, जब राहुल गांधी चीन के पक्ष में बोले हों। 2017 में भी वह उस दौरान चीनी राजदूत से मिले थे, जब भारत और चीन के बीच विवाद चल रहा था। सन् 2019 में अपनी कैलाश मानसरोवर यात्रा की चर्चा करते हुए उन्होंने बताया था कि उन्होंने चीन के मंत्रियों से मिल रोजगार के अवसर के संबंध में बात की थी।

वैसे तो राहुल गांधी की बात को कोई तवज्जो देता नहीं, लेकिन जिस प्रकार की बातें वह कह रहे हैं, यदि कोई उनकी बात को मान भी ले तो जरा सोचिए कि यह कितनी नफरत भरी बातें हैं, जो दूसरों के मन में भारत के प्रति अविश्वास और भय का माहौल पैदा करेंगी। राहुल गांधी के पास भारतीय संस्कार भी नहीं है, न ही भारतीय लोकतांत्रिक मूल्यों और राजनैतिक मर्यादाओं का खयाल है, तभी तो वह विदेशी एजेंसियाँ हों, विदेशी चैनल हों या फिर विदेशी धरती वह भारत को बदनाम करने का कोई मौका नहीं छोड़ते। पूर्व में वह कई अवसरों पर ऐसा कह चुके हैं। जैसे सितंबर 2017 में अमेरिका के कैलिफोर्निया विश्वविद्यालय में कहा था कि भारत में हिंसा की राजनीति हो रही है। जनवरी 2018 में बहरीन में प्रवासी भारतीयों को संबोधित करते हुए

उन्होंने कहा था कि सरकार जातीय व धार्मिक उन्माद पैदा करवा रही है। मार्च 2018 में सिंगापुर में सरकार पर चुनाव जीतने के लिए नफरत और हिंसा का सहारा लेने की बात कही थी। मई 2022 में इंग्लैंड दौरे पर जाकर कहा था कि भारत की आवाज दब गई है। अब संयोग देखिए कि जिस ब्रिटेन में जाकर राहुल गांधी भारत के प्रति अनाप-शनाप बोल रहे थे उसी देश के सांसद भारत और मोदी सरकार के बारे में तारीफ कर रहे थे। ब्रिटेन के सांसद लॉर्ड करण बिलिमोरिया ने सदन के अंदर अपने संबोधन में कहा कि आज प्रधानमंत्री नरेंद्र मोदी इस ग्रह के सबसे शक्तिशाली व्यक्ति हैं। भारत के पास जी-20 की अध्यक्षता है और अगले 25 वर्ष का विजन भी। भारत दुनिया की दूसरी सबसे बड़ी अर्थव्यवस्था बनने की ओर अग्रसर है। उन्होंने यहाँ तक कहा कि इंग्लैंड को निश्चित रूप से भारत का मजबूत और विश्वासी पार्टनर बनना चाहिए। यदि भारत की दुनिया में छवि की बात की जाए तो यूरोप, अमेरिका, अफ्रीका, ऑस्ट्रेलिया, रूस, ब्रिटेन, फ्रांस के राष्ट्राध्यक्ष हों, विपक्षी नेता हों या वैश्विक संस्थान के अधिकारी सभी भारत और मोदी सरकार के बारे में कई अवसरों पर तारीफ करते रहे हैं। हाल ही में भारत दौरे पर आई राहुल गांधी के ननिहाल इटली की प्रधानमंत्री जॉर्जिया मेलोनी ने कहा कि प्रधानमंत्री मोदी को दुनियाभर में लोग प्यार करते हैं, तो माइक्रोसॉफ्ट के संस्थापक बिल गेट्स ने भारत के बारे में लिखा कि यह देश दिखा रहा है कि जब नवाचार में निवेश किया जाता है तो क्या-क्या संभव है।

(इस आलेख का संपादित अंश
11 मार्च, 2023 को 'स्वदेश' (भोपाल) में प्रकाशित हुआ।)

□

पटना की हुंकार रैली : जिसने मोदी को जे.पी. जैसा यश दिया

(27 अक्तूबर, 2013 को हुंकार रैली में सीरियल बम ब्लास्ट पर विशेष)

पटना के गांधी मैदान में संपन्न हुंकार रैली ने भाजपा के प्रधानमंत्री उम्मीदवार श्री नरेंद्र मोदी को महात्मा गांधी और लोकनायक जयप्रकाश नारायण जैसा यश दिया। बिहार की धरती से ही इन तीनों राजनेताओं के व्यक्तित्व वैभव, कार्य क्षमता और नेतृत्व शक्ति को परखा गया, जिसका ऐतिहासिक महत्त्व है। बिहार की धरती ने ही मोहनदास करमचंद गांधी को महात्मा बना दिया, तो जयप्रकाशजी को लोकनायक और श्री नरेंद्र मोदी को राष्ट्र-नायक बना दिया। पटना में संपन्न 'हुंकार रैली' के दौरान सात बम ब्लास्ट के बावजूद रैली सफल रही, जिसने मोदीजी के धीर-वीर व्यक्तित्व को पहचाना।

श्री नरेंद्र मोदी का आगमन उस परिस्थिति में हुआ, जब देश में भ्रष्टाचार, परिवारवाद, उग्रवाद एवं अलगाववाद पराकाष्ठा पर था। जिसके कारण राष्ट्रीय सुरक्षा, अखंडता एवं अस्मिता असुरक्षित लगने लगी। भारतीय नागरिकों को श्री नरेंद्र मोदी में वह क्षमता दिखने लगी कि भारत को इन परिस्थितियों से यही नेता बाहर निकाल सकते हैं। इस रैली के बाद ही भारत के छात्र-युवा, किसान, महिला, वैज्ञानिक, सरकारी अधिकारी-कर्मचारी, उद्योगपति में उत्साह जगा और विश्वास का वातावरण निर्मित हुआ।

कांग्रेस के भ्रष्टाचार और तानाशाही के खिलाफ लोकनायक जयप्रकाश ने

5 जून, 1974 को संपूर्ण क्रांति की शुरुआत बिहार के पटना स्थित गांधी मैदान से की थी। तब उनकी एक आवाज पर वहाँ जुटी लाखों लोगों की भीड़ ने पूरे देश में कांग्रेस के खिलाफ बिगुल बजा दिया था। वह रैली इतिहास के स्वर्णिम पन्नों में दर्ज हो गई। भाजपा से प्रधानमंत्री पद के उम्मीदवार घोषित होने के बाद श्री नरेंद्र मोदी ने भी पटना के गांधी मैदान से ही परिवर्तन रैली के जरिए देशभर में अपने चुनाव प्रचार का शुभारंभ किया था। भाजपा बिहार ने इसे 'हुंकार रैली' नाम दिया। महात्मा गांधी और लोकनायक जयप्रकाश नारायण ने सत्ता से बाहर रहकर क्रमशः ग्राम स्वराज तथा संपूर्ण क्रांति का उद्घोष किया था, किंतु श्री नरेंद्र मोदी ने देश की आवश्यकता के कारण सत्ता में रहकर राष्ट्रीय सुरक्षा एवं अखंडता के आलोक में सबका साथ, सबका विकास और सबका विश्वास की संकल्पना के साथ सर्वतोमुखी कल्याण की कामना की, किंतु सत्ता की सर्वोच्च कुरसी पर बैठकर भी उनका व्यक्तित्व संन्यासी का ही बना रहा।

इस परिवर्तन रैली में उपस्थित लाखों की भीड़ का संदेश पूरे देश में मोदी लहर के तौर पर गया। विपक्षी दलों और आतंकवादी तत्त्वों ने इस हुंकार रैली को असफल बनाने की पुरजोर कोशिश की। यहाँ तक कि रैली में बम बिस्फोट भी कराया गया, परंतु बिहार ठान चुका था। देश की जनता ने भी श्री नरेंद्र मोदी को अपना नेता मान लिया था। इसी कारण जब मोदीजी गांधी मैदान में भाषण देने आए, तब तमाम विपरीत परिस्थितियों के बावजूद पटना के गांधी मैदान में लोग टस-से-मस नहीं हुए। बिहार की जनता ने मोदीजी को भरपूर प्यार और समर्थन दिया। गांधी मैदान में आयोजित वह हुंकार रैली तो वास्तव में श्री नरेंद्र मोदी के प्रति जनता के अगाध विश्वास की साक्षी है। यह रैली अभूतपूर्व रही। बम ब्लास्ट होते रहे, मोदीजी भाषण देते रहे और जनता तन्मयता से उनको सुनती रही।

हुआ यों कि 27 अक्तूबर, 2013 को पटना के गांधी मैदान में आयोजित हुंकार रैली में प्रधानमंत्री उम्मीदवार श्री नरेंद्र मोदी का भाषण होना सुनिश्चित हुआ था। उस दिन भी लाखों की संख्या में लोग इन्हें सुनने के लिए पलकें बिछाए हुए थे। ऐसा लग रहा था, मानो पटना में जनसैलाब उमड़ पड़ा हो। भारी संख्या में लोग ट्रेनों से भी आ रहे थे, जिससे रेलवे स्टेशन पर भी बहुत

भीड़ थी। तभी, सुबह करीब 9:30 बजे पटना जंक्शन के प्लेटफॉर्म नंबर 10 पर पहला विस्फोट हुआ। इस विस्फोट में मौके पर ही एक व्यक्ति की मौत हो गई। उसी वक्त एक कुली ने भागते हुए एक शख्स को पकड़ लिया। बाद में, पकड़े गए व्यक्ति ने पुलिसिया पूछताछ में स्वीकार किया कि वह आतंकी इम्तियाज है और उसकी कमर में शक्तिशाली बम बँधा हुआ है।

श्री नरेंद्र मोदी के पटना आगमन के पहले पटना जंक्शन पर हुए इस ब्लास्ट से पुलिस प्रशासनिक महकमे में हड़कंप मच गया था। तब तक गांधी मैदान में भीड़ जुट चुकी थी और भाजपा के कई बड़े नेता भी मंच पर आ चुके थे। बताया गया था कि मानव बम बनकर जाने वाले जिस आतंकी की गलती से विस्फोट हुआ था, उसकी मंशा श्री नरेंद्र मोदी के वाहन से टकराने की थी। पटना जंक्शन के बाद गांधी मैदान में पहुँची लाखों की भीड़ में ताबड़तोड़ बम विस्फोट शुरू हो गए। दूसरा धमाका सुबह 11:40 बजे उद्योग भवन गांधी मैदान में, तीसरा धमाका दोपहर 12:05 बजे रीजेंट सिनेमा हॉल के पास, चौथा धमाका दोपहर 12:10 बजे गांधी मैदान में बापू की पुरानी प्रतिमा के पास, पाँचवाँ धमाका दोपहर 12:15 बजे गांधी मैदान के दक्षिणी हिस्से में ट्विन टावर के पास, छठा धमाका दोपहर 12:20 बजे गांधी मैदान के पश्चिमी हिस्से में स्टेट बैंक के पास और सातवाँ धमाका दोपहर 12:45 बजे गांधी मैदान के चिल्ड्रन पार्क के पास हुआ।

सिलसिलेवार हुए कुल सात बम धमाकों में छह लोग मारे गए और 87 लोग घायल हुए थे। 11:40 बजे से 12:15 बजे के बीच अनेक बड़े भाजपा नेता गांधी मैदान स्थित मंच से भाषण दे रहे थे। इस दौरान गांधी मैदान में चार विस्फोट हुए। हालाँकि स्थिति को सँभालने के लिए मंच पर मौजूद भाजपा के नेता लगातार कह रहे थे कि श्री नरेंद्र मोदी के आगमन से उत्साहित कार्यकर्ता पटाखे फोड़ रहे हैं, लेकिन हकीकत गांधी मैदान में मौजूद लाखों की भीड़, मीडिया और खुद मंच पर बैठे भाजपा के नेता भी जानते थे। गांधी मैदान में जब विस्फोट हो रहा था, उसी समय श्री नरेंद्र मोदी पटना हवाई अड्डे पर उतर रहे थे। तत्कालीन भाजपा अध्यक्ष राजनाथ सिंह और अरुण जेटली पहले ही पहुँच चुके थे। हुंकार रैली के बाद पत्रकारों से बात करते हुए अरुण जेटली ने

बताया कि बिहार पुलिस के आला अधिकारी एवं मोदीजी की सुरक्षा-व्यवस्था देख रहे गुजरात पुलिस के अधिकारी मोदीजी से कह रहे हैं कि वह हवाई अड्डे पर ही रुके रहें, सभा स्थल पर नहीं आएँ और रैली को रद्द कर दें, परंतु रैली रद्द नहीं हुई।

श्री नरेंद्र मोदी एयरपोर्ट से गांधी मैदान स्थित मंच पर पहुँचे। तब उस समय मंच पर श्री नरेंद्र मोदी के अलावा राजनाथ सिंह, अरुण जेटली समेत कई अन्य बड़े नेता मौजूद थे। खतरे से बेखबर जनता गांधी मैदान में नारे लगा रही थी। श्री नरेंद्र मोदी मंच पर आए और भाषण शुरू किया। एक तरफ मोदीजी भाषण दे रहे थे तो दूसरी तरफ विस्फोट हो रहा था। सबसे महत्त्वपूर्ण बात यह रही कि उन्होंने अपने पूरे भाषण में एक बार भी विस्फोटों का जिक्र तक नहीं किया। अपने भाषण में श्री नरेंद्र मोदी ने बिहार को समृद्ध और खुशहाल बनाने का वादा किया। उन्होंने लोगों को संबोधित करते हुए यह भी कहा था कि लोग किसी भी तरह की अफवाह पर विश्वास न करें। आतंकी चाहते हैं कि देश में सांप्रदायिक दंगे हों। उन्होंने कहा था कि हिंदू और मुसलमान को मिलकर गरीबी के खिलाफ लड़ाई लड़नी चाहिए। ध्यान देने वाली बात है कि गांधी मैदान में सीरियल ब्लास्ट होने के बावजूद जनता में कोई भगदड़ नहीं हुई, बल्कि जनता अपने संपूर्ण उत्साह और धैर्य के साथ श्री नरेंद्र मोदी को सुन रही थी। यह श्री नरेंद्र मोदी के उत्कृष्ट नेतृत्व का सुंदरतम उदाहरण है।

हुंकार रैली संपन्न होने के कुछ दिनों बाद श्री नरेंद्र मोदी पुनः बिहार आए और सभी मृतकों के घर उनके परिवार वालों से मिलने गए। उन्होंने बम ब्लास्ट में मारे गए सभी लोगों को 'शहीद' का सम्मान दिया और सबको पाँच-पाँच लाख की सहयोग राशि एवं स्मारक बनाने हेतु व्यवस्था दी।

इस सीरियल ब्लास्ट के पूरे मामले की जाँच एन.आई.ओ. को सौंपी गई। इस मामले की जाँच के बाद राष्ट्रीय जाँच एजेंसी की ओर से दो आरोप-पत्र दायर किए गए। एन.आई.ए. ने एक को मृत दिखाते हुए 12 आतंकवादियों के खिलाफ आरोप पत्र दायर किया था, जिसमें एक नाबालिग था। बालिग होने के बाद उसे किशोर न्याय बोर्ड, पटना ने गांधी मैदान सीरियल बम ब्लास्ट और बोधगया सीरियल बम ब्लास्ट दोनों मामलों में सजा सुना दी थी।

एन.आई.ए. के अनुसार, पकड़े गए सभी आरोपित, प्रतिबंधित संगठन सिमी (स्टूडेंट इसलामिक मूवमेंट ऑफ इंडिया) के सदस्य थे। इनका नाम इम्तियाज अंसारी, अजहरउद्दीन, मोजिबुल्लाह, हैदर अली, नुमान अंसारी, फकरुद्दीन, अहमद हुसैन, इफ्तिकार, फिरोज और असलम हैं।

तमाम साजिशों और षड्यंत्रों के बाद भी हुंकार रैली सफल हुई। बिहार में उस लोकसभा चुनाव में भाजपा 40 में से 22 सीटों तथा एन.डी.ए. गठबंधन के साथ 31 सीटों को जीतकर बिहार की बड़ी पार्टी के रूप में उभरी। इसके साथ ही भाजपा को राष्ट्रीय स्तर पर भी बड़ी जीत मिली। कुल 282 सीटों पर भाजपा विजयी हुई और भाजपा गठबंधन, राजग को कुल 336 सीटें प्राप्त हुईं। जनता ने श्री नरेंद्र मोदी के नेतृत्व को स्वीकार लिया था। जन-जन के प्रिय श्री नरेंद्र मोदीजी प्रधानमंत्री पद के लिए 26 मई, 2014 को शपथ ग्रहण की और तब से अब तक वे दूसरी बार देश के प्रधानमंत्री बने हैं। सन् 2019 के चुनाव में भी जनता ने उन पर अपना संपूर्ण विश्वास जताया। सत्ता के सर्वोच्च पद पर रहकर भी, लोगों से सीधे संवाद करनेवाले, हमेशा देश एवं आम आदमी के हित के बारे में सोचनेवाले नेता श्री नरेंद्र मोदी भारत की जनता के मन में बसते हैं। लोगों का इतना प्यार और समर्थन बहुत कम नेताओं को मिला है। उन्होंने यह सबकुछ अपने कार्यों और परिश्रम से अर्जित किया है। आज पूरा देश उनकी वैश्विक स्वीकृति को मान रहा है।

(इस आलेख का संपादित अंश 28 अक्तूबर, 2021 को 'राष्ट्रीय सहारा' (दैनिक) में प्रकाशित हुआ।)

□

प्रधानमंत्री की सुरक्षा से खिलवाड़, जिम्मेवारी से कैसे भाग सकती है पंजाब सरकार

पंजाब में गत 5 जनवरी, 2022 को प्रधानमंत्री नरेंद्र मोदी की सुरक्षा में जो चूक हुई, वह भारत के इतिहास में आज तक कभी नहीं हुआ है। भारत के प्रधानमंत्री श्री मोदी अपने तय कार्यक्रम के अनुरूप पंजाब के फिरोजपुर जा रहे थे, ऐसे में उनकी गाड़ी अचानक 20 मिनट के लिए रुक जाए, वह भी उस परिस्थिति में जहाँ से चाहकर भी निकलने का कोई रास्ता न हो तो यह समझने के लिए पर्याप्त है कि मामला कितना गंभीर और संवेदनशील था। यह सब तब हुआ, जब पूर्व से ही पंजाब सरकार समेत सभी सुरक्षा एजेंसियों को आधिकारिक रूप से जानकारी थी कि प्रधानमंत्री आने वाले हैं। इस प्रकार से प्रधानमंत्री की सुरक्षा से खिलवाड़ होने पर पंजाब की कांग्रेस नेतृत्व वाली सरकार पर सवाल नहीं उठेंगे तो और फिर किस पर उठेंगे? लेकिन हद तो तब हो गई, जब इतनी बड़ी घटना के चंद घंटों बाद अपनी इस गलती को स्वीकार करने की बजाय कांग्रेस के शीर्ष नेतृत्व एवं पंजाब सरकार द्वारा प्रेस कॉन्फ्रेंस कर अपने आप को सही ठहराने की कोशिश की गई।

सवाल तो उठेंगे ही कि क्या प्रधानमंत्री मोदी की लोकप्रियता से कांग्रेस इतनी घबरा गई कि उनकी सुरक्षा से खिलवाड़ को भी तैयार हो गई? जब पंजाब सरकार और उनके प्रशासन को पता था कि मौसम खराब होने के

बाद प्रधानमंत्री सड़क मार्ग से जाएँगे तो फिर प्रदर्शनकारी घंटे-दो घंटे में वहाँ कैसे पहुँचे, इतने कम समय में वहाँ लंगर कैसे लग गया और अगर वे लोग सड़क रोकने वहाँ पहुँच भी गए, तो उन्हें हटाने या रोकने में प्रशासन कैसे विफल हुआ? प्रधानमंत्री किस रास्ते से आएँगे और जाएँगे, इसकी जानकरी पुलिस-प्रशासन के पास ही रहती है तो फिर उन प्रदर्शनकारियों को इस बात की जानकारी कैसे मिली? और सबसे महत्त्वपूर्ण सवाल कि जब पूर्व से ही कुछ असामाजिक तत्त्वों द्वारा कार्यक्रम न होने एवं रैली में जाने वालों को धमकाया जा रहा था, तो सरकार पहले से तैयार क्यों नहीं थी? प्रशासन द्वारा उन्हें सड़क मार्ग को सेनेटाइज हो जाने की सूचना क्यों दी गई? आखिरकार सबकुछ जानते हुए इतनी बड़ी लापरवाही कोई सरकार कैसे कर सकती है? स्थिति की भयावहता का अंदाजा इस बात से समझा जा सकता है कि 20 मिनट तक इंतजार करने के बाद भी पंजाब प्रशासन रास्ते को खाली नहीं करा पाई, जिससे अंततः प्रधानमंत्री की सुरक्षा के आलोक में वापस लौटने के अलावा कोई और विकल्प नहीं मिला।

क्या यह चिंता का विषय नहीं कि प्रधानमंत्री मोदी का काफिला ओवरब्रिज पर ही क्यों रुका, कहीं यह सुनियोजित षड्यंत्र के तहत तो नहीं हुआ, ताकि प्रधानमंत्री ब्रिज पर होने के वजह से कहीं और जा नहीं पाएँगे। विशेष बात यह है कि इस जगह से पाकिस्तान की दूरी मात्र 30 किलोमीटर थी। प्रोटोकॉल के अनुसार भी प्रधानमंत्री के दौरे पर राज्य के मुख्यमंत्री, मुख्य सचिव एवं पुलिस महानिदेशक उनके साथ रहते हैं, लेकिन हैरानी की बात है कि उस दौरान इनमें से कोई भी साथ नहीं था, इसलिए भाजपा अध्यक्ष जेपी नड्डा ने जो सवाल पंजाब के मुख्यमंत्री के ऊपर उठाए है, वह गौर करने योग्य हैं। इतना कुछ होने के बावजूद इस मामले को सुलझाने का प्रयास मुख्यमंत्री चरणजीत सिंह चन्नी की तरफ से भी नहीं किया गया और जब उनसे संपर्क करने का प्रयास किया गया तो उन्होंने फोन भी नहीं उठाया। ज्ञातव्य हो कि प्रधानमंत्री का यह कार्यक्रम चुनावी नहीं, सार्वजनिक था, जिसके तहत करोड़ों रुपए की परियोजनाओं का शिलान्यास राज्य की जनता-जनार्दन के लिए होने वाला था, किंतु ओछी राजनीति के तहत षड्यंत्र से प्रेरित इस घटना के कारण टल गया।

कांग्रेस पार्टी अनेक मुख्यमंत्रियों और प्रमुख नेताओं ने प्रधानमंत्री की सुरक्षा में हुई सेंधमारी को भी राजनैतिक रंग देकर इसकी निंदा करने की बजाय मुख्यमंत्री चन्नी का बचाव करने की कोशिश की। यह उन सबकी ओछी मानसिकता को ही दरशाता है। कांग्रेस समेत विपक्ष के जो नेता यह बोल रहे हैं कि सुरक्षा में कोई चूक नहीं हुई, रैली में भीड़ नहीं थी, इसलिये प्रधानमंत्री ने इसे रद्द करने का निर्णय किया, यह बेबुनियाद बात है। इस मामले में सबसे अहम सवाल है कि इस चूक के कारण यदि प्रधानमंत्री को कुछ होता तो इसकी जिम्मेवारी किसकी होती? ओवर ब्रिज पर नीचे से यदि देश विरोधी शक्तियों द्वारा बम विस्फोट कर दिया जाता, तो क्या होता? उस समय प्रधानमंत्री पर ड्रोन से हमला हो सकता था। पुल के आगे जिस तरह से ट्रेक्टर-ट्रॉली लगाकर रास्ता रोका गया था, उसी तरह यदि पुल को पीछे से भी जाम कर दिया जाता तो क्या होता?

यह कोई संयोग नहीं कि ऐसा हुआ, बल्कि यह एक प्रयोग के तहत षड्यंत्र के कारण हुआ, इसलिए इसे चूक नहीं, अपितु जान-बूझकर किया गया षड्यंत्र कहा जाएगा। पूरे प्रकरण को देखकर कोई भी आसानी से समझ सकता है कि यह अचानक से नहीं हो सकता है, बल्कि एक सुनियोजित षड्यंत्र के तहत प्रायोजित किया गया था। एक-एक घटनाक्रम को देखकर लगता है कि प्रदर्शनकारियों को सरकार का समर्थन एवं संरक्षण प्राप्त था और प्रधानमंत्री के सड़क रास्ते से जाने की गोपनीय जानकारी लीक की गई। तभी तो इतनी बड़ी संख्या में भीड़ प्रधानमंत्री के काफिले के आसपास मौजूद थी। इस स्थिति में किसी भी समय कोई भी दुर्घटना घट सकती थी। यह ईश्वर की कृपा ही रही कि मोदीजी सुरक्षित वहाँ से निकल पाए। इस बात का एहसास मोदीजी को भी हो गया था कि बहुत भाग्य से वह पूरी तरह सुरक्षित हैं, तभी तो भटिंडा हवाई अड्डा पहुँचने पर प्रधानमंत्री ने वहाँ उपस्थित अधिकारियों से कहा था कि "अपने सी.एम. को धन्यवाद कहना कि मैं जिंदा लौट पाया।" इस पूरी घटना के बाद से सोशल मीडिया में खालिस्तानियों का जो वीडियो वायरल हो रहा है, उसमें वे लोग इस घटना के बाद खुशी मनाते हुए और 'खालिस्तान जिंदाबाद' के नारे लगाते हुए भी दिखे। यह पूरा वाक्या इस बात का संकेत दे

रहा है कि मोदीजी के साथ कुछ अनहोनी हो, इसके लिए पूर्व से ही योजनाबद्ध ढंग से तैयारी की गई थी।

प्रधानमंत्री की सुरक्षा में इतनी बड़ी चूक की घड़ी में विपक्ष के कुछ नेताओं का ऐसा बयान देना कि प्रधानमंत्री कुछ देर के लिए अगर सड़क पर रुक भी गए तो इसमें परेशानी की क्या बात है तो वैसे सभी अज्ञानी नेताओं को यह ज्ञात होना चाहिए कि पूर्व में विश्व के अनेक देशों में कई ऐसी घटनाएँ घटित हुई हैं, जिसमें कुछ राष्ट्राध्यक्षों के खुली गाड़ी में होने की वजह से ही मौत हो चुकी है। उदाहरणस्वरूप सन् 1963 में पूर्व अमरीकी राष्ट्रपति जॉन एफ. केनेडी की हत्या कर दी गई थी, वहीं सन् 1978 में इटली के प्रधानमंत्री एल्डो मोरो की भी उनकी गाड़ी से अपहरण कर बाद में हत्या कर दी गई थी, जबकि सन् 1995 में चंडीगढ़ में पंजाब के पूर्व मुख्यमंत्री बेअंत सिंह की भी अपने ही कार धमाके में हत्या हुई थी। भला कांग्रेस पार्टी यह कैसे भूल सकती है कि सुरक्षा में चूक के कारण ही उनके नेतृत्व वाली सरकार में इस देश ने दो प्रधानमंत्री खोए हैं।

स्वतंत्रता के बाद के इतिहास को देखें तो भारत ने ऐसी कई दुर्घटनाओं में अपने राष्ट्रनायकों एवं राजनेताओं को खोया है। भारतीय जनसंघ के संस्थापक डॉ. श्यामा प्रसाद मुकर्जी का सन् 1953 में जम्मू-कश्मीर को विशेष दर्जा देने के खिलाफ कश्मीर दौरे के क्रम में उनकी मृत्यु, सन् 1968 में ट्रेन में जनसंघ के राष्ट्रीय अध्यक्ष पंडित दीनदयाल उपाध्यायजी की हत्या का मामला हो या फिर सन् 1966 को ताशकंद में पाकिस्तान के साथ शांति समझौते पर हस्ताक्षर के महज चंद घंटों बाद तत्कालीन प्रधानमंत्री श्री लाल बहादुर शास्त्री का निधन हो तथा सन् 1975 में तब के रेल मंत्री पंडित ललित नारायण मिश्र का समस्तीपुर में रेल परियोजना का उद्घाटन करते हुए हत्या, सदैव प्रसाशनिक चूक ही हुई है। हवाई दुर्घटना में श्री संजय गांधी की मृत्यु भी लापरवाही का ही परिणाम था। ये सभी घटनाएँ आज भी रहस्यमयी और संदेहास्पद बनी हुई हैं। इन सभी दुर्घटनाओं में कांग्रेस पर ही प्रश्नचिह्न खड़ा होता रहा है, क्योंकि ये सभी घटनाएँ उनके कार्यकाल में ही हुई हैं और आज भी पंजाब में प्रधानमंत्री नरेंद्र मोदीजी के साथ जो कुछ घटित हुआ, वहाँ कांग्रेस नेतृत्व वाली सरकार ही है।

प्रधानमंत्री श्री मोदी के विरोध में देश के प्रधानमंत्री की सुरक्षा से समझौता कोई आम बात नहीं है। इस संदर्भ में पहले तो कांग्रेस के वरिष्ठ नेता अपनी गलती को न मानते हुए कठदलील दे रहे थे, लेकिन देशभर में कांग्रेस के इस रवैये के प्रति जनता में आक्रोश को देखकर घटना के 24 घंटे बाद श्रीमती सोनिया गांधी ने माना है कि प्रधानमंत्री की सुरक्षा में चूक हुई है। इस तरह कांग्रेस का दोहरा चरित्र एक बार पुनः देश के सामने आ चुका है, यही वजह है कि इस मामले को लेकर उन पर कई प्रश्नचिह्न खड़े हो रहे हैं। यह किसी व्यक्ति की सुरक्षा का सवाल नहीं, बल्कि विश्व की सबसे बड़ी जनसंख्या और मजबूत लोकतांत्रिक देश भारत की अखंडता, एकता एवं सुरक्षा का मामला है। इस घटना की निष्पक्ष जाँच के जरिए ससमय जिम्मेदारी एवं जवाबदेही तय कर कठोर काररवाई किया जाना अति आवश्यक है, ताकि भविष्य में ऐसी किसी घटना की पुनरावृत्ति न हो सके।

(इस आलेख का संपादित अंश 10 जनवरी, 2022 को 'स्वदेश' (भोपाल), 'देशप्राण' (राँची) और 'पूर्वांचल प्रहरी' (गुवाहाटी) में प्रकाशित हुआ।)

□

बांग्लादेशी घुसपैठ : राष्ट्रीय एकता और अखंडता के समक्ष चुनौती

भारत की एकता और अखंडता के लिए बांग्लादेशी घुसपैठ का मामला अत्यंत ही संवेदनशील हो गया है। अब तक की कई रिपोर्ट एवं तथ्य के आधार पर यह स्पष्ट है कि सन् 1971 के बाद से ही बड़ी संख्या में बांग्लादेशी घुसपैठिए भारत में आ रहे हैं। इन घुसपैठियों के कारण ही पूर्वोत्तर भारत का जनसंख्या-संतुलन बिगड़ गया है, जो राष्ट्रीय एकता एवं अखंडता के लिए खतरा है।

भारत ने जिस बांग्लादेश को मानवीय मूल्यों के आधार पर हर संभव मदद की, उसी बांग्लादेश ने आज एक दुश्मन देश के रूप में भारत के साथ दुर्व्यवहार कर हर प्रकार से भारत को नुकसान पहुँचाने का प्रयास किया। इसके लिए बांग्लादेश के साथ-साथ भारत में गैर एन.डी.ए. सरकार भी जिम्मेवार है, जो वोट बैंक की राजनीति के कारण बांग्लादेशी घुसपैठियों पर मौन साधे रही।

भारत में बांग्लादेशी घुसपैठिए 1970 के दशक से आ रहे हैं, लेकिन स्वतंत्रता के बाद से लेकर जब तक कांग्रेस की सरकार रही, उसने घुसपैठ के मुद्दे पर कोई ठोस कारवाई नहीं की, जिसका नतीजा ये हुआ कि पूर्वोत्तर में धीरे-धीरे उनकी जड़ें काफी मजबूत हो गईं। पश्चिम बंगाल एवं पूर्वोत्तर के राज्यों में, विशेष कर असम में ये समस्या इतनी गंभीर हो गई कि सन् 1949 में संसद् में एक बिल लाना पड़ा, जो अप्रवासी (असम से निष्कासन) अधिनियम, के रूप में सन् 1950 में पास हुआ था। ये वह दौर था, जब देश

के विभिन्न राज्यों में बांग्लादेशी घुसपैठिए आने लगे थे, जिससे बिहार एवं झारखंड भी अछूता नहीं था।

बांग्लादेश का कोई भी बॉर्डर बिहार से नहीं लगता है, परंतु भारत-बांग्लादेश का बॉर्डर खुला एवं असुरक्षित होने के कारण बांग्लादेशी घुसपैठिए पश्चिम बंगाल के मालदा, उत्तर दिनाजपुर एवं मुर्शिदाबाद के रास्ते बिहार के किशनगंज, पूर्णिया, अररिया और कटिहार में प्रवेश करते थे। बांग्लादेश से बड़ी संख्या में घुसपैठिए बिहार में आने लगे थे। सन् 1951 से 1961 के दौरान ये पाया गया था कि पूर्णिया जिला (आज का पूर्णिया प्रमंडल) की जनसंख्या में 37 प्रतिशत की बढ़ोतरी हुई, जो कि बिहार की कुल जनसंख्या में वृद्धि से लगभग दुगनी थी। सन् 1971 से 1981 तक बिहार की जनसंख्या में 23.90 प्रतिशत की वृद्धि दर्ज की गई थी, जबकि उसी दौरान पश्चिम बंगाल से सटे झारखंड के कई जिलों में भी अप्रत्याशित रूप में वृद्धि हुई थी। इसमें उल्लेखनीय बात ये है कि इस बढ़ी हुई जनसंख्या में मुसलिम आबादी ही थी। इन आँकड़ों से स्पष्ट होता है कि मुसलिम जनसंख्या के बढ़ने से बिहार की कुल आबादी तेजी के साथ बढ़ी।

सी.बी.आई. के पूर्व डायरेक्टर श्री जोगिंदर सिंह ने अपनी रिपोर्ट में बताया था कि देश में लगभग पाँच करोड़ बांग्लादेशी घुसपैठिए हैं, जबकि खुद बांग्लादेश की 2001 की जनगणना में एक करोड़ लोगों की कमी हुई है। कई अन्य रिपोर्ट एवं अध्ययन से मिले आँकड़ों के अनुसार भारत, पाकिस्तान और बांग्लादेश की प्रजनन दर को देखें तो 1971 और 1981 में भारत में 5.5, 4.7, पाकिस्तान में 6.6, 6.5 और बांग्लादेश में 6.9, 6.2 थी, जबकि 1991 में भारत, पाकिस्तान में क्रमशः 4.6, 6.0 थी, जबकि बांग्लादेश में 4.4 है। इससे स्पष्ट है कि बांग्लादेश के आँकड़ों में पहले की तुलना में अस्वाभाविक कमी हुई है, जबकि भारत और पाकिस्तान में यही अंतर सामान्य है। वहीं 1971 से पूर्व के आँकड़ों में तीनों देशों में एक सामान्य रूप से उतार-चढ़ाव देखने को मिलता है। दूसरी तरफ बांग्लादेश के जनसंख्या घनत्व के आँकड़ों को देखें तो पता लगता है कि 1980, 1985, 1990 में क्रमशः 611, 697 और 792 थे। अब इन दोनों की तुलना करें, तो यदि प्रजनन दर में इस अवधि के दौरान

कमी हुई, तो फिर घनत्व में इतनी बढ़ोतरी कैसे?

कुल मिलाकर देखें तो बांग्लादेश ने अपनी जनसंख्या नियंत्रण के लिए कोई भी कार्ययोजना नहीं बनाई, ये जानते हुए कि उसके पास हर प्रकार के संसाधन की घोर कमी है, घनत्व बहुत ज्यादा है, बावजूद इसके कोई भी प्रयास वहाँ की सरकार द्वारा नहीं किया गया है। बांग्लादेश की सरकार द्वारा लगातार अपनी जनसंख्या को छुपाया जाता रहा, जिसके पीछे एकमात्र उद्देश्य यह है कि वे अपनी बड़ी जनसंख्या को भारत में शिफ्ट करा दें, जिससे उनका खुद का बोझ कम हो और इसमें उसे कामयाबी भी मिल रही है।

आए दिन प्राकृतिक आपदाओं से बांग्लादेश में भारी तबाही देखने को मिलती है। सन् 1971 से 2010 तक इन 40 वर्षों के भूमि उपयोग के आँकड़ों के विश्लेषण में यह पाया गया है कि समुद्र का जलस्तर बढ़ने के कारण बांग्लादेश की कृषि योग्य भूमि में हर वर्ष औसतन 66 हजार एकड़ की कमी आई है, जो कुल कृषि-भूमि का 0.29 प्रतिशत है। आँकड़ों से पता चलता है कि पिछले 40 वर्षों में कृषि योग्य भूमि में 1003 हजार एकड़ की कमी आई है। अब कुल कृषि योग्य भूमि 21063 हजार एकड़ बची है। अगर यह इसी तरह घटती रही तो एक अनुमान के अनुसार सन् 2050 में कृषि योग्य भूमि 18563.44 हजार एकड़ हो सकती है।

बांग्लादेश सरकार की 2009 की जलवायु परिवर्तन रणनीति और कार्य-योजना के अनुसार औसतन प्रतिवर्ष देश का लगभग एक चौथाई भाग अनेक कारणों से जलमग्न हो जाता है। तटीय क्षेत्रों के तेजी से क्षरण ने खाड़ी में दर्जनों द्वीपों का अस्तित्व समाप्त कर दिया है। उदाहरण के तौर पर चटगाँव के पास, सैंडविप द्वीप ने पिछले दो दशकों में अपने मूल 23 वर्ग मील का 90 प्रतिशत भू-भाग खो दिया है।

इन सभी आँकड़ों, रिपोर्टों एवं गतिविधियों से समझा जा सकता है कि बांग्लादेश द्वारा षड्यंत्रपूर्वक भारत में घुसपैठिए भेजने के कारण यह स्थिति कितनी गंभीर होती जा रही है। इन घुसपैठियों को भारत में भेजने के पीछे मुसलिम लीग की भी महत्त्वपूर्ण भूमिका रही है, जो कार्य पाकिस्तान के संस्थापक मोहम्मद अली जिन्ना अंग्रेजों के शासनकाल में नहीं करा पाए, वह

कार्य कांग्रेस के शासनकाल में हुआ। मुसलिम लीग के इस षड्यंत्र के कारण बांग्लादेश को मुख्य रूप से दो फायदे हुए, जिसमें पहला यह कि बांग्लादेश से बेरोजगारी एवं भुखमरी अपेक्षाकृत कम हुई तथा दूसरा उनके लोग जो पहले से भारत में हैं, उसको और मजबूत एवं सशक्त बनाया गया, ताकि भविष्य में भारत के भीतर भी जनसंख्या बाहुल्य के आधार पर अलग देश बनाने की बात हो सके। यही उसका राजनैतिक स्वार्थ है। देश एवं बिहार में उस समय जो पार्टी सत्ता में थी, वे लोग अपने वोट बैंक की राजनीति के लिए घुसपैठियों को न केवल बढ़ावा देते रहे, अपितु उनको हर प्रकार से संरक्षण भी देते रहे।

यहाँ यह भी उल्लेखनीय है कि सन् 1972 से लेकर अब तक बांग्लादेश की आबादी में हिंदुओं की जनसंख्या में लगातार कमी आई है, जबकि दूसरी तरफ भारत में घुसपैठियों की संख्या में लगातार बढ़ोतरी हुई। हैरानी की बात यह थी कि कांग्रेस की सरकार ने घुसपैठियों को कभी देश के लिए खतरा माना ही नहीं और आज भी वोट बैंक के कारण उनका विचार यही है। घुसपैठियों के आने का सिलसिला भारत में तभी तेज हो गया था, जब 1971 के दौर में अमेरिकी राष्ट्रपति रिचर्ड निक्सन की आलोचना के बावजूद देश की तत्कालीन प्रधानमंत्री श्रीमती इंदिरा गांधीजी ने इन्हें शरणार्थी के रूप में भारत में स्थान दिया और जब बाद में बांग्लादेश स्वतंत्र हो गया तब भी इन लोगों ने भारत में ही रुकने में फायदा समझा, जिस पर कांग्रेस सरकार ने कोई काररवाई नहीं की। और तो और श्रीमती इंदिरा गांधीजी ने तो तब उनके लिए पाँच एवं दस पैसे का शरणार्थी सहायता टैक्स लगाया था, जो राजस्व और पोस्टल टिकट के रूप में भारत की जनता से वसूला गया था।

बांग्लादेशी घुसपैठ भारत की आर्थिक तंगी का बड़ा कारण भी बना। इसके कारण भारत में जनसंख्या नियंत्रण के लिए चल रहा 'हम दो हमारे दो' नामक अभियान भी विफल रहा। इसके लिए बांग्लादेशी घुसपैठ एक बड़ा कारण रहा, जिससे भारत में बेरोजगारी बढ़ी। भारत सरकार द्वारा चलाई गई समाज-कल्याण की योजनाओं का फायदा बांग्लादेशी घुसपैठियों ने भी खूब उठाया। हमारे कर दाता के पैसे से मिलने वाली सहूलियतें आखिर किसी और देश के नागरिक का हक कैसे हो सकता है? ये बांग्लादेशी घुसपैठिए बहुत बड़े पैमाने पर भारत

में आतंकवादी गतिविधियों को संचालित करने हेतु स्लीपर सेल के तौर पर काम करते हुए एवं आर्म्स की तस्करी करते हुए भी पकड़े जा चुके हैं। पूर्व में ऐसी कई घटनाओं को देश ने देखा है, जब इन घुसपैठियों के द्वारा प्रत्यक्ष एवं अप्रत्यक्ष रूप से निर्दोष भारतीय हिंदुओं को असम, पश्चिम बंगाल इत्यादि कई राज्यों के मुसलिम बाहुल्य इलाकों में प्रताड़ित किया।

राजनैतिक स्वार्थ के कारण इस मुद्दे पर कांग्रेस, वामदल और वर्तमान में तृणमूल कांग्रेस सब-के-सब एक ही नक्शेकदम पर चल रही हैं, जिसके कारण पश्चिम बंगाल समेत पूर्वोत्तर के प्रायः सभी राज्यों में बांग्लादेशी घुसपैठियों की जनसंख्या में लगातार वृद्धि हुई है और अब जब इन घुसपैठियों के खिलाफ केंद्र की मोदी सरकार लगाम लगा रही है और उसके लिए राष्ट्रहित में नेशनल रजिस्टर ऑफ सिटीजंस (एन.आर.सी.) को लाने की बात कह रही है, तो उन घुसपैठियों के प्रति इन सबका प्रेम उमड़ रहा है और ये सभी धर्मनिरपेक्षता और मानवता की दुहाई देकर वोट बैंक की राजनीति के लिए आम लोगों को गुमराह करने में लग गए हैं। बांग्लादेशी घुसपैठियों ने आर्थिक, सामाजिक और धार्मिक क्षेत्र को तो प्रभावित किया ही है, उनकी भागीदारी भारत की लोकतांत्रिक व्यवस्था में होने लगी, जो उनका मुख्य एजेंडा रहा है, तो इसको रोकने के लिए एन.आर.सी. को लागू करना समय की माँग है।

सुश्री ममता बनर्जीजी ने "4 अगस्त, 2005 को लोकसभा में कहा था कि बंगाल में घुसपैठ आपदा बन गया है। मेरे पास बांग्लादेशी और भारतीय वोटर लिस्ट है। यह बहुत ही संवेदनशील मुद्दा है। मैं यह जानना चाहती हूँ कि आखिर सदन में कब इस पर चर्चा होगी?" इतना ही नहीं उस दौरान लोकसभा में सुश्री ममता बनर्जी बांग्लादेशी घुसपैठियों के मुद्दे पर सदन का स्थगन प्रस्ताव लेकर भी आईं थीं और इसे काफी गंभीर विषय बताते हुए इस पर चर्चा की माँग की थी, जिसे उस समय के अध्यक्ष श्री सोमनाथ चटर्जी ने नकार दिया था। इसके बाद सुश्री ममता बनर्जी ने स्पीकर पर भेदभाव का आरोप लगाया था। उनकी नाराजगी इतनी थी कि डिप्टी स्पीकर चरणजीत सिंह अटवाल के समक्ष उन्होंने सदन के अंदर कागज फाड़कर फेंक दिया था और बाद में उन्होंने अपने इस्तीफे की पेशकश भी की थी।

वहीं सुश्री ममता बनर्जी आज जब पश्चिम बंगाल में सत्ता में हैं तो बांग्लादेशी घुसपैठियों से राजनैतिक फायदे के लिए देशहित में बने एन.आर.सी. का विरोध कर रही हैं। सुश्री ममता बनर्जी का बांग्लादेशी घुसपैठियों के वोट बैंक की खातिर उमड़ा प्रेम तो कई बार देखने को मिल चुका है। सन् 2019 के लोकसभा चुनाव में जिस प्रकार तृणमूल कांग्रेस के लिए बांग्लादेशी अभिनेता फिरदौस अहमद को प्रचार करते देखा गया था, जिससे उसकी मंशा स्पष्ट होती है।

आज भी इन विपक्षी दलों का मत और विचार वही है, जो पूर्व में था। आज भी ये लोग इन बांग्लादेशी घुसपैठियों से सहानुभूति रखते हैं और शरणार्थी कहकर लोगों में भ्रम फैला रहे हैं। ऐसे में भारत के संदर्भ में शरणार्थी एवं घुसपैठियों में अंतर को समझना और जानना बेहद जरूरी हो जाता है। भारत में जो बांग्लादेशी घुसपैठिए आ रहे हैं, वे पीड़ित-प्रताड़ित होकर आने की जगह योजनाबद्ध तरीके से अवसर की खोज में षड्यंत्र के तहत आ रहे हैं।

भारत शरणार्थी के रूप में उन्हीं लोगों को बसा सकता एवं नागरिकता दे सकता है, जो हिंदू, सिख एवं अन्य धर्म के अल्पसंख्यक जो बांग्लादेश, पाकिस्तान और अफगानिस्तान से बहुसंख्यक मुसलिम से उत्पीड़ित होकर आ रहे हैं। इसी बात को एन.आर.सी. में स्पष्ट रूप से कहा गया है। हाँ, यह जरूर है कि कोई बांग्लादेशी मुसलिम किसी प्रताड़ना की वजह से भारत में कुछ समय के लिए शरण लेना चाहे तो वह एक निश्चित अवधि तक भारत में शरणार्थी के रूप में रह सकता है। भारत ने तो हमेशा ही ऐसी परिस्थिति में मानवता का साथ दिया है। जैसे पूर्व में बर्मा, बांग्लादेश और वर्तमान में अफगानिस्तान के लोगों को भारत शरण दे रहा है।

भारत के पूर्व प्रधानमंत्री माननीय अटल विहारी वाजपेयी की सरकार ने बांग्लादेशी घुसपैठियों की इस जटिल समस्या को गंभीरता से लिया और काररवाई की पहल की। 2014 में माननीय नरेंद्र मोदीजी की पूर्ण बहुमत के साथ सरकार बनी एवं पूर्वोत्तर के राज्यों में बीजेपी को सत्ता में आने का मौका मिला, तब से आज तक लगातार बांग्लादेशी घुसपैठियों पर नकेल कसी जा रही है। पिछले सात वर्षों में जो बदलाव हुए हैं, वे केंद्र सरकार के क्रांतिकारी निर्णय का परिणाम हैं।

प्रधानमंत्री श्री नरेंद्र मोदी के नेतृत्व में पूर्व एवं वर्तमान गृहमंत्री क्रमशः श्री राजनाथ सिंहजी एवं श्री अमित शाहजी ने कई ऐसे निर्णय लिए हैं, जो एतिहासिक हैं। इससे घुसपैठियों पर लगाम लगाने में सफलता मिली है। पहले जहाँ सीमा सुरक्षा बलों की कमी रहती थी, सीमा पर किसी भी प्रकार की कोई व्यवस्था नहीं होती थी, अब भारी संख्या में वहाँ सुरक्षा बलों को तैनात किया गया है। कई प्रकार की तकनीकीयुक्त व्यवस्था की गई जो घुसपैठ को रोकने के लिए सकारात्मक पहल है।

यह कितना दुर्भाग्यपूर्ण है कि जब अपने ही देश के कुछ राजनैतिक दल राष्ट्रीय एकता और अखंडता को दरकिनार कर सत्ता की राजनीति के बारे में सोचते हैं। इस मुद्दे पर हम सबको चिंतन करने की आवश्यकता है, ताकि भारत को बाँटने वाली शक्तियों को रोका जा सके। हमारे लिए भारत देश महत्त्वपूर्ण है एवं यहाँ की संस्कृति, सभ्यता एवं भाषा को बचाना हम सब का नैतिक कर्तव्य बनता है। मेरा मानना है कि राष्ट्रीयता से बढ़कर हमारे लिए कुछ नहीं हो सकता। हमारे लिए देश की एकता एवं अखंडता सर्वोपरि होनी चाहिए। भारत पर पहला एवं आखिरी अधिकार यहाँ के नागरिक का है। अतः हम सब की चिंता एक ही होनी चाहिए कि एक राष्ट्र के रूप में हम और मजबूत तथा वैभवशाली बनें।

(इस आलेख का संपादित अंश
23 अक्तूबर, 2021 को 'पंजाब केसरी' के (दिल्ली संस्करण),
28 अक्तूबर, 2021 को 'द पायनियर' (हिंदी संस्करण) और
27 अक्तूबर, 2021 को (अंग्रेजी संस्करण) में प्रकाशित हुआ।)

□

द कश्मीर फाइल्स : सच से सरोकार

जिस प्रकार आईने का काम वास्तविकता को दिखाना होता है, उसी प्रकार सिनेमा भी समाज के लिए आईने का काम करती है। आमतौर पर जब भी कोई नई फिल्म रिलीज होती है, वह चर्चा का विषय होता है, लेकिन जो माहौल 'द कश्मीर फाइल्स' को लेकर देखने को मिल रहा है, वह ऐतिहासिक, अभूतपूर्व और भाव विभोर करने वाला है।

सन् 1990 को कश्मीरी पंडितों के साथ जो कुछ भी घटित हुआ, उसका घाव अभी तक भरा नहीं है। एक लोकतांत्रिक देश में जिस प्रकार से धर्म के आधार पर कश्मीरी पंडितों के साथ उनकी संपत्ति को टारगेट बनाकर आघात किया गया, उसका प्रभाव आज भी उनके परिवार और समाज में देखने को मिलता है। उस घटना से ऐसा मालूम पड़ता है कि कश्मीर में मानो धर्मनिरपेक्षता की जगह सांप्रदायिकता पूरी तरह से फैल चुकी थी। इस घटना के बाद से पूरे भारत में चर्चा जरूर हुई, लेकिन अनेक वर्षों तक सत्ता में रहने वाली कांग्रेस सरकार द्वारा इस दिशा में कोई प्रयास तक नहीं किया गया।

वैसे तो कुछ घटना को लेकर भारत में तथाकथित बुद्धिजीवियों का अवॉर्ड वापसी गैंग अपने पुरस्कार लौटाते हैं, लेकिन कश्मीर में कश्मीरी पंडितों के साथ हुई अमानवीय घटना को लेकर ये कलाकार, पत्रकार और साहित्यकार कभी अवॉर्ड वापसी करते नजर नहीं आए। बात-बात में मानवाधिकार की बात करने वालों को मानवाधिकार का उल्लंघन नहीं दिखा, न ही मानवाधिकार आयोग को भी नहीं दिखना दुर्भाग्यपूर्ण है।

आज 32 वर्षों के बाद जब किसी फिल्मकार ने कश्मीरी पंडितों के साथ हुए अन्याय को फिल्म के माध्यम से जनता के समक्ष लाने की हिम्मत दिखाई तो उसके समर्थन में पूरे भारतवासी खड़े नजर आए। बिना किसी प्रचार-प्रसार के यह फिल्म रिलीज होने के मात्र 11 दिन बाद ही 200 करोड़ के पार कमाई कर चुकी है। हर आयु के लोग इस फिल्म को लेकर उत्साहित दिख रहे हैं। इस फिल्म ने एक नया ट्रेंड भी शुरू किया है। आमतौर पर फिल्में शुक्रवार, शनिवार एवं रविवार के बीच अधिक कमाई करती हैं और उसके बाद उसमें गिरावट देखने को मिलती है, लेकिन इस फिल्म को हर दिन पूर्व से कई गुना ज्यादा लोग देख रहे हैं। कई जगह लोगों को टिकट नहीं मिलने के कारण इंतजार करना पड़ रहा है। यह इसलिए, क्योंकि भारत की जनता स्वयं ब्रांड एंबेसडर बनकर इस फिल्म को देख रही है।

दुर्भाग्य की बात है कि जब-जब देश में एकता, अखंडता और राष्ट्रीयता के लिए कोई भी कार्य किया जाता है तब-तब मुट्ठीभर भारत विरोधी ताकतें उस कार्य में अवरोध उत्पन्न करने का भरपूर प्रयास करती हैं और यही काम इस फिल्म के रिलीज होने के बाद देखने को मिला। कांग्रेस, पी.डी.पी., नेशनल कॉन्फ्रेंस समेत अन्य दलों का भी राष्ट्र एवं हिंदू विरोधी चरित्र उजागर हुआ। इस फिल्म को भी कुछ समूह एवं राजनैतिक दल प्रोपेगेंडा बता रहे हैं। कई राजनैतिक दलों के नेता इसे लोगों को बाँटने वाली फिल्म भी बता रहे हैं। जो स्पष्ट करता है कि आखिरकार यह फिल्म पहले इसलिए नहीं बन पायी, क्योंकि पूर्व की कांग्रेस सरकार ने ऐसे राष्ट्रहित के कार्यों को बढ़ावा नहीं दिया, इसलिए आज भी उन्हें रास नहीं आ रहा कि यह फिल्म जनता के दिलों को कैसे छू गई है। इनकी सरकार में जनता को भ्रमित करने हेतु महिला, दलित चेतना कहकर समाज को बाँटने का काम होता था, जबकि वर्तमान की श्री नरेंद्र मोदी नेतृत्व वाली सरकार में भारत के भीतर विमर्श का केंद्र राष्ट्रीय चेतना है, जो जात-पात, ऊँच-नीच को दरकिनार कर देश की एकता, अखंडता को अक्षुण्ण रखने और ऐतिहासिक, धार्मिक एवं सांस्कृतिक विरासत को बचाने का कार्य कर रही है। यह वास्तव में समाज को जोड़ने में कारकर सिद्ध हो रहा है। उसका उदाहरण भी देखने को मिल रहा है, तभी तो

राष्ट्रीय सरोकार रखने वाली फिल्म 'द कश्मीर फाइल्स' का बनना संभव हो पाया है। इतना ही नहीं इस फिल्म को लेकर जब झूठी अफवाह फैलाई जा रही थी, तो ऐसे में देश के प्रधानमंत्री और गृहमंत्री समेत सरकार का समर्थन और संरक्षण प्राप्त हुआ।

सिनेमा जगत में शायद ऐसी पहली बार कोई फिल्म बनी है, जिसकी चर्चा संसद् से लेकर सड़क तक, सिनेमाघर से लेकर सोशल मीडिया तक हो रही है। ऐसे में जो लोग हमेशा अभिव्यक्ति की स्वतंत्रता के नाम पर राजनीति करते हैं, लोगों को गुमराह करते हैं, वह आज 'द कश्मीर फाइल्स' फिल्म की जनमानस में बढ़ती लोकप्रियता को देखकर अपनी-अपनी सुविधा के अनुसार इसे राजनैतिक रंग देने में लगे हैं।

इस फिल्म को रोकने के लिए कई सारे षड्यंत्र हुए। कुछ षड्यंत्र फिल्म रिलीज से पूर्व किए गए, जिसके तहत किसी की धार्मिक भावनाओं को ठेस पहुँचाने का हवाला देकर हाई कोर्ट में फिल्म बैन कराने हेतु याचिका दायर की गई, लेकिन कोर्ट ने उसे निरस्त तो किया ही साथ-ही-साथ जनता की अदालत में भी अफवाह फैलाने वाले बेनकाब हुए।

बस किसी धर्म विशेष के वोट लेने वाले राजनैतिक दलों को जवाब देना होगा कि क्या यह सच नहीं कि इस फिल्म को देखकर सैकड़ों कश्मीरी पंडितों के परिवारों के साथ-साथ देश के अन्य लोगों की भी आँखों में आँसू आते हैं? कई टी.वी. चैनलों पर लाइव शो के दौरान एंकर, पत्रकार एवं दर्शकों की आँखों में आँसू देखे गए तो कुछ के चेहरे पर गुस्सा, यह सब बनावटी और झूठ हो सकता है क्या? क्या यह सत्य नहीं कि डेढ़ लाख से ज्यादा कश्मीरी हिंदुओं को इसलामिक आतंकवाद के कारण बेघर होना पड़ा था और सैकड़ों लोगों का कत्ल किया गया था?

पहले परिवारवाद, तुष्टीकरण और ध्रुवीकरण की राजनीति होती थी, किंतु अब जनता उसे नकारकर राष्ट्रनीति की राजनीति करने वालो को पसंद करती है, तभी तो हाल के विधानसभा चुनाव में बीजेपी पूर्ण बहुमत के साथ चार राज्यों में सरकार बना पाई। इतना होने के बावजूद कुछ राजनैतिक दल और उनके संरक्षण में पल रहे टुकड़े-टुकड़े गैंग द्वारा देश में ऐसा भय का माहौल

बनाने एवं सामाजिक सौहार्द बिगाड़ने की कोशिश की जा रही है। ये वही लोग हैं, जो न्याय, न्यायालय और संविधान की बात करते हैं, लेकिन स्वयं उसका पालन नहीं करते हैं। यह चिंता का विषय है कि हिजाब मामले पर फैसला सुनाने वाले जज हों या 'द कश्मीर फाइल्स' बनाने वाले फिल्म निर्माता उन्हें ईमानदारी से अपने कार्य करने की वजह से देश के भीतर ही सुरक्षा लेनी पड़ रही है, क्योंकि हर दिन उन्हें जान से मारने की धमकियाँ मिल रही हैं।

देश के कई राज्यों में सरकार ने भी माना है कि यह फिल्म देशहित में है और उसे टैक्स फ्री भी किया गया। अब भारत समेत विश्वभर के विभिन्न समुदायों का जो रिएक्शन आ रहा है, उससे समझा जा सकता है कि इस फिल्म में दिखाया गया कोई भी दृश्य तथ्यात्मक रूप से गलत नहीं है। अब तक जिस इतिहास को तोड़-मरोड़ कर पेश किया जा रहा था, उसका परदाफाश हुआ है, इसलिए कश्मीरियत, इनसानियत और जम्हूरियत की बात करने वालों को 32 वर्ष बाद दिखाए जा रहे इस सच को स्वीकार करते हुए समर्थन करना चाहिए, वरना आने वाला भविष्य कभी माफ नहीं करेगा।

(इस आलेख का संपादित अंश
3 अप्रैल, 2022 को 'राष्ट्रीय सहारा' में प्रकाशित हुआ।)

□

केंद्रीय जाँच एजेंसियों को बदनाम करने की साजिश

भारत के लिए इस बार का स्वतंत्रता दिवस विशेष रहा। पूरा देश आजादी की 75वीं वर्षगाँठ पर अमृत महोत्सव मना रहा था। लाल किले की प्राचीर से प्रधानमंत्री का संबोधन भी ऐतिहासिक था। उन्होंने कई विषयों पर देशवासियों के समक्ष बातें रखीं, जिसमें उन्होंने भारत के जनमानस से भ्रष्टाचार को खत्म करने में समर्थन माँगा। प्रधानमंत्री मोदी ने कहा कि भारत जैसे लोकतंत्र में लोग गरीबी से जूझ रहे हैं। उन्होंने कहा कि एक तरफ वे लोग हैं, जिनके पास रहने के लिए जगह नहीं है, दूसरी तरफ वे लोग हैं, जिनको भ्रष्टाचार का कालाधन रखने की जगह नहीं है। सरकार की नीति भ्रष्टाचार पर वार करने की है। जो जनहित में बिल्कुल ठीक है। विगत कई वर्षों से देखने को भी मिला है कि इस दिशा में प्रयास जारी हैं, लेकिन उसे और धारदार बनाने की आवश्यकता है। इसके लिए विभिन्न जाँच एजेंसियाँ भी अपना काम कर रही हैं। अब ऐसे में कोई (विशेषकर राजनैतिक दल) इन जाँच एजेंसियों पर बिना साक्ष्य आरोप लगाकर चरित्रहरण करें तो वह न्यायोचित नहीं है। कभी कोई जाँच से सहमत और असहमत हो सकता है और अपनी बात स्वतंत्र ढंग से उचित फोरम पर रखकर कारवाई की माँग भी कर सकता है, किंतु तथ्यहीन आरोप मढ़ना उचित नहीं है।

इस बात से कोई इनकार नहीं कर सकता कि भारत स्वतंत्रता के उपरांत भ्रष्टाचार, राष्ट्रीय सुरक्षा जैसी गंभीर समस्या से जूझ रहा है। इससे निपटने

के लिए ही कई संस्थानों का गठन हुआ। इनमें से कुछ प्रमुख संस्थान जैसे सी.बी.आई. (केंद्रीय अन्वेषण ब्यूरो) जो शुरुआती दिनों में केंद्र सरकार के लोकसेवकों के भ्रष्टाचार की जाँच करने तक ही सीमित था, लेकिन बाद में उसमें बदलाव हुआ और अब वह भ्रष्टाचार, सुरक्षा, आपराधिक घटनाएँ, हत्या समेत कई मामलों की जाँच करता है, जबकि प्रवर्तन निदेशालय (ई.डी.) देश की खुफिया एजेंसी के रूप में वित्तीय मामलों से जुड़े अपराध, मनी लांड्रिंग, फॉरेन एक्सचेंज, हवाला लेन-देन जैसे मामलों में काररवाई करती है। नेशनल इन्वेस्टिगेशन एजेंसी (राष्ट्रीय अन्वेषण अभिकरण) भारत में आतंकवाद से जुड़ी गतिविधियों की सघन जाँच कर काररवाई करने की दिशा में काम करती है तो वहीं इंटेलिजेंस ब्यूरो देश की खुफिया एजेंसी के रूप में आतंकवाद और उग्रवाद से जुड़ी समस्याओं के समाधान हेतु कार्य करती है तथा देश के आंतरिक और बाहरी सुरक्षा से खिलवाड़ करने वाले विभिन्न संगठनों पर कड़ी निगरानी भी रखती है। नारकोटिक्स कंट्रोल ब्यूरो (स्वापक नियंत्रण ब्यूरो) अंतरराष्ट्रीय और अंतर राज्य स्तर पर ड्रग्स तस्करी तथा अवैध पदार्थ को रोकने की दिशा में अन्य एजेंसियों के साथ मिलकर कार्य करती है तो इनकम टैक्स (आयकर विभाग) ऐसे व्यक्ति और संस्था जो टैक्स चोरी करती हो या नियम के विरुद्ध विदेशी पैसों का लेन-देन करते हों, उनके खिलाफ काररवाई करती है।

इन सभी संस्थानों का गठन कोई एक दिन में नहीं हुआ है। जब-जब देश में कोई घटना घटी और जरूरत पड़ी, तब इन संस्थानों का गठन सरकार द्वारा किया गया। इंटेलिजेंस ब्यूरो तो अंग्रेजों के समय सन् 1887 और सी.बी.आई. का सन् 1946 से है, जिसका नाम सन् 1963 में बदलकर सी.बी.आई. किया गया। ई.डी. 1956 तो एन.आई.ए. 2008 कांग्रेस के शासनकाल में ही बना। पिछले कुछ वर्षों, विशेषकर हाल के दिनों में देश के भीतर इन सभी संस्थाओं की कार्यशैली, नियति पर निराधार सवाल खड़ा कर लोगों में अविश्वास पैदा करने का माहौल बनाया जा रहा है, जो कि दुर्भाग्यपूर्ण है। ऐसा मालूम पड़ता है कि सरकार का सकारात्मक विरोध करने में नाकाम सभी विपक्षी पार्टियाँ जाँच एजेंसियों के खिलाफ लड़ाई लड़ रही हैं। संविधान बचाने की बात करने वाली कांग्रेस, तृणमूल कांग्रेस, राजद, शिवसेना, राकपा, जे.एम.एम. हों या स्वयं को

कट्टर ईमानदार का सर्टिफिकेट देने वाली आम आदमी पार्टी सोते-जगते जाँच एजेंसियों को गाली देने लगते हैं। लगता है मानो इन्हें जाँच का भय सताता है।

केंद्र की सभी जाँच एजेंसियों को अपने अधिकार क्षेत्र में रहकर कार्य करने की स्वतंत्रता है। वह इस आधार पर अपना कार्य करती भी हैं। कई बार किसी राज्य में कोई घटना घटित होती है तो विपक्ष की पार्टियाँ सी.बी.आई. से जाँच कराने की माँग करती हैं, लेकिन बात जब राजनैतिक दल से जुड़े किसी व्यक्ति के संबंध में होती है तो ये लोग पूर्व से ही कई प्रकार के आरोप जाँच करने वाली एजेंसियों पर मढ़ना शुरू कर देते हैं। इस संबंध में हाल में घटित घटनाओं को जानना भी जरूरी है। 13 जून को कांग्रेस नेता राहुल गांधी एवं 27 जुलाई को कांग्रेस अध्यक्ष सोनिया गांधी को सी.बी.आई. और बाद में ई.डी. ने पूछताछ के लिया बुलाया, तो सभी कांग्रेसी नेता नेहरू परिवार के राजकुमार के बचाव में प्रदर्शन करने लगे। ज्ञातव्य है कि यह मामला सन् 2010 से चल रहा है। बिहार के पूर्व मुख्यमंत्री लालू यादव पर चारा घोटाले में माननीय पटना उच्च न्यायालय ने सन् 1996 में ही सी.बी.आई. से जाँच कराने का आदेश दिया था। उपमुख्यमंत्री तेजस्वी यादव पर भी जमीन के बदले नौकरी का मामला यू.पी.ए.-1 के समय का ही है। शिवसेना से राज्यसभा सांसद संजय राउत तो इसी महीने पात्रा चॉल जमीन घोटाले में जेल गए हैं। यह मामला 2018 से उनके विरुद्ध चल रहा है। महाराष्ट्र के ही पूर्व मंत्री नवाब मलिक को ई.डी. ने दाऊद इब्राहिम से संबंधित मनी लॉन्ड्रिंग में दोषी पाते हुए जेल भेजा था। पश्चिम बंगाल के उद्योग और वाणिज्य मंत्री पार्थ चटर्जी को भी शिक्षक भर्ती घोटाले में दोषी पाया गया और वह अभी जेल में हैं। झारखंड मुख्यमंत्री के प्रतिनिधि पंकज मिश्रा और वहाँ की आई.ए.एस. अधिकारी पूजा सिंघल के पास से करोड़ों रुपए बरामद किए गए। दिल्ली के मंत्री सत्येंद्र जैन पहले से ही मनी लॉन्ड्रिंग केस में जेल में हैं और अब उपमुख्यमंत्री के खिलाफ शराब घोटाले को लेकर सी.बी.आई. ने पूछताछ की। इन सभी में एक सामान्य बात देखने को मिलेगी, जब-जब जाँच की आँच आती है तो यह आरोप लगाना शुरू कर देते हैं, लेकिन वास्तविकता यह है कि बाद में माननीय न्यायालय द्वारा इन पर आरोप सही सिद्ध हो जाता है।

मीडिया में संविधान बचाने की बात करने वाले इन सभी राजनैतिक दलों के नेताओं द्वारा स्वयं को बचाने के लिए बिना सिर-पैर के बयान दिए जाते हैं। कई बार तो इन माननीयों द्वारा सभी मर्यादाओं को तार-तार कर कुछ भी बोलते देखा जाता है। हाल ही में बिहार विधानसभा में उपमुख्यमंत्री तेजस्वी यादव द्वारा सी.बी.आई., ई.डी. और आई.टी. को 'जमाई' शब्द का प्रयोग कर अपमानित किया गया और प्रेस वार्ता कर इन जाँच एजेंसियों के अधिकारियों को धमकीभरे अंदाज में डराया तो आम आदमी पार्टी द्वारा भी केंद्र सरकार पर काम न करने का आरोप लगा रही है।

जिन नौ राज्यों ने सी.बी.आई. को जाँच करने के लिए अनुमति लेने की जरूरत है, उसमें छत्तीसगढ़, झारखंड, केरल, महाराष्ट्र, मेघालय, मिजोरम, पंजाब, राजस्थान और पश्चिम बंगाल शामिल हैं। अब बिहार में राजद द्वारा सरकार में शामिल होते ही उनके नेताओं द्वारा इन्हीं श्रेणी के राज्यों की माँग उठने लगी है। इसमें एक बात समझने वाली है, इन्हीं सभी राज्यों के भ्रष्टाचार में संलिप्त नेताओं और अधिकारी पर काररवाई हो रही है, इसलिए यह कहा जा सकता है कि राजनीति दुर्भावना से प्रेरित होकर यहाँ की राज्य सरकार द्वारा इस तरह के कदम उठाए गए। सवाल यह है कि जब आपने कुछ गलत किया नहीं, तो फिर जाँच में सहयोग की बजाय डरते क्यों हैं? स्पष्ट है भ्रष्ट लोगों को बचाने के लिए कुछ राजनैतिक समूह खुले तौर पर एकजुट होने का प्रयास कर रहे हैं। जिस प्रकार का आरोप सी.बी.आई. समेत अन्य एजेंसियों पर लगाया जा रहा है, वह तथ्यों से परे है। वास्तविकता तो यह है कि सी.बी.आई. ने पिछले 10 वर्षों में 10326 केस दर्ज किए हैं, जिसमें 7932 मामलों की जाँच पूरी हो चुकी है। अप्रैल 2022 में लोकसभा में आंतरिक प्रश्न के जवाब में यह आँकड़ा बताया गया था। जुलाई 2022 में सुप्रीम कोर्ट ने कीर्ति चिदंबरम, अनिल देशमुख समेत कुल 242 याचिकाओं पर बड़ा फैसला सुनाया था। जिसमें ई.डी. के धनशोधन निवारण अधिनियम (पी.एम.एल.ए.) समेत कुछ अन्य प्रावधानों में अदालत ने ई.डी. के पक्ष में सही मानते हुए उसे बरकरार रखने का फैसला दिया।

कुल मिलाकर जो आरोप सरकार या जाँच एजेंसियों पर लगाया है, वह

देश के नागरिकों को दिग्भ्रमित कर भ्रष्टाचार में संलिप्त नेताओं को बचाने के लिए है, जबकि जनता इन संस्थाओं पर विश्वास करती है। जब राज्य पुलिस पर समाज को कम विश्वास होता है तो माँग उठती है कि सी.बी.आई. जाँच कराई जाए। पीड़ित पक्ष को भरोसा होता है कि यदि सी.बी.आई. जाँच कर देगी तो उसे न्याय मिल जाएगा। सी.बी.आई. पर वैसा ही विश्वास है, जितना समाज को माननीय न्यायालय पर होता है। समाज को सी.बी.आई. पर विश्वास है, परंतु भ्रष्ट राजनेता और नौकरशाह को विश्वास नहीं है, जबकि समाज के मन में सी.बी.आई. और अन्य केंद्रीय एजेंसियों के प्रति स्वच्छ, कर्मठ, निष्पक्ष एवं ईमानदार की छवि बनी है। बहुत परिस्थितियों में स्वयं सरकार निष्पक्ष जाँच हेतु सी.बी.आई. को केस देती है, ताकि जाँच पर नागरिकों को विश्वास हो। कई मामलों में स्वयं माननीय न्यायालय भी कहता है कि इस केस की जाँच सी.बी.आई. करे।

(इस आलेख का संपादित अंश
3 सितंबर, 2022 को 'स्वदेश' (भोपाल) में प्रकाशित हुआ।)

□

कृषि कानून
वापस लेने से मोदीजी का बढ़ा कद

भारतीय संसद् से पारित कृषि कानून को वापस लेकर प्रधानमंत्री नरेंद्र मोदीजी ने आंदोलनरत किसानों और किसान आंदोलन के नाम पर अपनी रोटियाँ सेंक रहे विपक्ष को भी चौंका दिया है। मोदीजी ने राष्ट्र के नाम अपने संबोधन में कहा था कि हमारी नीयत साफ थी, पवित्र थी, लेकिन हम किसानों के एक वर्ग को समझा नहीं पाए। कृषि वैज्ञानिकों और अर्थशास्त्रियों ने भी आंदोलनरत किसानों को समझाने का भरपूर प्रयास किया।

जब सरकार की ओर से किया गया सभी अनुनय-विनय व्यर्थ हो गया तो प्रधानमंत्री ने कहा, "देशवासियों से क्षमा माँगते हुए, सच्चे मन एवं पवित्र हृदय से कहता हूँ कि शायद हमारी तपस्या में कोई कमी रही होगी, जिसके कारण दीये के प्रकाश जैसा सत्य, कुछ किसान भाइयों को हम समझा नहीं पाए। यह कानून किसानों के हित में लागू किया था। अब देश के हित में इसे वापस लिया जा रहा है।" इतने बड़े पद पर होकर, गलती न होते हुए भी अपनी गलती स्वीकार कर क्षमा माँग लेना यह बड़प्पन भारत की जनता ने देखा।

मोदीजी की शासन-व्यवस्था प्रणाली को देखें, तो वास्तव में रामराज्य की छवि स्मृति-पटल पर अंकित हो आती है। कैसे माता सीता के पूर्णतया सही होने पर भी मात्र अपने राज्य के एक नागरिक के कहने पर प्रभु श्रीराम ने जनता को सर्वोपरि माना और माता सीता को हृदय पर पत्थर रखकर वनवास भेज दिया। अर्थात् जिस शासन-व्यवस्था में राजा, जनता को ही सर्वोपरि मानता हो, वही शासन-व्यवस्था रामराज्य है।

कृषि कानून वापस लेना प्रधानमंत्री नरेंद्र मोदीजी के व्यक्तित्व की सहृदयता तो है ही, लोकतांत्रिक व्यवस्था में विरोध की आवाज को भी आत्मीयता के साथ सुनाना संसूचित करता है कि वे सकारात्मकता से संपृक्त हैं। महात्मा गांधी ने भी देश को अंग्रेजों से मुक्त कराने और उपनिवेशवाद से मुक्ति दिलाने के लिए 'असहयोग आंदोलन' छेड़ा था, किंतु 'चौरी-चौरा' घटना के बाद गांधीजी ने भी उसे वापस ले लिया था। इससे महात्मा गांधी की छवि में और निखार आया था। उसी तरह मोदीजी ने भी कृषि कानून वापस लेने का निर्णय लिया है तो किसानों और देश के प्रत्येक नागरिक का भी कर्तव्य बनता है कि इसे सकारात्मक तरीके से लेकर, किसान आंदोलन के नाम पर पल रहे देशद्रोहियों और आंदोलन जीवियों का बहिष्कार करें, ताकि किसानों के नाम पर उपद्रव करने वाले टुकड़े-टुकड़े गैंग को देश में आतंक फैलाने का मौका न मिल सके।

देश का पेट भरने वाले अन्नदाता किसान कभी भी देशविरोधी गतिविधियों को अंजाम नहीं दे सकते हैं, किंतु जिस तरह किसान आंदोलन के नाम पर तथाकथित किसान आपराधिक दुष्कर्म कर रहे हैं, वह निंदनीय है। समस्त भारत इनकी निकृष्ट उद्दंडता का साक्षी है। तथाकथित किसानों ने 26 जनवरी, 2021 को राष्ट्रीय पर्व गणतंत्र दिवस के पुनीत अवसर पर भारत की आन-बान-शान राष्ट्रीय ध्वज तिरंगे का अपमान किया। ट्रैक्टर रैली बुलाकर जो हिंसक प्रदर्शन किए गए, उसे देखकर कोई सामान्य बुद्धि का भी आदमी यह बता सकता है कि किसान आंदोलन के नाम पर यह राष्ट्रविरोधी साजिशें ही थीं। यह मोदीजी की सदाशयता का परिचायक ही है, जो बिना किसी दमनात्मक तरीके का उपयोग किए पंजाब, हरियाणा और उत्तर प्रदेश के छोटे हिस्से के कथित किसानों को लगातार समझाने का प्रयास किया। मगर कौन समझता? किसान के नाम पर राजनीति करने वाले, देश की एकता और अखंडता के साथ समझौता करने वाले, ये टुकड़े-टुकड़े गैंग वाले, कभी भी भारत का भला नहीं सोच सकते।

वैसे तो कई आंदोलन इससे पहले भी कांग्रेस की सरकारों के समय होते रहे हैं, जिसे बलपूर्वक बर्बरता के साथ दबाया जाता रहा है। इतिहास के पन्ने कांग्रेस सरकार की इन घोर दमनात्मक नीतियों से भरे पड़े हैं। सन् 1974 में कांग्रेस की भ्रष्ट नीतियों के खिलाफ लोकनायक जयप्रकाश नारायण ने संपूर्ण

क्रांति का आह्वान किया। जयप्रकाशजी के इस आह्वान से जब कांग्रेस को अपनी सरकार गिरती महसूस हुई तो केवल अपनी सरकार बचाने के लिए इंदिरा गांधी ने देश में आपातकाल घोषित कर दिया। देश के बड़े नेताओं सहित एक लाख से भी अधिक लोगों को जेल की यातना झेलनी पड़ी। इसके अलावा ऑपरेशन 'ब्लू स्टार' के दौरान इंदिरा गांधी ने क्रूरता की सारी हदें पार कर अमृतसर में सिखों के पवित्र धर्मस्थल पर खूनी आतंक मचाया था। सन् 1984 में कांग्रेसी नेताओं के द्वारा दिल्ली में लगातार तीन दिनों तक सिखों का नरसंहार होता रहा। मगर इन सबके लिए इंदिरा गांधी या कांग्रेस ने कभी माफी नहीं माँगी। वहीं मोदीजी ने विपरीत परिस्थितियों में भी संयम और धैर्य के साथ काम लिया और शांति और क्षमा का मार्ग अपनाया। इससे मोदीजी का विराट् व्यक्तित्व दृष्टिगोचर होता है।

राष्ट्र-नायक श्री नरेंद्र मोदीजी के धीर-गंभीर व्यक्तित्व का परीक्षण सन् 2013 में पटना में हुई हुंकार रैली के दौरान कराए गए सीरियल बम ब्लास्ट के समय भी हुआ था। मोदीजी ने उस विपरीत परिस्थितियों में भी मंच पर खड़े रहकर भीड़ को सँभाल लिया और अपराधियों द्वारा रचा गया वह षड्यंत्र बेकार हो गया। इस रैली में भारत की जनता ने मोदीजी के धीर-वीर व्यक्तित्व को देखा और इसी रैली के बाद मोदीजी लोकनायक जयप्रकाश नारायण की तरह राष्ट्रनायक बनकर उभरे। इसके बाद देश की जनता ने मोदीजी को हृदय से अपनाया और अधिकाधिक मत के साथ उन्हें विजयी बनाकर प्रधानमंत्री की कुरसी पर बिठाया। मोदीजी ने भी देश की जनता की सेवा और लोकतंत्र की रक्षा में अपना सर्वस्व लगा दिया। सन् 2014 में प्रधानमंत्री पद की शपथ लेने के बाद से अब तक मोदीजी के सारे निर्णय राष्ट्र हित में ही रहे हैं। यह दिखाता है कि मोदीजी की कथनी और करनी में कोई अंतर नहीं है। वे सबका साथ, सबका विकास और सबका विश्वास की अवधारणा को आत्मसात् करने वाले दृष्टांत पुरुष के रूप में लोकसमादृत हो गए हैं।

गुजरात के मुख्यमंत्री रहते हुए मोदीजी ने भुज में आए भूकंप के पश्चात् नए सिरे से प्रभावित जिलों को जिस गति से सँभाला, वह उनकी प्रशासनिक दक्षता को दरशाता है। इसी तरह गोधरा कांड के पश्चात् गुजरात को इस प्रकार

सँभाला कि फिर गुजरात में सामाजिक एवं सांप्रदायिक सद्भाव दोबारा नहीं बिगड़ा। तब केंद्र के कांग्रेसी शासन ने मुख्यमंत्री मोदी को प्रताड़ित किया, परंतु उनके व्यक्तित्व में और निखार ही आया।

जिस अमरीका ने श्री मोदी को अपमानित किया, आज वही अमरीका सहित कई देशों के राष्ट्राध्यक्ष श्री मोदी के साथ मंच साझा कर गौरवान्वित होते हैं। रूस, अरब, इजराइल, जापान तथा अन्य देशों में भी भारत के बढ़ते वर्चस्व को इनकार नहीं किया जा सकता है। कोरोना त्रासदी के दौर में भी भारत ने मोदीजी के नेतृत्व में कोरोना का पहला मामला आने के लगभग एक वर्ष में ही कोवैक्सीन और कोविशिल्ड नामक दो स्वदेशी टीकों का निर्माण कर 16 जनवरी, 2021 से टीकाकरण प्रारंभ भी कर दिया। और ऐसा करके भारत टीका उत्पादन में विश्व में तीसरे स्थान पर पहुँच गया। इतना ही नहीं दुनिया में सबसे अधिक आबादी वाले देशों में शामिल होने के बाद भी भारत ने 110 करोड़ से अधिक टीके एक वर्ष से भी कम समय में लगाकर वैक्सीनेशन के मामले में भी इतिहास रच दिया। स्वदेश में वैक्सीनेशन के साथ ही भारत ने मोदीजी के नेतृत्व में वैक्सीन का निर्यात भी किया, जिससे भारत की छवि विश्व स्तर पर और अधिक प्रखर हुई।

मोदीजी ने अपना राजनैतिक हित त्यागकर देश और जनता के हित में फैसले लिए। मोदीजी के अथक प्रयासों के कारण ही नौ अगस्त, 2019 को देश के माननीय सर्वोच्च न्यायालय ने राममंदिर के पक्ष में फैसला सुनाया। इसके एक वर्ष के अंदर ही 5 अगस्त, 2020 को मोदीजी ने भूमिपूजन कर राममंदिर का निर्माण कार्य शुरू करवा दिया। जम्मू-कश्मीर का मुद्दा, जिसे कांग्रेस के पंडित नेहरू ने उलझा दिया था, उसका स्थाई समाधान मोदीजी ने ही निकाला। मोदीजी ने 5 अगस्त, 2019 को कश्मीर से धारा 35 और अनुच्छेद 370 को हटा दिया और 'धरती के स्वर्ग' को आतंक के माहौल से आजादी दिलाई।

मुसलिम महिलाएँ अपने मजहबी कानून के साए में घुट-घुटकर जीवन जी रही थीं। सन् 2019 में ट्रिपल तलाक के खिलाफ बने कानून ने उन्हें भी समान रूप से जीवन जीने का अधिकार दिया। नागरिकता संशोधन कानून को लागू कर मोदीजी ने देश से बाहर रह रहे अल्पसंख्यकों को इसलामिक आतंकवाद

से प्रताड़ना की स्थिति में वापस भारत आने का अधिकार दे दिया है।

आज के आधुनिक युग में भारत यदि पूरे विश्व का नेतृत्व करता हुआ नजर आ रहा है तो यह मोदीजी के अथक परिश्रम की ही देन है। जिस तरह मोदीजी ने तीनों कानून वापस लेकर उदार हृदय का परिचय दिया है, उसी तरह किसान नेताओं को भी अपना बड़ा हृदय दिखाना चाहिए। अपनी अलग-अलग माँगों के माध्यम से सरकार पर दबाव बनाने की रणनीति को त्याग कर एक स्वस्थ लोकतंत्र में अपनी भागीदारी दिखानी चाहिए। साथ ही, इस आंदोलन में राजनैतिक अवसर देख रहे विपक्षी दलों और नेताओं को भी अपनी परिपक्वता का परिचय देना चाहिए और इस मुद्दे पर राजनीति करने की बजाय किसानों के हित की बात सोचनी चाहिए। यही स्वस्थ लोकतंत्र की पहचान होती है।

(इस आलेख का संपादित अंश
23 दिसंबर, 2021 को 'पंजाब केसरी' के दिल्ली संस्करण और
14 दिसंबर, 2021 को 'द पायनियर' (अंग्रेजी संस्करण) में प्रकाशित हुआ।)

□

वैश्विक संकट के बीच मजबूत होता भारत

एक तरफ गत दो वर्षों से विश्व कोरोना महामारी से जूझ रहा था, तो दूसरी ओर यूक्रेन और रूस के बीच युद्ध ने सभी देशों को प्रभावित किया है, जिसका प्रतिकूल प्रभाव अंतरराष्ट्रीय अर्थव्यवस्था पर भी पड़ा है, लेकिन इस संकट के बीच भारत मजबूत अर्थव्यवस्था वाले राष्ट्र के रूप में उभरा है, जिसने अपने वैश्विक नेतृत्व से अन्य देशों को न केवल प्रभावित किया, अपितु अनेक मामलों में कई तरह से सहयोग भी किया। चीन में पुनः बढ़ते कोरोना के कहर ने वर्ष 2023 की शुरुआत से ही कई देशों की चिंता बढ़ा दी है। ऐसे में चरमराती अर्थव्यवस्था के बीच दुनिया उम्मीद के साथ भारत की ओर देख रही है। और देखे भी क्यों न, जब विश्व स्तर के संस्थानों ने भी अपनी रिपोर्ट में भारत की अर्थव्यवस्था को प्रभावी बताया हो।

विश्व बैंक ने भारतीय अर्थव्यवस्था की सराहना की है। इतना ही नहीं भारत की मजबूत होती अर्थव्यवस्था को देख विश्व बैंक को अपने आँकड़े भी बदलने पड़े हैं। भारत के संबंध में विश्व बैंक ने अपने सकल घरेलू उत्पाद के 6.5 प्रतिशत पूर्वानुमान को दिसंबर 2022 में 'नेविगेटिंग द स्टॉर्म' शीर्षक से प्रकाशित नवीनतम रिपोर्ट में संशोधित कर 6.9 किया। इस दौरान विश्व बैंक के भारत निदेशक अगस्टे तानो कौमे ने भी कहा कि "भारत बहुत महत्त्वाकांक्षी है। सरकार ने अर्थव्यवस्था को लचीला बनाने के लिए कई उल्लेखनीय और महत्त्वपूर्ण काम किए हैं और अर्थव्यवस्था को गतिशील बनाने के लिए बहुत प्रयास कर रही है।" अंतरराष्ट्रीय मुद्रा कोष (आई.एम.एफ.) ने भी भारतीय

अर्थव्यवस्था को अन्य देशों की तुलना में बेहतर बताया। उसके मुख्य अर्थशास्त्री पियरे ओलिवर गोरिंचेस ने अक्तूबर 2022 में कहा था कि "भारत 2022 में काफी अच्छा प्रदर्शन कर रहा है और 2023 में भी इसके मजबूती से वृद्धि करने की उम्मीद है।" भारत पर दक्षिण एशियाई देश का विकास भी टिका हुआ है। आँकड़ों के अनुसार सन् 2023 में दक्षिण एशिया क्षेत्र की विकास दर 5.8 तक जाने की उम्म्मीद है, यदि भारत को हटाकर देखेंगे तो यह आँकड़ा 3.6 हो जाएगा। विश्व बैंक के अनुसार मौजूदा वित्त वर्ष में भारत का विकास दर 6.9 प्रतिशत रहेगी तो वहीं चीन का, 2.7, अमरीका की 1.9, जपान की 1.2, यूरोपियन देशों की 3.3 प्रतिशत और रूस की-3.5 प्रतिशत रहने का अनुमान है, जबकि पूरी दुनिया की औसतन विकास दर 2.9 प्रतिशत रह सकती है। इतना ही नहीं आगामी वर्ष में भी जब आर्थिक तंगी से दुनिया जूझ रही होगी तो भारत की अर्थव्यवस्था बेहतर स्थिति में होगी। विश्व बैंक ने वित्तीय वर्ष 2023-24 एवं 2024-25 में भी भारत की विकास दर क्रमशः 6.6 और 6.1 रहने का अनुमान लगाया है, जो अन्य देशों की तुलना में ज्यादा है। हाल ही में माइक्रोसॉफ्ट के चेयरमैन और मुख्य कार्यकारी सत्य नडेला ने भी कहा है कि "डिजिटल परिवर्तन के सतत् समावेशी आर्थिक विकास पर सरकार जिस प्रकार से ध्यान दे रही है वह प्रेरणादायक है।"

भारत की अंतरराष्ट्रीय संस्थानों द्वारा जो पीठ थपथपाई जा रही है, उसका कारण है केंद्र की श्री नरेंद्र मोदी सरकार द्वारा विभिन्न क्षेत्रों में लिया गया साहसिक और ऐतिहासिक नीतिगत निर्णय। यह कोई एक दिन में हासिल नहीं हुआ है, बल्कि सन् 2014 से निरंतरता के साथ विकास का जो काम चल रहा है, यह उसी का परिणाम है। सन् 2014 से पहले तक परिवार में किसी-किसी के पास बैंक खाता होता था। दिसंबर 2022 तक प्रधानमंत्री जन-धन योजना के माध्यम से 47.92 करोड़ लोगों का खाता खुला, इनमें 55.5 प्रतिशत महिलाएँ हैं। भारत में सन् 2015 तक 107 करोड़ लोगों का बैंक खाता था। इस योजना से पहली बार जीरो बैलेंस खाते खोले गए। प्रधानमंत्री गरीब कल्याण अन्न योजना के अंतर्गत 80 करोड़ लोगों को पाँच किलो अतिरिक्त अनाज निःशुल्क मिला, जिसमें लगभग 1,118 लाख मीट्रिक टन अनाज वितरित किया गया।

हाल ही में सरकार ने इस योजना को राष्ट्रीय खाद्य सुरक्षा अधिनियम में समाहित कर 81.35 करोड़ लाभार्थियों को प्रतिमाह 35 किलो निशुल्क अनाज देने का फैसला लिया है। इस योजना की अवधि दिसंबर 2023 तक बढ़ा दी गई है, जिसकी लागत 2 लाख करोड़ रुपए है, जो केंद्र सरकार वहन करेगी। गरीब को पक्का मकान हेतु प्रधानमंत्री आवास योजना के अंतर्गत शहरी व ग्रामीण क्षेत्र मिलाकर 2.71 करोड़ से अधिक आवासों का निर्माण हुआ, जो कि 2014 तक 1.8 करोड़ था।

भारत में स्वास्थ्य तंत्र को सुगम बनाना हमेशा से चुनौती रहा है। केंद्र की मोदी सरकार ने विभिन्न योजनाओं के माध्यम से इसे दुरुस्त किया। प्रति परिवार प्रति वर्ष पाँच लाख रुपए तक का लाभ देने वाली विश्व की सबसे बड़ी बीमा योजना 'आयुष्मान भारत' के तहत 21.40 करोड़ आयुष्मान कार्ड जारी किए हैं। इससे 10.74 करोड़ से अधिक गरीब परिवारों को आर्थिक सुरक्षा मिली है। दवाएँ सस्ती दर पर मिलें, इस हेतु सरकार ने 'प्रधानमंत्री जनऔषधि परियोजना' की शुरुआत कर अब तक 8900 जनऔषधि केंद्र खोले, जहाँ 50 से 90 प्रतिशत तक कम कीमत पर दवाएँ मिलती हैं। इसके माध्यम से बीते आठ वर्षों में लोगों का 18 हजार करोड़ रुपए से अधिक की बचत हुई है। इन योजनाओं का लाभ जन-जन तक पहुँच भी रहा है। जिसका नतीजा है कि जो मातृ मृत्यु दर 2016-18 में 130 था, वह घटकर 2018-20 में 97 हो गई वहीं शिशु मृत्यु दर जो 2014 में प्रति 1000 में 39 होती थी, वह 2020 में 28 हो गई है। लोगों को बेहतर इलाज के लिए दूर नहीं जाना पड़े, इसलिए केंद्र द्वारा जिला स्तर पर आधुनिक स्वास्थ्य सुविधाओं के निर्माण पर 64 हजार करोड़ रुपए खर्च किए जा रहे हैं।

गरीब और वंचितों को सशक्त बनाने की दिशा में केंद्र सरकार की योजनाएँ कारगर सिद्ध हो रहीं हैं। मुद्रा योजना के जरिए सरकार ने 37.76 करोड़ से ज्यादा छोटे उद्यमियों को किफायती ऋण दिया। पी.एम. स्वनिधि के तहत 44.2 लाख रेहड़ी-पटरी वालों को आर्थिक सहायता मिली। स्टैंड-अप इंडिया योजना से गरीबों को 33,444 करोड़ रुपए का लोन स्वीकृत हुआ। भारतीय अर्थव्यवस्था के अंतर्गत सरकार ने किसानों के हित का खयाल भी रखा। प्रधानमंत्री किसान

सम्मान निधि के माध्यम से प्रतिवर्ष छह हजार की आर्थिक सहायता किसानों को मिल रही है। अब तक दो लाख करोड़ से अधिक की राशि के माध्यम से देशभर के 11.37 करोड़ से अधिक किसान इसका लाभ उठा चुके हैं। न्यूनतम समर्थन मूल्यों में भी लगातार बढ़ोतरी हुई है। 2013-14 में धान के लिए जो एम.एस.पी. 1310 और गेहूँ के लिए 1400 रुपया प्रति क्विंटल था, वह 2022-23 में बढ़कर क्रमशः 2,040 एवं 2,125 हुआ। फसल की उत्पादकता बढ़े, इसलिए सरकार ने मिट्टी की जाँच की व्यवस्था की है। मृदा स्वास्थ्य कार्ड से किसान लाभ ले रहे हैं। अब तक कुल 22 करोड़ से अधिक कार्ड वितरित किए जा चुके हैं। मनरेगा के तहत सन् 2006-07 से लेकर 2013-14 तक केंद्र द्वारा 2,13,220 करोड़ की राशि का आवंटन हुआ था, जबकि सन् 2014-15 से 2022-23 तक 5,82,016 करोड़ हुआ है।

राष्ट्रीय शिक्षा नीति 2020 को लाकर सरकार ने शिक्षा को अपनी अस्मिता से जोड़ा और उसका भारतीयकरण किया। साथ ही भारत के स्वर्णिम इतिहास को कलंकित कर लिखने का जो चलन था, उस पर भी रोक लगाई। राष्ट्रीय जनजातीय अनुसंधान संस्थान, दस आदिवासी स्वतंत्रता सेनानियों के संग्रहालयों की स्वीकृति और 686 एकलव्य विद्यालय बनाकर आदिवासी समाज के हित में काम किया। अन्य किसी समाज का आरक्षण प्रभावित किए बिना सामान्य वर्ग के आर्थिक पिछड़ेपन से प्रभावित लोगों को दस प्रतिशत आरक्षण देने का निर्णय हितकारी साबित हुआ। आध्यात्मिक और सांस्कृतिक संवर्धन का काम भी इस सरकार ने पुरजोर ढंग से किया। छह करोड़ रुपए की लागत से बनारस स्थित काशी विश्वनाथ मंदिर का जीर्णोद्धार हुआ, जिसके उपरांत 1 वर्ष में 7 करोड़ से अधिक श्रद्धालु वहाँ पहुँचे। केदारनाथ धाम में 750 करोड़ की लागत से विभिन्न विकास कार्य चल रहे हैं। श्री महाकाल महालोक का भी 800 करोड़ की लागत से विस्तार का काम हो रहा है। अयोध्या में भव्य राम मंदिर का निर्माण जनवरी 2024 तक पूरा हो जाएगा। साधु-संत और महर्षियों के सम्मान में कई कार्य हुए। सिख धर्म के गुरु गोबिंद सिंह जी के चारों साहिबजादों को वीर बाल दिवस के रूप में मनाने के फैसले की विश्वभर के सिख धर्म के लोगों ने तारीफ की। भारत के प्रयासों से कंबोडिया, श्रीलंका और बहरीन में

मंदिरों का निर्माण चल रहा है, जबकि 4 अक्तूबर, 2022 को इसलामिक देश संयुक्त अरब अमीरात में भव्य राम मंदिर का शुभारंभ होना शुभ संकेत है।

भारतीय सेना को आधुनिक बनाने के लिए लगातार प्रयास जारी हैं। सरकार का यह फैसला कि 97 प्रतिशत खरीद स्वदेशी स्रोतों से होगी, यह बड़ी उपलब्धि है। बीते आठ वर्षों में खादी की बिक्री में 248 प्रतिशत की वृद्धि हुई है, जिससे लगभग पौने दो करोड़ रोजगार का सृजन हुआ है। भारत से खिलौनों का निर्यात 2014 में 96.17 मिलियन डॉलर था, जो 2022 में लगभग 240 प्रतिशत वृद्धि के साथ 326.63 मिलियन डॉलर दर्ज किया गया है, साथ ही आयात में 70 प्रतिशत की कमी भी हुई है। आर्थिक मंदी के बावजूद जीएसटी संग्रह में रिकॉर्ड वृद्धि सरकार की नीयत और नीति को सही साबित करती है। सन् 2021 में 1.29 लाख करोड़ और 2022 में 1.49 लाख करोड़ का। तेज गति वाली वंदे भारत ट्रेन, आई.एन.एस. विक्रांत युद्धपोत से लेकर लाइट कॉम्बैट हेलीकॉप्टर 'प्रचंड' तक स्वदेशी है। सरकार के 'वोकल फॉर लोकल' और 'एक जिला एक उत्पादन' अभियान से भारत के सामान की माँग वैश्विक बाजार में बढ़ती जा रही है। डिजिटल और स्किल इंडिया से भारत के आत्मनिर्भर बनने का सपना साकार होने लगा है।

कई अवसरों पर भारत विश्वगुरु की भूमिका में भी दिखा। भारत और अन्य देशों में सरकार ने नागरिकों की सुरक्षा को हमेशा प्राथमिकता दी है। ऑपरेशन गंगा के तहत लगभग 22,500 भारतीयों को युद्धग्रस्त यूक्रेन संकट के बीच सुरक्षित भारत लाया गया। इसके आलावा 18 देशों के लगभग 150 नागरिकों को भी लाया गया। कोरोना महामारी के दौरान 1.83 करोड़ भारतीयों को स्वदेश लाया गया। ब्रसेल्स में 2016 में हुए आतंकवादी हमले के बाद 242 भारतीयों को सुरक्षित निकाला गया। 2015 में यमन संकट के दरम्यान 41 देशों के 960 विदेशी नागरिकों व 4640 से अधिक भारतीयों को बचाया गया। स्वतंत्र भारत में यह पहली बार हुआ, जब एक वर्ष में कोरोना जैसी महामारी में भारत ने खुद की वैक्सीन बनाई, जिसे अपने नागरिकों को मुफ्त में देने के साथ-साथ 150 से ज्यादा देशों को भी आपूर्ति की। विगत वर्ष पड़ोसी देश श्रीलंका को आर्थिक संकट के दौरान 27 हजार करोड़ से ज्यादा का आर्थिक

सहायता भी प्रदान की। भारत के ब्रिटेन को पछाड़कर दुनिया की चौथी बड़ी अर्थव्यवस्था बन गया और वाहन के सबसे बड़े बाजार के रूप में जापान को पीछे छोड़ तीसरे पायदान पर पहुँच गया। मोदी सरकार के नेतृत्व में अपनी आर्थिक नीतियों के कारण भारत ने जो ऊँचाई प्राप्त की है, उससे स्पष्ट है कि यह चौथी औद्योगिक क्रांति का अगुआ बन रहा है।

(इस आलेख का संपादित अंश
25 जनवरी, 2023 को 'स्वदेश' (भोपाल) में प्रकाशित हुआ।)

□

संसद् भवन का विपक्षी बहिष्कार है लोकतंत्र का अपमान

स्वतंत्र भारत के 75 वर्ष, यानी आजादी के अमृतकाल में स्वदेशी संसद् भवन का बनना तो सभी भारतीयों के लिए गौरव का विषय है। 28 मई, 2023 को मात्र ढाई वर्ष में नई संसद् भवन के उद्घाटन के साथ ही भारतीय इतिहास में इसका नाम स्वर्ण अक्षरों में दर्ज हो चुका है। जाति-धर्म से ऊपर उठकर राष्ट्रहित में जनता के प्रतिनिधि के रूप में जनता द्वारा चुने गए सभी सांसद दलगत राजनीति से ऊपर उठकर काम करेंगे, यही वे शपथ ग्रहण करेंगे। लेकिन कांग्रेस पार्टी समेत अन्य विपक्षी दलों ने लोकतांत्रिक मर्यादा को तार-तार कर दिया है। भारत के विकास और लोकतांत्रिक मूल्यों का प्रतिनिधित्व करने वाले नए संसद् भवन के उद्घाटन समारोह का विरोध करना व उसमें शामिल नहीं होना, यह प्रदर्शित करता है कि उनके लिए राष्ट्रहित और जनहित से भी ऊपर राजनीति है।

संसद् भवन बनने के इतने बड़े प्रोजेक्ट में कहीं कोई भ्रष्टाचार के नहीं होने और बनाने के तौर-तरीके में कोई खामियाँ निकाल पाने में असफल कांग्रेस एवं अन्य विपक्षी दलों को जब यह गले नहीं उतरा, तब उन्होंने अंत में प्रधानमंत्री श्री नरेंद्र मोदी द्वारा किए जा रहे इसके उद्घाटन को लेकर के बहिष्कार करने का षड्यंत्र रचा। विपक्ष को यह बात नामंजूर थी कि कोई व्यक्ति इतने कम समय में स्वयं शिलान्यास और उद्घाटन कैसे कर सकता है, क्योंकि पूर्व में कांग्रेस के शासनकाल में ऐसा कभी नहीं हुआ है।

पूरे सेंट्रल विस्टा प्रोजेक्ट की घोषणा के बाद से कई अवसर पर इसे न्यायालय में विभिन्न विषयों को मुद्दा बनाकर चुनौती दी गई, लेकिन हर बार अदालत ने इन याचिकाओं को निरस्त किया। सितंबर 2019 में प्रधानमंत्री नरेंद्र मोदी द्वारा इस प्रोजेक्ट की घोषणा की गई थी, जिसकी आधारशिला उन्होंने 10 दिसंबर, 2020 को रखी थी। पहली बार 2020 में पर्यावरणीय मंजूरी मिलने से संबंधित याचिका दिल्ली हाई कोर्ट में दायर की गई थी, जो बाद में सुप्रीम कोर्ट में चला। इसमें माननीय सर्वोच्च न्यायालय ने 5 जनवरी, 2021 को सरकार के पक्ष में फैसला सुनाते हुए सेंट्रल विस्टा पुनर्विकास परियोजना को सही ठहराया। अप्रैल 2021 में दिल्ली उच्च न्यायालय में याचिका दायर करते हुए कहा गया कि कोविड महामारी के दौरान निर्माण-कार्य पर स्वास्थ्य एवं अन्य सुरक्षा को देखते हुए रोक लगाई जाए। इस पर 31 मई, 2021 को आदालत ने 'महत्त्वपूर्ण और आवश्यक' राष्ट्रीय परियोजना बताते हुए इसे जारी रखने की अनुमति दी। इतना ही नहीं, न्यायालय ने तो एक लाख जुर्माना के साथ इस याचिका को खारिज किया था, जिसे सर्वोच्च न्यायालय ने भी सही माना। संसद् भवन पर लगाए गए शेर की प्रतिमा के बनावट को लेकर भी याचिका दायर की गई थी, जिस पर सुनवाई करते हुए सर्वोच्च अदालत ने कहा था कि इसमें भारतीय चिह्न (अनुचित उपयोग का निषेध) अधिनियम, 2005 का उल्लंघन नहीं किया गया है। निर्माण में गतिरोध के प्रयास जब अदालत में भी नहीं टिक पाई, तब अब उसके उद्घाटन को लेकर विघ्न डालने का असफल प्रयास भी किया। एक बार फिर इस विषय को आदालत में लाया गया। 'संसद् भवन का उद्घाटन राष्ट्रपति से कराने हेतु लोकसभा को निर्देशित किया जाए।' यह बात याचिका में कहा गया, पर सुप्रीम कोर्ट ने याचिकर्ता को कहा कि "इस याचिका को दायर करने में आपकी क्या दिलचस्पी है? हम समझते हैं कि आप ऐसी याचिकाएँ लेकर क्यों आए हैं। क्षमा करें, हमें संविधान के अनुच्छेद-32 के तहत इस याचिका पर विचार करने में कोई दिलचस्पी नहीं है। आभारी रहें, हम जुर्माना नहीं लगा रहे हैं।"

जिस बात को लेकर विपक्ष बवंडर मचाए हुए था, वह किसी भी रूप से तर्कपूर्ण नहीं था। कांग्रेस राष्ट्रपति द्वारा उद्घाटन को लेकर जो हो—हल्ला

मचा रही थी, वह न तो संविधान में वर्णित है, न ही ऐसी कोई कठोर परंपरा रही है। कांग्रेस की कथनी और करनी में बहुत अंतर है। कांग्रेस पार्टी को यह पता होना चाहिए कि 24 अक्तूबर, 1975 को तत्कालीन प्रधानमंत्री श्रीमती इंदिरा गांधी ने संसद् के एनेक्सी भवन का उद्घाटन स्वयं किया था, जबकि 15 अगस्त, 1987 को श्री राजीव गांधी ने संसदीय पुस्तकालय की नींव रखी थी। तो क्या कांग्रेस पार्टी मानती है कि तब के राष्ट्रपतियों का अपमान उनके द्वारा किया गया था? और तो और, छत्तीसगढ़ में कांग्रेस सरकार ने किस हैसियत से 2020 में नए विधानसभा का शिलान्यास अपने पार्टी के सांसद श्रीमती सोनिया गांधी एवं श्री राहुल गांधी से कराया था। ऐसे में संवैधानिक भवन का उद्घाटन सांसद से करा कर राज्यपाल का अपमान नहीं हुआ? तब छत्तीसगढ़ की तत्कालीन राज्यपाल अनुसुइया उइके, जो मध्य प्रदेश के जनजाति समुदाय से आती हैं, उन्हें न बुलाकर महिला और जनजाति समाज का भी अपमान किया? मणिपुर में भी जब विधानसभा का उद्घाटन तत्कालीन प्रधानमंत्री के साथ-साथ सोनिया गांधी ने किया। बिहार विधान मंडल के विस्तारित भवन का उद्घाटन भी स्वयं मुख्यमंत्री श्री नीतीश कुमार ने किया था। तब उन्होंने राज्यपाल को क्यों नहीं बुलाया? जहाँ तक दलित और आदिवासी प्रेम का सवाल है तो फिर कांग्रेस पार्टी को यह बताना चाहिए कि जब श्रीमती द्रौपदी मुर्मूजी को राष्ट्रपति का उम्मीदवार बनाया गया था, तब उनके दल द्वारा समर्थन देने की बजाय अनेक बार अपमानजनक शब्द का प्रयोग क्यों किया गया? राष्ट्रपति श्रीमती द्रौपदी मुर्मू ने तो नए संसद् भवन का प्रधानमंत्री द्वारा उद्घाटन किए जाने का स्वागत किया और कहा कि 'नए संसद् भवन के उद्घाटन का अवसर भारत के इतिहास में सुनहरे शब्दों में लिखा जाएगा।' उपराष्ट्रपति श्री जगदीप धनखड़ ने कहा कि नया संसद् भवन राजनीतिक सहमति कायम करने में मदद करेगा और गुलामी की मानसिकता से आजादी का प्रतीक बनेगा।

जहाँ तक बात नए संसद् भवन को कांग्रेस द्वारा फिजूलखर्ची बताने की है तो इस बात की चर्चा तो 15-20 वर्ष पहले कांग्रेस ने ही शुरू की थी। यह जरूर है कि इस दिशा में नरेंद्र मोदी सरकार ने तत्परता से दिलचस्पी दिखाई और उसे पूरा भी किया। नया संसद् भवन बनाने के पीछे भी कई कारण हैं।

सन् 2026 में परिसीमन समाप्त हो जाएगा। ऐसी स्थिति में कभी भी लोकसभा एवं राज्यसभा के सांसदों की संख्या बढ़ाई जा सकती है, इसलिए अगर तब तक हमारे पास नया संसद् भवन नहीं होगा तो सुव्यवस्थित कामकाज नहीं हो पाएगा। संसद् में संयुक्त सत्र के दौरान 200 अस्थायी सीटें लगानी पड़ती थीं। 96 वर्ष पुरानी संसद् में टेक्नोलॉजी को जोड़ने में भी कठिनाई होती थी। इस बिल्डिंग के कुछ हिस्से जर्जर हो चूके थे। आपातकालीन स्थिति को झेलने की इसमें पूरी व्यवस्था नहीं थी। नया संसद् भवन बनने से सरकार का प्रति वर्ष लगभग 1,000 करोड़ रुपए की बचत होगी, क्योंकि अभी कई मंत्रालय और उसके सचिवालय दूर हैं, जिसकी व्यवस्था में इतना खर्च हो जाता है। संसद् भवन के उद्घाटन के अवसर पर तत्कालीन लोकसभा अध्यक्ष श्रीमती सुमित्रा महाजन ने कहा कि आज कांग्रेस नए संसद् भवन का विरोध कर रही है, जबकि उनके अध्यक्षीय कार्यकाल में वही लोग संसद् में बैठने की जगह का अभाव समेत अनेक समस्याएँ गिनाते थे।

मामला जब न्यायपालिका के समक्ष नहीं टिक पाया तो कांग्रेस समेत अन्य विपक्षी दल सत्ता-हस्तांतरण के प्रतीक सेंगोल अर्थात् राजदंड को लेकर विवादित बयान देने से भी नहीं चूके। इसकी सच्चाई यह है कि भारत के अंतिम वायसराय लॉर्ड माउंटबेटन ने आजादी से चंद मिनट पूर्व सत्ता-हस्तांतरण के प्रतीक के रूप में पं. नेहरू को सेंगोल सौंपा था, लेकिन आज का कांग्रेस नेतृत्व भारतीय संस्कृति, सभ्यता और विरासत से जुड़ी इस तथ्य पर गर्व न कर उसका अपमान करने में लगा हुआ है। वास्तविकता यह है कि आज जब इसे म्यूजियम से निकालकर संसद् भवन में स्थापित किया गया, तब इसका सम्मान और बढ़ गया।

वैसे यह कोई पहला अवसर नहीं है, जब कांग्रेस पार्टी ने राष्ट्रहित के भी मुद्दों पर ओछी राजनीति को ऊपर रखते हुए उसका बहिष्कार किया हो। प्रधानमंत्री श्री नरेंद्र मोदी से कांग्रेस को इतना द्वेष एवं घृणा है कि नीति आयोग की महत्त्वपूर्ण बैठक, जिसमें भारत को विकसित राष्ट्र बनाने पर बात होती है, उसमें भी हिस्सा लेना उचित नहीं समझा। बहरहाल यह तो तय है कि संसद् भवन के कल्पना से लेकर उसे मूर्त रूप देने तक में प्रधानमंत्री

नरेंद्र मोदी की जीवंत दूरदृष्टि को राष्ट्र भविष्य में याद रखेगा, साथ-ही-साथ विपक्ष द्वारा दिव्य और भव्य उद्घाटन समारोह में साजिश के तहत शामिल न होकर लोकतांत्रिक मंदिर और उसके मर्यादा को कलंकित करने के लिए भी याद किया जाएगा।

(इस आलेख का संपादित अंश
6 जून, 2023 को 'स्वदेश' (भोपाल) में प्रकाशित हुआ।)

□

विपक्ष को न तो माया मिलेगी, न ही मिल सकेंगे राम

एक मध्यवर्गीय संभ्रांत परिवार की गृहिणी की प्रतिक्रिया सुनकर आश्चर्य में पड़ गया। अखबार बाँचते हुए वह बोले जा रही थी कि नरेंद्र मोदी को हटाने के लिए सब के सब इकट्ठा हो गए; ऐसा भी क्या है उस आदमी में जो हटा ही दें? ये लोग क्या कर पाएँगे? उन्होंने कौन सा गलत काम कर दिया, जो हटाने की जरूरत है? पटना की एक घरेलू महिला की यह फौरी प्रतिक्रिया विपक्षी एकजुटता के सम्मेलन पर आम जनों की स्वाभाविक और स्वतंत्र प्रतिक्रिया है। मोदी विरोधियों की भाजपा हराओ अभियान के सिलसिले में नीतीश कुमार की पहल पर पटना के मुख्यमंत्री आवास में आयोजित विपक्षी एकता बैठक को जनता किस रूप में ले रही है, यह इस संवाद से स्पष्ट दृष्टिगोचर हो जाता है।

विपक्ष के सारे दिग्गज सिर्फ मोदी को हराने के लिए सेना लेकर निकल पड़े तो प्रभावित होने वाले चुप तो नहीं बैठेंगे। विपक्षी कुनबे की इतनी बड़ी कवायद का उन पर क्या असर हो रहा है, जिनके भले के नाम पर मोदी और भाजपा को हराने की तैयारी चल रही है, इतना किसी को विचार करने की भी आवश्यकता नहीं दिखती। लेकिन यह बहुत ही महत्त्वपूर्ण और रुचिकर तथ्य है कि देश की आम जनता का भाजपा और खासकर प्रधानमंत्री नरेंद्र मोदी पर अटूट भरोसा है, जो कम होने नहीं जा रहा। मोदी विरोधियों की एकजुटता इन्हें कहीं और अधिक उग्रता से मोदी समर्थक बना सकती है, क्योंकि राजनीति में

जनता मालिक हुआ करती है तथा देश की जनता मोदी की दीवानी एवं भाजपा की धुर समर्थक है। जनता को मोदी विरोधियों की यह पहल रास इसलिए भी नहीं आ सकती, क्योंकि इनमें से ज्यादातर का अपना राजनीतिक चरित्र न तो संकीर्णता से बाहर हुआ है और न ही ये स्वार्थी राजनीति के भ्रष्टाचारी एवं भाई-भतीजावादी लीक से अलग हटकर बहुजन हिताय, बहुजन सुखाय सोचने व करने के पक्षधर रहे हैं। यह सब तो इसी एक तथ्य से परिलक्षित हो जाता है कि बिहार की क्रांतिकारी भूमि की विरासत और जेपी आंदोलन को याद करते मुख्यमंत्री आवास में जुटे देश के बड़े-छोटे जेपी के चेले एक बार भी कदमकुआँ स्थित जेपी आवास महिला चर्खा समिति जाकर उन्हें श्रद्धा-पूर्वक स्मरण करने तक की नहीं सोच सके, जबकि जेपी आंदोलन के दमन के लिए आपातकाल लगाए जाने वाली तिथि को ही यह बैठक आयोजित की गई थी। यह तो हद ही पार करने वाली घटना है कि बिहार की सत्ता-सियासत की बागडोर सँभालने वाले जेपी के बिहारी चेलों को भी इतनी जहमत उठाने की सुधि नहीं आ सकी। जैसे जेपी बस, नाम लेने तक ही रह गए हों।

यह भी बड़ी विसंगति भरी बात है कि बैठक का आयोजन ऐसे समय किया गया, जब प्रधानमंत्री नरेंद्र मोदी अमेरिका की महत्त्वपूर्ण राजकीय यात्रा पर थे और बिहार की राजधानी में जी-20 देशों के एल-20 समूहों के प्रतिनिधियों का पूर्व निर्धारित कार्यक्रम के अनुसार सम्मेलन आयोजित था। लगता है, जान-बूझकर मोदी सरकार के प्रति इन दलों की ओर से विक्षोभ प्रदर्शित करने का षड्यंत्र रहा हो। एल-20 समूहों के प्रतिनिधियों के सम्मेलन की मेजबानी बिहार सरकार क्या करती, वह तो मोदी विरोधियों के जमावड़े के सरकारी आवभगत में इस तरह जुटी रही कि विदेशी मेहमान भी हक्का-बक्का रह गए। वास्तव में नीतीश सरकार ने सरकारी मिशनरियों और संसाधनों का दुरुपयोग करते हुए अपनी शान में कसीदे कढ़ने का काम किया है। यह दिखावा भी बढ़-चढ़कर किया गया कि केंद्र सरकार की छवि विदेशी प्रतिनिधियों की नजर में खराब साबित की जा सके।

प्रधानमंत्री नरेंद्र मोदी का जब अमेरिका में भव्य स्वागत होता रहा और अमेरिका के साथ द्विपक्षीय वार्त्ता के दौरान भारत एक नया कीर्तिमान रचने का

गौरव हासिल कर रहा था, तभी देश के मोदी विरोधियों ने बिहार की धरती पर सरकारी संसाधनों का दुरुपयोग करते हुए उन्हें सत्ताच्युत करने के लिए दिखावे की औपचारिकता में उनकी साख व छवि बिगाड़ने की थोथी कवायद की। इसके पीछे यह भी साजिश का हिस्सा हो सकता है कि प्रधानमंत्री की अमेरिका यात्रा और एल-20 समूहों की बैठक मीडिया में विपक्षी एकता की बैठक के आगे फीकी पड़ी दिखे। नीतीश कुमार ऐसी व्यूहरचना के माहिर खिलाड़ी रहे हैं। लेकिन उन्हें यह नहीं भूलना चाहिए कि दिखावे सिर्फ दिखाने के लिए हुआ करते हैं, साजिशों से सच्चाई और वास्तविकता को छिपाया जाना किसी भी सूरत में संभव नहीं हो सकता। यही हुआ भी है। प्रधानमंत्री की अमेरिका यात्रा ऐतिहासिक और दुनिया भर में भारत की जयगाथा लिखने का कीर्तिमान गढ़ने वाला साबित हुआ, जिससे नरेंद्र मोदी की साख और अधिक मजबूत हुई है।

विपक्षी एकता की कोशिशों का केंद्रबिंदु भाजपा और प्रधानमंत्री नरेंद्र मोदी का हास्यास्पद विरोध है और यह बैठक भी हँसी-ठिठोली के सिवा किसी ठोस निर्णय को रेखांकित कर पाने में अक्षम सिद्ध हुई। बारह बजे शुरू हुई औपचारिक बैठक मजे से चाय-नाश्ते के साथ शुरू होकर डेढ़ बजे भोजन के लीए संपन्न हो गई, जिसमें परिचय के अलावा आपसी मतभेदों की ही चर्चाएँ भर ही की गईं। कई नेता तो अपने गंतव्य तक जाने वाले विमानों का समय देखते हुए समय से पहले ही निकल भागे।

अरविंद केजरीवाल ने कांग्रेस नेतृत्व को राज्यसभा में पेश होने वाले अध्यादेश पर समर्थन करने का अल्टीमेटम देते हुए दल के नेताओं के साथ बैठक का बहिष्कार ही कर डाला और स्पष्ट कह डाला कि कांग्रेस जब तक अपना स्टैंड क्लियर नहीं करती, आम आदमी पार्टी फिर कभी ऐसी बैठक में शामिल ही नहीं होगी। आम आदमी पार्टी पहले ही से इस मूड में है कि कांग्रेस दिल्ली और पंजाब छोड़ दे, बदले में वह उसके लिए आगामी विधानसभा चुनावों में मध्य प्रदेश और राजस्थान छोड़ देगी। यह मुमकिन ही नहीं दिखता है। आम आदमी पार्टी हिमाचल प्रदेश में भी कांग्रेस को ग्रेस देने वाली नहीं है। बैठक के दौरान उमर अब्दुल्ला ने जम्मू-कश्मीर से धारा 370 हटाए जाने के मुद्दे पर आम आदमी पार्टी के समर्थन पर विरोध प्रकट करके यह स्पष्ट कर

दिया कि वह कांग्रेस के साथ चलना बेहतर मान रही है। यूपी में समाजवादी पार्टी भी कांग्रेस को नसीहत दे रही है कि वह इस सूबे का राजनीतिक मैदान उसके लिए छोड़ दे। यह भला किस सूरत में संभव हो पाएगा? पश्चिम बंगाल की मुख्यमंत्री और तृणमूल कांग्रेस के नेता वामपंथियों से गठबंधन कर चुकी कांग्रेस से पहले ही चिढ़े बैठे हैं और स्पष्ट कह डाला है कि कांग्रेस बंगाल का मैदान उसके लिए छोड़ दे। बैठक में वह भले ही चहकती–उत्साहित देखी गई, पर उनके इस फॉर्मूले पर कांग्रेस कभी राजी होने से रही कि वह देश भर में कुल 277 सीटों पर ही चुनाव लड़े।

भाजपा के मुकाबले विपक्ष का एक उम्मीदवार खड़ा करने के फॉर्मूले पर कांग्रेस को साढ़े तीन सौ सीटों पर लड़ने का दावा छोड़ना पड़ेगा, जो कर्नाटक की जीत से गुमान बढ़ा चुकी पार्टी के लिए अभी गैर–मुनासिब ही है। ममता बनर्जी खुद भी इसे भली–भाँति जानती होंगी कि कांग्रेस न तो वाम मोर्चा का साथ छोड़ेगी और न ही उनके बनाए गए फॉर्मूले पर सहमति दिखाते हुए 277 लोकसभा सीटें लड़ने के लिए मान जाएगी। राहुल गांधी स्वयं इस बैठक के बाद बोल गए कि दलों के बीच आपस में मतभेद है। वह स्वयं अनेक बार मध्य प्रदेश, तेलंगाना, छत्तीसगढ़ और राजस्थान जीतने का दावा कर्नाटक चुनावों के नतीजों के बाद कर चुके हैं तो भला यह कैसे संभव हो पाएगा कि आने वाले दौर में आँकड़ा कम करने के लिए वह तैयारी करें! बिहार में राजद और जदयू बेशक बैठक के बहाने विपक्षी नेताओं को जुटा लेने से भाजपा को परास्त करने की खुशफहमी पाल सकती है, पर उसे भी अच्छी तरह मालूम है कि बिहार में प्रधानमंत्री मोदी का जादू अभी भरपूर बरकरार है, जिसके दम पर ही पिछले लोकसभा चुनाव में जदयू सोलह सीटें जीत ले गई। दम है तो जदयू महागठबंधन का हिस्सा बनने के बाद नैतिकता के आधार पर इन सीटों से अपने सांसदों का इस्तीफा करवाकर आजमा सकती है।

माननीय गृहमंत्री अमित शाह विपक्षी एकता बैठक के बारे में जम्मू–कश्मीर में बिल्कुल सटीक बात बोल गए कि पटना में अभी विपक्षी नेताओं का फोटो सेशन चल रहा है। उन्होंने दो टूक कह दिया कि वे चाहे जितना भी हाथ मिला लें, उनके बीच एकजुटता संभव ही नहीं है। गृहमंत्री का यह

वक्तव्य स्वयंसिद्ध है। ऐसा इसलिए कि विपक्षी एकजुटता का केंद्र कांग्रेस ही है, पर सभी दलों के अपने-अपने प्रधानमंत्री उम्मीदवार हैं और कोई भी दल इसे मानने पर सहमत नहीं होने वाला कि राहुल गांधी के प्रधानमंत्री उम्मीदवार के रूप में एकता का फॉर्मूला बने तथा बाकी पार्टियाँ अपने हितों की बलि चढ़ा दें। विपक्षी एकजुटता बैठक का सबसे बड़ा संदेश तो लालू यादव ही दे गए, जिन्होंने राहुल गांधी को प्रधानमंत्री मोदी को हराने के नाम पर बढ़ाई गई दाढ़ी कटवा लेने और शादी कर लेने का तंज कसते हुए साफ-साफ बता दिया कि सभी पार्टियाँ आपको मजाक में ही लेकर मौज करती हैं। भला इससे बड़ा उपहास भरा संदेश कोई और क्या हो सकता है, जो लालू यादव ने भरी महफिल में राहुल गांधी के मुँह पर बोलकर हँसी में उड़ा दिया।

यही समझने की जरूरत है कि मोदी और भाजपा विरोध की खुन्नस पाले चल रही विपक्षी पार्टियों को इस राह चलकर कुछ हासिल नहीं होने वाला है। नीतीश कुमार, चंद्रबाबू नायडू की तरह ही सबकुछ गँवाकर औंधे मुँह गिर पड़ेंगे, जिन्हें विपक्षी एकजुटता की नियति ने 2019 में कहीं का नहीं रहने दिया था। नीतीश कुमार अभी बेशक उत्साहित हैं, पर उन्हें मालूम है कि बड़े भाई लालू यादव कांग्रेस नेतृत्व से मिलकर इन्हें प्रधानमंत्री बनवाने के नाम पर विपक्षी एकजुटता के लिए संयोजक बनवा कर ही दम लेंगे, ताकि उनके पुत्र तेजस्वी को सूबे का राजपाट मिल सके। तय है कि विपक्षी एकता का सपना न कभी साकार हो पाएगा और न ही नीतीश कुमार आगे किसी काम के रह जाएँगे। विपक्षी एकता की माया न मिलने वाली है, न ही नीतीश कुमार को राम का आसरा ही मिल पाएगा। संभव है, वह राम नाम की माला जपने के लिए कालांतर में विवश हो जाएँ।

(इस आलेख का संपादित अंश
जून 2023 को 'भारत वार्ता' (पत्रिका) में प्रकाशित हुआ।)

□

वैचारिकी

जातिवाद से मुक्त समानता के पक्षधर थे बाबा साहेब

भारतीय संविधान के निर्माता तथा भारत के प्रथम कानून एवं न्याय मंत्री डॉ. भीमराव आंबेडकर ने अपना संपूर्ण जीवन छुआछूत और भेदभाव को समाप्त कर समरस समाज स्थापित करने, दलित वर्ग का उत्थान करने, भारत को सशक्त एवं समृद्ध बनाने में आहूत कर दिया। उनका जीवन चुनौतियों से भरा रहा। उन्होंने दलितों के लिए समान अधिकार की स्थापना और अस्पृश्यता के उन्मूलन के सभी प्रयास किए। उनका मानना था कि जातीय वैमनस्यता और अस्पृश्यता के कारण ही भारत का सर्वांगीण विकास नहीं हो पा रहा है। वे जातिवाद से मुक्त समानता के सिद्धांत पर हिंदू समाज के संपूर्ण पुनर्गठन और पुनर्निर्माण के पक्षधर थे।

बाबा साहेब ने अपने विचारों को मूर्त रूप देने के लिए दलितों को संगठित करने का हरसंभव प्रयास किया। सामाजिक संस्थानों का निर्माण कर, समाचार–पत्रों एवं सम्मेलनों में अपने भाषणों के माध्यम से दलितों को उनके अधिकार दिलाने का प्रयास किया। दलितों के मंदिरों में प्रवेश न मिलने और पानी लेने में भेदभाव का जोरदार विरोध किया। दलितों के लिए शिक्षा की पहुँच को सुगम करने का सार्थक प्रयास भी किया। हिंदू धर्म की महिला को समान अधिकार दिलवाने और विधवा विवाह को प्रोत्साहित करने की भी वकालत की।

प्राचीन भारत में सामाजिक, सांस्कृतिक और आर्थिक समानता थी। समाज के सभी लोग संपन्न थे। बाद के कालखंडों में जाति आधारित विषमता फैली

और समाज का एक वर्ग इन सुविधाओं से वंचित होता गया। समाज का वह वर्ग-विशेष सामाजिक रूप से छुआछूत का शिकार होने के साथ-साथ आर्थिक रूप से कमजोर होता गया, जिससे उसके जीवन में शिक्षा, सम्मान, आवास आदि मूलभूत आवश्यकताएँ भी दुर्लभ हो गईं।

अत्यंत उपेक्षित वर्ग में जन्मे बाबा साहेब ने अपने कठोर परिश्रम से जो अर्जित किया, वह वास्तव में प्रशंसा के योग्य है। अंग्रेजों के शासनकाल में तीक्ष्ण बुद्धि के धनी बाबा साहेब का अमरीका जाकर पढ़ाई करना उनके बुद्धि बल को दरशाता है। वहाँ से पढ़ाई करने के पश्चात् विदेशों में तमाम अवसर और प्रतिष्ठा होने के बावजूद वे भारत की मिट्टी से लगाव के कारण वापस स्वदेश आ गए। यहाँ आकर उन्होंने समाज के उपेक्षित वर्ग के उत्थान के लिए सार्थक पहल की और समाज में व्याप्त बुराइयों को समाप्त करने के लिए सकारात्मक प्रयास किया। उनका कहना था कि "जब तक सच्चे अर्थों में सामाजिक लोकतंत्र नहीं आएगा, तब तक हमारा यह राजकीय लोकतंत्र पूर्ण नहीं होगा।" उन्होंने कहा, "सभी व्यक्ति संविधान के समक्ष समान होंगे और लोकतंत्र में प्रत्येक के मत की कीमत समान होगी। लोकतंत्र तब तक सार्थक सिद्ध नहीं हो सकता है, जब तक कि समाज में सबको समान प्रकार का स्थान प्राप्त नहीं होगा।" तभी सामाजिक लोकतंत्र के वातावरण का भी निर्माण होगा।

बाबा साहेब के सामाजिक समरसता के विचारों को आत्मसात करते हुए राष्ट्रीय स्वयंसेवक संघ अपनी स्थापना से लेकर आज तक भारतीय समाज में दलितों और वंचितों के उत्थान हेतु निरंतर कार्य कर रहा है। संघ की कार्य पद्धति ही ऐसी है। आर.एस.एस., बाबा साहेब के विचारों को ही आत्मसात कर भारत के कोने-कोने में मानव-मात्र के कल्याण को अपना मंत्र मानकर कार्य कर रहा है।

बाबा साहेब से संबद्ध एक रोचक संस्मरण का उल्लेख करना समीचीन होगा। सन् 1939 में नागपुर में संघ का प्रशिक्षण सत्र लगा हुआ था। बाबा साहेब उत्सुकतावश वहाँ बिन बुलाए ही पहुँच गए। संघ के प्रथम सर संघचालक डॉ. केशव बलिराम हेडगेवारजी उस प्रशिक्षण वर्ग में उपस्थित थे। दोपहर का भोजन दोनों लोगों ने एक साथ किया। उसके बाद बाबा साहेब ने स्वयंसेवकों

से मिलने का आग्रह किया। बाबा साहेब यह देखकर आश्चर्यचकित रह गए कि उस वर्ग में बच्चे, किसी की जाति पूछे बिना ही साथ में खेल रहे थे, एक साथ भोजन कर रहे थे और एक-दूसरे के सहभागी भी हो रहे थे। बाबा साहेब इस व्यवस्था को देखकर बहुत प्रभावित हुए। बाबा साहेब इसी तरह के समरस समाज की तो कल्पना कर रहे थे।

कुछ वामपंथियों ने बाबा साहेब को हिंदू धर्मविरोधी की तरह प्रचारित किया। परंतु, बाबा साहेब हिंदू धर्म के विरोधी नहीं थे। बाबा साहेब ने धर्म परिवर्तन करते समय भी उस धर्म को चुना, जो भारतीय संस्कृति की ही गोद में पल्लवित-पुष्पित हुआ था। बौद्ध धर्म की दीक्षा लेकर उन्होंने वामियों, ईसाइयों और मुसलमानों को करारा जवाब दिया था। वास्तविकता तो यह है कि ईसाई, मुसलमानों और वामपंथियों से बाबा साहेब सख्त घृणा करते थे। वामपंथियों का संसदीय लोकतंत्र में विश्वास नहीं था, इसलिए डॉ. आंबेडकर सदैव इनके खिलाफ रहा करते थे। वे सामाजिक, राजनैतिक एवं आर्थिक तीनों ही पक्षों पर वामपंथियों की विचारधारा के विपरीत खड़े नजर आते थे।

इसलाम धर्म को लेकर भी बाबा साहेब के विचार बिल्कुल स्पष्ट थे। भारत विभाजन पर अपनी पुस्तक में उन्होंने लिखा है, "ऐसा कहा जाता है कि हिंदू धर्म तो लोगों को बाँटता है, लेकिन इसलाम लोगों को जोड़ता है। यह केवल आधा सच है। इसलाम जितनी कठोरता से जोड़ता है, उतनी ही कठोरता से बाँटता भी है। इसलाम मुसलिम और गैर मुसलिम के बीच भेद करता है और यह अलगाववाद का भेदभाव है। इसलाम का भाईचारा सार्वभौमिक भाईचारा नहीं है। इसलाम में बंधुत्व का जो भाव है, उसका लाभ सिर्फ उन्हें मिलता है, जो उसका हिस्सा हैं।" डॉ. आंबेडकर के ये विचार मुसलिम समाज की हकीकत से लोगों को परिचित कराने के लिए पर्याप्त हैं।

राष्ट्र की संकल्पना के लिए उसकी संस्कृति एक होना अपरिहार्य है। इस विषय में बाबा साहेब के विचार एकदम स्पष्ट हैं। उन्होंने यह भी बताया कि राष्ट्रीयता, अर्थात् हमारे देश में राष्ट्र की जो संकल्पना है, उसे हम सामाजिक समरसता के आधार पर ही अक्षरित देख सकते हैं। चाणक्य ने भी राष्ट्र की संकल्पना को इसी रूप में रेखांकित किया था। तदनंतर के काल में शिवाजी

महाराज ने भी राष्ट्र की अवधारणा को इसी रूप में साकार करने का प्रयास किया और आधुनिककाल तक महात्मा ज्योतिबा फुले, शाहू महाराज सभी ने वही संकल्पना प्रस्तुत की, कि 'यह पूरा समाज अपना है।' यह भावना जब तक नहीं होगी, तब तक वह सामर्थ्यवान् राष्ट्र नहीं बन पाएगा। बाबा साहेब की दृष्टि में राष्ट्रवाद और धर्म विश्व और मानवता के लिए कल्याण का साधन है। वे मार्क्सवाद के स्पष्ट विरोधी रहे हैं। उन्होंने महापरिनिर्वाण के लगभग 15 दिन पूर्व काठमांडू की विश्व बौद्ध परिषद में कहा था कि विश्व में जो कोई पीड़ित, दलित, शोषित होंगे, उनके उत्थान के मार्ग हेतु जब तक भगवान् बुद्ध का मार्ग उपलब्ध है, तब तक कार्ल मार्क्स की शरण में जाने की कोई आवश्यकता नहीं है। जहाँ मार्क्सवादी अपने लक्ष्य की पूर्ति के लिए हिंसा का सहारा लेता है, वहीं बाबा साहेब हिंसामुक्त तरीके से शोषणमुक्त समाज बनाने की बात करते हैं।

बाबा साहेब का मानना था कि जातीय आधारित भेदभाव भारत की एकता और राष्ट्रीयता के लिए सबसे बड़ा खतरा है। अतः समाज में व्याप्त सामाजिक भेदभाव को समाप्त करके ही हम समाज में एकता स्थापित कर सकते हैं, जिससे राष्ट्र की एकता और अखंडता सुदृढ़ होगी। इसके उन्मूलन के लिए बाबा साहेब आंबेडकर के विचार और कार्य उन्हें स्वतः ही महापुरुषों की श्रेणी में लाकर खड़ा कर देते हैं। 'भारत रत्न' डॉ भीमराव आंबेडकर के विचार पूरे विश्व के लिए अनुकरणीय हैं। मा. प्रधानमंत्री नरेंद्र मोदीजी ने डॉ. भीमराव आंबेडकर के विचारों को आत्मसात कर समाज में उसे आगे ले जाने का 'सबका साथ, सबका विकास, सबका विश्वास, सबका प्रयास' के साथ काम किया है।

(इस आलेख का संपादित अंश 6 दिसंबर, 2021 को 'जातिवाद से मुक्ति के पैरोकार' शीर्षक से 'राष्ट्रीय सहारा' (दैनिक) और 'भारत वार्ता' (पत्रिका) के दिसंबर 2021 के अंक में प्रकाशित हुआ।)

□

शिक्षा की आड़ में राष्ट्र के साथ खिलवाड़ करते कम्युनिस्ट

भारत में शैक्षणिक संस्थानों को शिक्षा के मंदिर का दरजा प्राप्त है। अर्थात् ऐसा पवित्र स्थान जहाँ से लोग ज्ञान अर्जित कर राष्ट्र एवं समाज को सिंचित करते हैं, लेकिन जब उस संस्थान में किसी दूषित व्यक्ति, दल एवं विचारधारा का प्रवेश हो जाए तो निश्चित ही उसके परिणाम समाज के हित में नहीं होंगे। उदाहरणस्वरूप जे.एन.यू. जैसे प्रतिष्ठित शैक्षणिक संस्थान में शिक्षण-प्रशिक्षण देने की जगह देश विरोधी गतिविधि, खून-खराबा एवं मारपीट हो तो स्थिति चिंतनीय अवश्य हो जाएगी। अपने स्थापना काल के बाद से ही जो कुछ जे.एन.यू. में घटित हुआ वह भारत को कलंकित एवं अपमानित करने वाला था, जो कि वामपंथ एवं कांग्रेस की प्रदूषित एवं कुंठित सोच का परिणाम है।

कम्युनिस्टों का मूल उद्देश्य रहा है कि किसी भी प्रकार से भारत की शिक्षा व्यवस्था को कमजोर करके और लोगों को गलत इतिहास पढ़ाकर भारत की अस्मिता और बौद्धिक संपदाओं पर प्रहार किया जा सके। ऐसा करके लोगों में देश के प्रति नफरत की भावना पैदा कर राष्ट्र को कमजोर करना कम्युनिस्टों की परंपरा रही है, फिर अपनी गलतियों को छुपाकर ये आम जनता के बीच विश्वास अर्जित करते रहे हैं, किंतु अब इनकी दोहरी मानसिकता को जनता समझ चुकी है।

भारत के इतिहास लेखन, शिक्षा-व्यवस्था और राजनैतिक विचारधारा पर

वामपंथी विचारधारा का असर रहा है, जिसके फलस्वरूप कई पीढ़ियाँ यहाँ के गौरवशाली अतीत को लेकर गुमराह होती रही हैं। वामपंथी इतिहासकारों ने शुरू से ही षड्यंत्र के तहत अपने राजनैतिक स्वार्थ के लिए इस देश के अनुपम अतीत पर काला परदा डालकर अपनी विचारधारा को थोपा है। सन् 2004 के यू.पी.ए. के शासनकाल में तत्कालीन शिक्षा मंत्री के नेतृत्व में केंद्रीय शिक्षा सलाहकार बोर्ड का पुनर्गठन किया गया, जिसका मकसद शिक्षा-व्यवस्था को और सुदृढ़ करना था, लेकिन विशेष विचारधारा से प्रेरित इन लोगों ने भारतीय इतिहास एवं छात्रों के भविष्य के साथ खिलवाड़ किया। इस प्रकार शिक्षा-व्यवस्था के जरिए वामपंथियों ने न जाने कितने इतिहास को गलत ढंग से लिखा है, जिसमें हमें हमारी ही संस्कृति का दुष्प्रभाव दिखाया गया। भारत के जो असली नायक थे, उन्हें खलनायक और जो गौरवशाली अस्मिता थी उन्हें छोटा, गलत और विकृत रूप में दिखाया गया। वहीं दूसरी ओर, जिन्होंने हमारी संस्कृति और सभ्यता पर कुठाराघात किया, भारतीय एकता एवं अखंडता को तार-तार किया, उन्हें तथाकथित नायक बताकर प्रस्तुत किया गया।

पूर्व में अनेक मौकों पर देखने को मिला है कि कम्युनिस्ट पार्टी ने कांग्रेस के साथ गठजोड़ कर उनका समर्थन किया है। कम्युनिस्टों के साथ कांग्रेस के रिश्तों को इस बात से समझा जा सकता है कि ऑल इंडिया स्टूडेंट्स फेडरेशन (ए.आई.एस.एफ.) का गठन 12-13 अगस्त, 1936 को लखनऊ के गंगाप्रसाद मेमोरियल हॉल में आयोजित सम्मलेन में हुआ था, जिसकी अध्यक्षता पंडित जवाहर लाल एवं मोहम्मद अली जिन्ना ने की थी। सन् 1960 के दशक में जरूरत को देखते हुए दिल्ली विश्वविद्यालय के विस्तार की बात चल रही थी। इस विषय पर व्यापक चर्चा हेतु शिक्षा मंत्रालय द्वारा एक विशेषज्ञ समिति का गठन हुआ था। यह तय हुआ कि दिल्ली में एक नए विश्वविद्यालय का निर्माण होगा। जिसका नाम रायसीना होगा, लेकिन तत्कालीन प्रधानमंत्री नेहरू के निधन के बाद कांग्रेस सरकार ने राजनीतिकरण कर प्रस्तावित नाम रायसीना को बदलकर जे.एन.यू. रखने का फैसला किया। ज्ञातव्य हो कि उस समय विश्वविद्यालय अनुदान आयोग के नियमानुसार किसी भी शिक्षण संस्थान का नाम किसी व्यक्ति के नाम पर नहीं रखा जा सकता था।

जवाहरलाल नेहरू विश्वविद्यालय बिल को 1965 में राज्यसभा एवं लोकसभा में पेश किया गया था। भारतीय जनसंघ एवं समाजवादी नेताओं ने नाम को लेकर काफी विरोध किया था, जबकि वामपंथी दलों ने समर्थन किया था। इस नाम को लेकर संयुक्त समिति में एक राय नहीं बनी थी, बावजूद इसके अंत में इसका नाम जे.एन.यू. रखा गया।

देश की राजधानी दिल्ली में स्थित जवाहरलाल नेहरू विश्वविद्यालय वामपंथियों के लिए आज भी ऐसी सुरक्षित जगह है, जहाँ पर शिक्षा की आड़ में उन्हें राष्ट्र के साथ खिलवाड़ करते देखा जा सकता है। जे.एन.यू. की स्थापना का मूल उद्देश्य सिविल सर्विसेज समेत राष्ट्रहित में विकास के लिए समाजशास्त्री, वैज्ञानिक, प्रशासक को तैयार करना था, लेकिन वामपंथियों के आधिपत्य की वजह से यह विश्वविद्यालय हमेशा विवादों में रहा। सन् 1969 में जवाहरलाल नेहरू विश्वविद्यालय की स्थापना के साथ ही जे.एन.यू. में हिंसा की शुरुआत हो चुकी थी। वामपंथी राजनीति पूरे देश से धीरे-धीरे समाप्त होते गई, लेकिन जे.एन.यू. कैंपस में आज भी उनकी तानाशाही चलती है। सन् 1980 में वामपंथी छात्रों ने विश्वविद्यालय के तत्कालीन कुलपति पर हमला किया था, जिसके कारण जे.एन.यू. को कुछ समय के लिए बंद करना पड़ा था। सन् 1983 में भी जे.एन.यू. को हिंसक घटनाओं के कारण एक वर्ष के लिए बंद किया गया था, जिसके बाद सुरक्षा के दृष्टिकोण से से लंबे समय तक वहाँ सी.आर.पी.एफ. की तैनाती की गई थी।

चीन एवं पाकिस्तान जैसे दुश्मन देश के पक्ष में वातावरण बनाने का प्रयास एवं कार्यक्रम स्थल जे.एन.यू. को बनाया जाता रहा है। सन् 2000 में विश्वविद्यालय एक बार फिर चर्चा में आया, जब कारगिल युद्ध के बाद मुशायरे का आयोजन हुआ, जिसमें कारगिल युद्ध में भारत द्वारा की गई काररवाई की निंदा की जा रही थी, जिसे देखने वालों में वहाँ उपस्थित दो सैनिकों ने इसका विरोध किया तो उनके साथ मारपीट भी की गई। सन् 2005 में ईरान पर प्रतिबंध के प्रस्ताव का भारत द्वारा समर्थन करने पर तत्कालीन प्रधानमंत्री डॉ. मनमोहन सिंह के विश्वविद्यालय दौरे के समय वामपंथी छात्र द्वारा जबरदस्त विरोध हुआ था, जो बाद में हिंसा में बदल गया था। सन्

2010 में दंतेवाड़ा में नक्सलियों द्वारा 76 सी.आर.पी.एफ. के जवानों की हत्या के बाद वामपंथी छात्रों द्वारा जश्न मनाने को लेकर भी उन पर आरोप लगा था। सन् 2013 में इसी विश्वविद्यालय में महिषासुर दिवस भी मनाया गया था, जहाँ कुछ छात्रों पर देवी माँ दुर्गा का अपमान करने का आरोप लगा था। फरवरी 2016 में राष्ट्र विरोधी नारे लगे थे, तब यहाँ देश के टुकड़े-टुकड़े के नारे तथा कुख्यात आतंकवादी एवं सन् 2002 में भारतीय संसद् पर हुए हमले का मुख्य आरोपी अफजल गुरु की फाँसी का विरोध भी हुआ था। जे.एन.यू. परिसर में सन् 2019 में देश को शर्मसार करने वाली घटना हुई। जब महामानव स्वामी विवेकानंद की मूर्ति से छेड़छाड़ हुई तथा वहाँ अपशब्द लिखे गए। सन् 2020 में हुई हिंसा में दिल्ली पुलिस की तरफ से जो खुलासे हुए थे, उनमें जे.एन.यू. के छात्रसंघ अध्यक्ष समेत छह लोगों का नाम था, जिनका सीधा संबंध वामपंथ से रहा है। सन् 2020 जब जे.एन.यू. में ऑनलाइन के माध्यम से रजिस्ट्रेशन की प्रक्रिया की शुरुआत हुई थी, तब उसका विरोध एस.एफ.आई., आईसा, ए.आई.एस.एफ. और डी.एस.एफ. द्वारा किया जा रहा था। एक तरफ जब कश्मीर में हिंसा एवं दंगों को रोकने हेतु इंटरनेट ठप किया जाता है, तब इन्हीं संगठनों एवं इनके नेताओं द्वारा कहा जाता है कि इंटरनेट हमारा अधिकार है, इसे बंद नहीं किया जाना चाहिए। दुर्भाग्य देखिए जे.एन.यू. जैसे विश्वविद्यालयों में छात्रों की सहूलियत हेतु डिजिटल संसाधनों से जोड़ा जा रहा था, लेकिन वामपंथी एवं कांग्रेसी इसमें भी तुष्टीकरण की राजनीति करने से नहीं चूके।

आज के समय में वामपंथी भले ही राजनीति में हाशिए पर हों, लेकिन अभी भी भारत में कांग्रेस समेत कुछ राजनैतिक दलों के लिए वामपंथी दलों के छात्र संगठन उनकी भारत विरोधी योजना को अंजाम तक पहुँचाने के माध्यम के रूप में काम आते रहे हैं। यही मुख्य कारण रहा है कि कांग्रेस समेत दूसरी पार्टी इनकी भारत विरोधी हिंसक घटनाओं को सही ठहराते हुए अपना समर्थन देते रहे हैं। जे.एन.यू. अपने मूल उद्देश्यों से भटक गया है। भारत में गहन शोध कार्य, गरीब छात्रों के लिए गुणवत्ता युक्त उच्च शिक्षा भी जे.एन.यू. की स्थापना का उद्देश्य था। उसे पूर्ण करके ही सुधार किया जा सकता है, जो

कि भारतीय दर्शन, चिंतन एवं परंपरा से ही संभव है। अत: युवाओं एवं छात्रों को इनके षड्यंत्र से सतर्कता बरतते हुए उनके कारनामों को उजागर भी करना होगा, तभी जे.एन.यू. समेत अन्य शैक्षणिक संस्थानों को राष्ट्रविरोधी ताकतों से बचाया जा सकता है।

(इस आलेख का संपादित अंश
29 सितंबर, 2022 को 'स्वदेश' (भोपाल) में प्रकाशित हुआ।)

□

विज्ञान और विकास का विरोधी है इसलाम : आंबेडकर

भारतीय लोकतंत्र और संविधान की चर्चा जब भी होती है तो संविधान निर्माता तथा देश के प्रथम कानून एवं न्याय मंत्री भारत रत्न बाबा साहेब भीमराव आंबेडकर की बात अवश्य होती है। उनके विचारों एवं कार्यों की प्रासंगिकता आज पहले से कहीं ज्यादा है। कांग्रेस, वामपंथ समेत जिन छोटे-बड़े राजनैतिक दलों ने बाबा साहेब को अपमानित किया वही सन् 2014 केंद्र में सत्ता परिवर्तन के बाद से आंबेडकर के बताए मार्ग पर चलने की खोखली बात करने लगे हैं। जीते जी जितना महत्त्व कांग्रेस और वामदलों के द्वारा उन्हें नहीं दिया गया, उससे कहीं ज्यादा महत्त्व आज उनकी अनुपस्थिति में इसलिए दिया जा रहा है, क्योंकि इससे उनका वोट बैंक साधा जा सके।

बाबा साहेब स्वतंत्र भारत के महान् समाज सुधारक थे। भारत में जातीय वैमनस्यता समाप्त करने, सामाजिक असमानता को मिटाने और दलित वर्ग के उत्थान हेतु किए गए उनके कार्य अत्यंत प्रशंसनीय हैं। दलित वर्ग के उत्थान हेतु उन्होंने अपना संपूर्ण जीवन समर्पित कर दिया। इसी कारण उन्हें 'दलितों का मसीहा' भी कहा जाता है। कानून, अर्थशास्त्र और राजनीति सहित कई अन्य क्षेत्रों में उत्कृष्ट बाबा साहेब का भारत के नवनिर्माण में अतुलनीय योगदान रहा है। उन्होंने अपनी नीतियों के माध्यम से देश की आर्थिक और सामाजिक स्थिति में बदलाव का सार्थक प्रयास किया।

वामपंथी दल अपने आप को आंबेडकर के अनुयायी बताते हैं एवं उनके दिखाए रास्ते पर चलने की घोषणा करते हैं। वे उनकी बातों को अपनी सुविधा

के अनुसार तोड़-मरोड़कर जनता को दिग्भ्रमित करते हैं। वामपंथी लेखक तो डॉ. आंबेडकर को हिंदू विरोधी भी लिखते हैं, जबकि सच्चाई इससे बिल्कुल अलग है। आंबेडकर सभी धर्म की कुरीतियों का विरोध करते थे। ऐसी मनगढ़ंत बातों को परोसने में इस बात को छिपा लेते हैं कि आंबेडकर कम्युनिस्टों के धुर-विरोधी थे। आंबेडकर ने देश के नागरिकों को कम्युनिस्टों से बचकर रहने की सलाह दी थी। आंबेडकर ने यह भी कहा था कि कम्युनिस्टों ने श्रम संगठनों का इस्तेमाल राजनैतिक उद्देश्य को पूरा करने के लिए किया है। जब भी उन्होंने हड़ताल की, दलित-मजदूरों का ज्यादा इस्तेमाल हुआ, क्योंकि वह गरीब थे। उनका मानना था कि मानवता के लिए आर्थिक मूल्यों के साथ-साथ आध्यात्मिक मूल्य भी जरूरी है। उनका यह भी कहना था कि धर्म के खिलाफ कम्युनिस्टों की नफरत सही नहीं है। उनका मत था कि कम्युनिस्ट अपने आप को स्थापित करने के लिए हमेशा हिंसक मार्ग अपनाते हैं, जो अनुचित है।

बाल्यकाल में डॉ. आंबेडकर रूढ़िवादी सोच के कारण अपने अधिकार से वंचित रहे। मेधावी छात्र होने के बावजूद उन्हें कई प्रकार की सामाजिक, आर्थिक समस्याओं का सामना करना पड़ा। छात्रवृत्ति पर अमरीका एवं इंग्लैंड से उच्च शिक्षा प्राप्त करने के पश्चात् भारत लौटे और जीवनभर संघर्ष करते हुए समाज में भेदभाव मिटाने एवं गरीब कल्याण हेतु सतत् प्रयासरत रहे। अर्थशास्त्री, समाजशास्त्री और शिक्षाविद् के रूप में भारत को गढ़ने में आंबेडकर का योगदान अतुलनीय है। वह संविधान की प्रारूप समिति के अध्यक्ष थे। उन्होंने ऐसे संविधान की रचना की, जिसमें समान अधिकार की बात की गई, जिसमें सभी भारतीयों को विश्वास है। उनकी प्रेरणा एवं विचार से ही भारत में वित्त आयोग एवं केंद्रीय बैंक की स्थापना हुई। भारत में स्वतंत्र चुनाव आयोग भी उनकी देन है। दामोदर घाटी परियोजना, हीराकुंड और सोन नदी परियोजना के निर्माण में भी उन्होंने महत्त्वपूर्ण भूमिका निभाई थी। ऐसे महानायक को भी कांग्रेस सरकार ने कई मौकों पर अपमानित किया। आंबेडकर, नेहरू सरकार में योजना मंत्रालय चाहते थे। वह विदेश एवं रक्षा मामलों की समितियों में सदस्यता चाहते थे, लेकिन उनकी माँगों को पं. नेहरू के नेतृत्व वाली कांग्रेस सरकार द्वारा ठुकरा दिया गया। यहाँ तक कि उन्हें भारत रत्न देने की पहल भी कांग्रेस की सरकारों द्वारा नहीं की गई। उनके निधन के 34 वर्ष बाद सन् 1990

में गैर कांग्रेस गठबंधन की सरकार में उन्हें भारत रत्न दिया गया।

सत्ता प्राप्त करने की छटपटाहट एवं वोट बैंक की राजनीति के कारण सभी दलों ने अपनी-अपनी सुविधा के अनुसार डॉ. आंबेडकर को सीमित दायरे में बाँध रखा है। आज भी इन दलों ने आंबेडकर को अपने-अपने रंग में रंग रखा है। उन्हें कोई लाल, कोई हरा, तो कोई नीले रंग का पक्षधर कहता है। कुछ राजनैतिक दल उन्हें मात्र दलित के नेता बताते हैं। आंबेडकर को किसी विशेष वर्ग तक सीमित रखना न्यायोचित नहीं है। एक ऐसे महापुरुष थे, जो सभी धर्म और जाति में होने वाली अमानवीय घटना के खिलाफ थे। उनके नाम का इस्तेमाल कर राजनीति करने वाली पार्टियों ने 60 वर्षों तक देश में शासन तो किया, लेकिन आंबेडकर के विचारों, जिसमें उन्होंने गरीब कल्याण, पिछड़ों, दलितों का उत्थान और महिलाओं को समान अधिकार की बात की थी, उससे लोगों को वंचित रखा। समानता का जो सपना बाबा साहेब ने देखा था, उसे 70 वर्ष बाद प्रधानमंत्री नरेंद्र मोदी के नेतृत्व वाली सरकार साकार कर रही है। उदाहरण के तौर पर अनुच्छेद 370 को खत्म करना, जिसे आंबेडकर द्वारा बनाने से मना करने के बाद भी तत्कालीन कांग्रेस सरकार ने जोड़ा था।

डॉ. आंबेडकर शुरुआत से ही प्रधानमंत्री नेहरू की तुष्टीकरण की नीतियों से सहमत नहीं थे और स्वतंत्रता के पश्चात् सरकार बनने के कुछ वर्ष के बाद ही राष्ट्रहित में वह नेहरू के कार्यों का विरोध करने लगे। वह हिंदू कोड बिल, धारा 370 जैसी नीतियों के पक्ष में नहीं थे। आंबेडकर ने प्रधानमंत्री नेहरू के लिए कहा था कि प्रधानमंत्री का पूरा समय और ध्यान मुसलमानों की सुरक्षा में लगा रहता है। मैं भारत के मुसलमानों को जहाँ भी और जब भी जरूरत होती है, उन्हें अधिकतम सुरक्षा देने के पक्ष में हूँ, लेकिन मैं यह जानना चाहता हूँ कि क्या केवल मुसलमानों को ही सुरक्षा की जरूरत है? क्या अनुसूचित जाति और अनुसूचित जनजाति को सुरक्षा की जरूरत नहीं है? उन्होंने इन समुदायों के लिए क्या चिंता दिखाई है? जहाँ तक मैं जानता हूँ, कोई नहीं और ये ऐसे समुदाय हैं, जिन्हें मुसलमानों से कहीं अधिक देखभाल और ध्यान देने की आवश्यकता है।

आंबेडकर को लेकर इसलाम के बारे में कई प्रकार की बातें की जाती हैं, लेकिन सच्चाई इससे अलग है। आंबेडकर ने लिखा है, मुसलिम नेता धर्मनिरपेक्ष

के जीवन के महत्त्व को समझते नहीं हैं। उन्हें लगता है कि उनकी लड़ाई हिंदुओं से है और धर्मनिरपेक्ष रवैया अपनाने पर उनका अपना समुदाय इस लड़ाई में कमजोर हो जाएगा। वह कहते हैं दु:ख की बात यह है कि अमीरों के खिलाफ न्याय की लड़ाई में गरीब मुसलिम, गरीब हिंदुओं का साथ नहीं देंगे, पूँजीवाद के खिलाफ लड़ाई में मुसलिम मजदूर कभी भी हिंदू मजदूर का साथ नहीं देंगे। उन्होंने जॉन. जे. पुल की तरफ इंगित करते हुए यह भी लिखा है कि "गुलामी के मामले में कुरान मानवता का शत्रु है और महिलाएँ सामान्यत: सर्वाधिक उत्पीड़ित हैं।" आंबेडकर इसलाम की गतिहीनता की मूल प्रवृत्ति को लेकर काफी खिन्न दिखाई पड़ते थे। उनका स्पष्ट मानना है कि यह धर्म विज्ञान और विकास का विरोधी है और मानव की स्वतंत्र सोच को हतोत्साहित करता है।

बाबा साहेब मनीषी, योद्धा, नायक, विद्वान्, दार्शनिक, वैज्ञानिक, समाजसेवी एवं धैर्यवान व्यक्तित्व के स्वामी थे। अनन्य कोटि के नेता बाबा साहेब ने अपना समस्त जीवन समग्र भारत की कल्याण कामना में समर्पित कर दिया। आज जब कुछ तथाकथित लोग आंबेडकर का नाम लेकर भारत में जाति, पंथ, क्षेत्रवाद, भाषा की आड़ में समाज के भीतर विभेद पैदा कर सामाजिक सौहार्द को बिगाड़ने तथा राष्ट्रीय एकता और अखंडता को चुनौती देने की कोशिश में लगे हैं। उन्हें डॉ. आंबेडकर की राष्ट्रीयता के संदर्भ में दिए विचार को वर्तमान परिवेश में स्मरण कराना भी जरूरी है। डॉ आंबेडकर के अनुसार, भूमि, वहाँ का समाज तथा समाज की श्रेष्ठ परंपरा राष्ट्र निर्माण के लिए महत्त्वपूर्ण होते हैं। डॉ आंबेडकर ने संपूर्ण भारत को एक राष्ट्र के रूप में स्वीकार किया था। उनका मानना था कि भारत को उसकी प्रकृति, समाज एवं उसकी संस्कृति ने एक राष्ट्र के अखंड स्वरूप के साथ निर्मित किया है, जिसकी एकता और अखंडता इस राष्ट्र की स्वाभाविक प्रकृति है। अतएव डॉ. आंबेडकर के संपूर्ण विचारों को समाज के समक्ष रखना और उसको अपने आचरण में लाने का संकल्प ही आज हम सबके लिए सच्ची श्रद्धांजलि होगी।

(इस आलेख का संपादित अंश 06 दिसंबर, 2022 को 'स्वदेश' (भोपाल) में प्रकाशित हुआ।)

□

वामपंथ का राष्ट्रविरोधी चेहरा

गत कुछ वर्षों से कम्युनिस्टों ने जोश-खरोश के साथ राष्ट्र-प्रेम और राष्ट्रीय एकता के प्रति समर्थन दिखाने का असफल प्रयास किया है। गत 5-7 वर्षों से यह अच्छी तरह नाप-तोलकर किया जा रहा है, जिससे युवा पीढ़ी पर यह प्रभाव डाला जा सके कि वे देश की एकता-अखंडता के प्रबल पोषक हैं, क्योंकि पुराने खेमे के सभी कम्युनिस्ट जानते हैं कि राष्ट्रीयता उनकी सबसे कमजोर एवं संवेदनशील बिंदु है। उन्हें पता है कि वे प्रत्यक्ष व अप्रत्यक्ष रूप से राष्ट्रीयता के प्रबल विरोधी रहे हैं और इतिहास के प्रत्येक निर्णायक मोड़ पर उन्होंने राष्ट्र के हितों के साथ विश्वासघात किया है। इसलिए इस समय उनका प्रयत्न है कि राष्ट्र-भक्ति का झूठा शोर मचाकर लोगों में भ्रम पैदा किया जाए और दूसरों पर सांप्रदायिकता का आरोप लगाकर अपनी गलतियों पर परदा डाला जाए। इतना ही नहीं, कम्युनिस्टों द्वारा योजनापूर्वक प्रायोजित कार्यक्रम के तहत इतिहास को तोड़-मरोड़कर अपने स्वार्थ के अनुसार उसकी व्याख्या करके लोगों को निरंतर भ्रमित किया जा रहा है। स्वाधीनता-आंदोलन के इतिहास तथा उस अवधि में कम्युनिस्टों की कुत्सित मानसिकता से उपजी दोहरी भूमिका से अपरिचित युवा पीढ़ी को गुमराह करना उनका प्रथम लक्ष्य है। देश के स्वतंत्रता आंदोलन में कम्युनिस्टों ने जासूसी करते अंग्रेजों का साथ दिया। सन् 1962 ई. में चीनी आक्रमण के दौरान भी भारत के कम्युनिस्टों की भूमिका संदेहास्पद ही थी। तब उन लोगों ने चीन का ही समर्थन किया था।

लोकतंत्र में जनता ही तय करती है कि उसके नेता कौन होंगे। जिन वामपंथों को जनता ने पूर्व में कई बार मौका देकर विभिन्न राज्यों की सत्ता की

बागडोर सँभालने दिया था आज उसी जनता ने इन्हें पूरी तरह नकार दिया है। जिस पश्चिम बंगाल में वामपंथियों ने सन् 1977 से 2011 तक शासन किया, आज उनकी पार्टी वहाँ सिमटती जा रही है। त्रिपुरा में भी सन् 1978 से 1988 व 1993 से 2018 तक इनके मुख्यमंत्री होते थे, जो आज विपक्ष में हैं। अभी राज्यसभा में सात, जबकि लोकसभा में मात्र पाँच सांसद हैं। केरल एकमात्र ऐसा राज्य है, जहाँ पर वामपंथी सत्ता पर काबिज हैं। कुल मिलाकर देखें तो देश की जनता ने वामपंथियों को सिरे से नकार दिया है।

कम्युनिस्ट चिंतन भारतीय नहीं है। यह तथाकथित पूँजीवाद की प्रतिक्रिया के फलस्वरूप पनपा हुआ विचार है, जिनकी शाखाएँ भारत में हैं, लेकिन कार्य-चिंतन विदेशी है। इनका गठजोड़, मुसलिम सरपरस्त आंदोलन 'तबलीगी जमात' से है। राष्ट्रीयता के प्रति कम्युनिस्टों का नजरिया हमेशा से अवसरवादी तथा छलपूर्ण रहा है। वे लोग भारत को विभिन्न छोटी-छोटी अस्मिताओं का समुच्चय मानते हैं। इसलिए उनका मानना है कि भारत को देर-सबेर अनेक टुकड़ों में विभक्त हो ही जाना है। ऐसे में भारत की सांस्कृतिक विरासत और अस्मिता पर भला उन्हें गर्व कैसे होगा। 'टुकड़े-टुकड़े गैंग' का यही चिंतन भारत की एकता और अखंडता के लिए खतरा उत्पन्न करता है। तभी तो के.एम. अशरफ और हिरेन मुखर्जी जैसे कॉमरेडों ने भारत को राष्ट्र न मानकर उसको केवल राज्यों का समूह ही माना। अब 2014 ई. के बाद जब भारत की राष्ट्रीयता विमर्श के केंद्र में है तो वे देश-प्रेम का मुखौटा पहनकर उसका पूरा फायदा उठाते रहे हैं।

स्वतंत्रता के समय मुसलिम लीग के अलावा वामपंथियों के ही राजनैतिक गुट ने धर्म आधारित पाकिस्तान के सृजन को न्यायोचित ठहराया था। मोहम्मद अली जिन्ना को वामपंथियों द्वारा ही सारे तर्क-कुतर्क उपलब्ध कराए गए थे, जो उसे पाकिस्तान के विभाजन के लिए चाहिए थे। स्वतंत्रता के बाद केरल में कम्युनिस्ट शासनकाल के दौरान मुख्यमंत्री श्री ई.एम.एस. नंबूदरीपाद ने मुसलिम बहुल एक नए जिले मल्लपुरम का सृजन किया। विदेशी विचारधारा से प्रेरित हुए और विदेशी धन से पोषित वामपंथी अपने आप को भारत से न कभी जोड़ सके, न ही उसे अपना समझा। ये वही लोग हैं, जिन्होंने स्वतंत्रता

के बाद भारतीय स्वतंत्रता को मानने से भी मना किया। भारत में नक्सलवाद के जन्मदाता चारू मजूमदार ने जब 'चीन का चेयरमैन माओ हमारा चेयरमैन' कहा, तब भारतीय कम्युनिस्टों ने भी उसके सुर में सुर मिलाते हुए नारे लगाए थे। भारत-चीन के युद्ध में भी कम्युनिस्ट, चीन का साथ देते नजर आए थे। सन् 1998 में पूर्व प्रधानमंत्री अटलजी के नेतृत्व में जब पोखरण का सफल परमाणु परीक्षण हुआ तो उसे विश्व शांति के लिए खतरा बताने वाले कम्युनिस्ट ही थे, लेकिन जब चीन और रूस ने परमाणु परीक्षण किया तो उन्होंने उसकी सराहना की।

ऐसा हमेशा देखने को मिला है कि कम्युनिस्टों द्वारा अलगाववादी ताकतों का खुलेआम समर्थन किया जाता रहा है। कश्मीर के अलगाववादी हों या नक्सलवादी, कम्युनिस्ट उनके कुकर्मों में साथ देते रहे हैं। पश्चिम बंगाल के कम्युनिस्ट शासन काल में अलगाववादी इसलामी कट्टरता को उनका संरक्षण प्राप्त था। वोट बैंक की राजनीति के कारण बड़ी संख्या में बांग्लादेशी मुसलमानों को पश्चिम बंगाल के सीमांत क्षेत्रों में सुनियोजित तरीके से प्रवेश कराया गया, जो आज भारत की डेमोग्राफी के लिए एक बड़ी चुनौती बने हुए हैं तथा राष्ट्र की सुरक्षा के लिए खतरा उत्पन्न कर रहे हैं।

कम्युनिस्ट कभी भी विपक्ष को महत्त्व नहीं देते हैं। उदाहरणस्वरूप केरल और पश्चिम बंगाल जैसे राज्यों में ये जब कभी भी शासन में रहे हैं, अपनी विरोधी विचारधारा के कार्यकर्ताओं के साथ इन्होंने खून की होली ही खेली है। पिछले कुछ वर्षों से लगातार ऐसा देखने को मिलता रहा है कि केरल में आए दिन राष्ट्रीय स्वयंसेवक संघ के स्वयंसेवक एवं भाजपा कार्यकर्ताओं की हत्या हो रही है। यह शायद इसलिए कि कम्युनिस्ट चिंतन वास्तव में एकदलीय व्यवस्था में विश्वास करता है। चीन इसका जीता-जागता उदाहरण है, जहाँ मीडिया को भी सरकार के अधीन एक अंग के रूप में काम करना पड़ता है। भारत के कम्युनिस्ट केवल 'अभिव्यक्ति की स्वतंत्रता के नारे' ही लगाते हैं।

भारत समेत अन्य देशों में भी अब कम्युनिस्ट के दिन लद गए हैं। जिन कुछ देशों में अधिनायकवादी साम्यवाद है, वहाँ मानवाधिकारों के घोर उल्लंघन का मामला आए दिन देखने को मिलता है। भारत में जो लोग अपने आप को

कॉमरेड बताकर और कम्युनिस्ट विचारधारा के द्वारा देश को शांति और प्रगति पर ले जाने का बेबुनियाद दावा करते हैं, यह उनका छलावा है। भारत, भगवान् श्रीराम, श्रीकृष्ण, बुद्ध, महावीर और गुरु नानकदेव की पूज्य व पुण्य भूमि है, जहाँ की सनातन संस्कृति एवं सभ्यता ऐसी है, जिसके कारण स्वतंत्रता के पूर्व से ही लोकतंत्र, धर्मनिरपेक्षता, समानता की बात होती रही है। इसके लिए भारत को साम्यवादी घोषणा-पत्र की जरूरत नहीं है।

जनता को अब पता चल चुका है कि ये वही लोग हैं, जिन्होंने भारत की शिक्षा नीति को चौपट किया, भारतीय (हिंदू) संस्कृति, सभ्यता और सामाजिक संरचना को इन लोगों ने ही तहस-नहस किया है। जातिवाद, क्षेत्रवाद, भाषावाद, गरीब-अमीर, संप्रदायवाद को इन लोगों ने ही बढ़ावा दिया है। किसान-मजदूर, उद्योगपति-श्रमिक के भीतर विभेद इन लोगों ने ही पैदा किया। आगे चलकर अलगाववाद, आतंकवाद, नक्सलवाद, भूमि-संघर्ष को इन लोगों ने ही बढ़ावा दिया, जबकि मानवाधिकार और बोलने की स्वतंत्रता की आड़ में राष्ट्र विरोधी गतिविधियों के जरिए भारत को कमजोर करने का षड्यंत्र कम्युनिस्टों ने ही किया है। इन सबके बावजूद भारत की सामाजिक संरचना, आंतरिक चिंतन, शैक्षणिक व्यवस्था, परिवार एवं समाज का संस्कार, धार्मिक भावना अक्षुण्ण बनी हुई है। सन् 2014 के बाद से माननीय प्रधानमंत्री श्री नरेंद्र मोदीजी के कुशल नेतृत्व वाली सरकार ने देशहित में जो कार्य किया है, उसके बाद से भारत के जनमानस ने वामपंथी विचारों को सिरे से नकार दिया है।

राष्ट्रपिता महात्मा गांधीजी 'द कलेक्टेड वर्क्स ऑफ महात्मा गांधी' के शीर्षक 'टॉक विद कम्युनिस्ट' में लिखते हैं कि "कम्युनिस्ट समझते हैं कि उनका सबसे बड़ा कर्तव्य, सबसे बड़ी सेवा मनमुटाव पैदा करना, असंतोष को जन्म देना और हड़ताल कराना है। वे यह नहीं देखते कि यह असंतोष, ये हड़तालें, अंत में हानि किसे पहुँचाएँगी। अधूरा ज्ञान सबसे बड़ी बुराइयों में से एक है। (कुछ) लोग ज्ञान और निर्देश रूस से प्राप्त करते हैं। हमारे कम्युनिस्ट इसी दयनीय हालत में जान पड़ते हैं। मैं इसे शर्मनाक हालत न कहकर दयनीय हालत कहता हूँ, क्योंकि मैं अनुभव करता हूँ कि उन्हें दोष देने के बजाय उन पर तरस खाने की आवश्यकता है। ये लोग अब एकता को खंडित करने वाली

उस आग को हवा दे रहे हैं, जिसे अंग्रेज लगाकर दे गए थे।"

जो बातें महात्मा गांधी ने सन् 1947 में उनके संदर्भ में कही थीं, आज 75 वर्ष बाद भी कम्युनिस्टों के सिद्धांत और व्यवहार में कोई अंतर नहीं आया। आज भारतीय राजनीति में देश विरोधी गतिविधियों के कारण वे हाशिए पर चले गए हैं। कम्युनिस्ट अपने आप को राष्ट्रभक्त बताने के लिए चाहे कोई भी कार्य करें, लेकिन यह बात सबको पता होनी चाहिए कि भारत को कम्युनिस्ट हमेशा से एक बहु-राष्ट्रीय राज्य मानते हैं। इस बात को पूर्ण रूप से खारिज करते हैं कि भारत एक अखंड, अविभाज्य देश है, जिसे प्रशासनिक सुविधा के दृष्टिकोण से कुछ प्रांतों में बाँटा गया है।

(इस आलेख का संपादित अंश 13 मई, 2022 को 'पूर्वांचल प्रहरी' (दैनिक, गुवाहाटी) और 17 मई, 2022 को 'स्वदेश' (भोपाल) में प्रकाशित हुआ।)

□

राष्ट्रवाद की राजनीति के प्रमुख शिल्पकार थे सावरकर

भारत ने यद्यपि स्वाधीनता के लिए अंग्रेजों के खिलाफ कई लड़ाइयाँ लड़ीं, लेकिन उसमें सबसे महत्त्वपूर्ण थी सन् 1857 की क्रांति। इसने स्वतंत्रता आंदोलन के लिए नई दिशा एवं ऊर्जा प्रदान की। स्वतंत्रता-संग्राम में देश के कई राष्ट्रनायकों ने अपनी अहम भूमिका निभाई है। उन्हीं में से एक थे क्रांतिकारी एवं महान् विभूति वीर विनायक दामोदर सावरकर, जिन्होंने अंग्रेजों के छक्के छुड़ा दिए थे। जब अंग्रेजों द्वारा 1857 की क्रांति को 'विद्रोह' कहकर छोटा दिखाने का प्रयास किया गया था, तब उसे सैद्धांतिक एवं वैचारिक रूप से बड़े पैमाने पर लाने का श्रेय सावरकर को ही जाता है। वीर सावरकर ने ही सन् 1857 की क्रांति को भारत का 'पहला स्वतंत्रता संग्राम' कहकर संबोधित किया था। बाद के दिनों में वामपंथी इतिहासकार एवं पत्रकार इसे मात्र सिपाही विद्रोह कहकर रेखांकित करते रहे। जब सन् 1907 में 1857 की क्रांति के 50 वर्ष पूरे हुए, तब सावरकर लंदन में वकालत की पढ़ाई कर रहे थे, वहाँ स्थित 'इंडिया हाउस' में उन्होंने 1857 के वीर क्रांतिकारियों की याद में सार्वजनिक कार्यक्रम का आयोजन किया था।

सावरकर जैसे प्रखर राष्ट्रवादी एवं युगद्रष्टा को भी कांग्रेस एवं वामपंथियों ने अपनी घिनौनी राजनीति से बदनाम करने की कोई कसर नहीं छोड़ी। सावरकर को लेकर के कई प्रकार की भ्रामक बातें की जाती है, चूँकि सावरकर कांग्रेस द्वारा की जा रहे राष्ट्र विरोधी कार्यों को उजागर करते थे, इसलिए वह कांग्रेस

को नापसंद थे। कांग्रेस शुरू से ही सावरकर को अपमानित करने की नीयत से साजिश करती रही है। सावरकर के नाम को राजनीतीकरण के लिए हमेशा विवादों में लाने का प्रयास भी कांग्रेस द्वारा किया जाता रहा है। इनके द्वारा ही महात्मा गांधी की हत्या के आरोप में सावरकर को जबरन दोषी ठहराया गया। इस मामले में उन्हें गोडसे एवं अन्य आरोपियों के संग जेल में भी रखा गया, लेकिन सच्चाई उससे अलग थी। गांधी के हत्यारों ने स्वयं स्वीकारा कि इसमें सावरकर दोषी नहीं हैं। सावरकर ने कहा था कि गांधी से नीतिगत विरोध है, वह उनके आलोचक हैं, लेकिन उसका यह मतलब नहीं कि वह उनकी हत्या करना चाहते थे। उस समय के जज आत्माचरण ने भी अपना फैसला सुनाते हुए राष्ट्रभक्त सावरकर को निर्दोष पाया एवं उन्हें मुकदमे से मुक्त किया।

गांधी भी सावरकर की राष्ट्रभक्ति से प्रभावित थे, जिसका उल्लेख संपूर्ण गांधी वाङ्मय के खंड 33 में मिलता है। दोनों की मुलाकात के दौरान अस्पृश्यता और शुद्धि के विषय में बातचीत हुई थी। सावरकर और गांधी के विचार में अंतर जरूर था, बावजूद इसके दोनों में किसी भी प्रकार का कोई बैर नहीं था। गांधीजी सावरकर के लिए लिखते हैं—"हम आज लंबी बातचीत नहीं कर सकते, परंतु आप जानते ही हैं कि सत्यप्रेमी तथा सत्य के लिए प्राण तक न्योछावर कर सकने वाले व्यक्ति के रूप में आपके लिए मेरे मन में कितना आदर है। इसके अतिरिक्त अंततः हम दोनों का ध्येय एक है और मैं चाहूँगा कि उन सभी बातों के संबंध में आप मुझसे पत्र-व्यवहार करें, जिनमें आपका मुझसे मतभेद है। और दूसरी बातों के बारे में भी लिखें। मैं जानता हूँ कि आप रत्नागिरी से बाहर नहीं जा सकते, इसलिए यदि जरूरी हो तो इन बातों पर जी भरकर बातचीत करने के लिए मुझे दो-तीन दिन का समय निकालकर आपके पास आकर रहना भी नहीं अखरेगा।"

सावरकर शुरुआती दिनों से ही राष्ट्रहित के कार्य में जुट गए थे। सन् 1904 में उन्होंने 'अभिनव भारत' नाम से एक संगठन का गठन किया। सन् 1905 में बंगाल विभाजन के विरोध में सक्रिय भूमिका निभाई। उन्होंने अपनी लेखनी के माध्यम से भी समाज को जाग्रत् करने के लिए निरंतर प्रयासरत रहे। ब्रिटिश सरकार सावरकर को अपना सबसे बड़ा दुश्मन समझती थी, इसलिए

सन् 1909 में लंदन से सावरकर को गिरफ्तार किया था।

कुछ राजनैतिक दल एवं इतिहासकार सावरकर के द्वारा प्रस्तुत क्षमा-याचना को लेकर भ्रामक बातें करते हैं। उन्हें अंग्रेजों के समक्ष नतमस्तक होने की झूठी बात कहते हैं, जबकि वास्तविकता बिल्कुल अलग है। यह सच है कि अंडमान सेल्युलर जेल में रहते हुए सावरकर ने ब्रिटिश सरकार को क्षमा-याचना भेजी थी। जो न्यायिक प्रक्रिया का हिस्सा था। सन् 1911 से लेकर 1919 के बीच सावरकर द्वारा पाँच याचिकाएँ भेजी गई थीं, जबकि अंतिम याचिका सन् 1920 में महात्मा गांधी के सुझाव पर भेजी गई थी। कुछ लोग तर्क देते हैं कि जब महात्मा गांधी स्वयं ही सन् 1915 में दक्षिण अफ्रीका से भारत लौटे थे तो फिर वीर सावरकर को उन्होंने सन् 1911 में माफी माँगने का सुझाव कैसे दिया? यह बात बिल्कुल सत्य है कि गांधी सन् 1915 में भारत लौटे थे, लेकिन यह भी सत्य है कि उन्होंने सन् 1920 में सावरकर को क्षमा-याचना भेजने की बात कही थी। इस बात को अकसर छुपा दिया जाता है। सभी स्वतंत्रता सेनानी राष्ट्र के एकीकरण तथा अंग्रेजों से भारत को स्वतंत्र कराने के लिए कई प्रकार की रणनीति और कूटनीति अपनाते थे। वैसे ही सावरकर ने भी जेल से बाहर निकलने के लिए अंग्रेजों को क्षमा याचिका दी थी। अतः देश की स्वतंत्रता के लिए जीवनपर्यंत संघर्षरत रहने वाले महापुरुषों के विषय में तोड़-मरोड़कर बात करना एवं निजी स्वार्थ साधने हेतु गलत तथ्य को परोसना किसी भी रूप से उचित नहीं है।

सावरकर के पास वह सब सुख-सुविधा थी, जो किसी व्यक्ति को बेहतर जीवन जीने के लिए चाहिए होता है, लेकिन सावरकर ने सबकुछ का त्याग कर राष्ट्र के लिए अपने आप को समर्पित करने के कठिन मार्ग को चुना। वह इकलौते व्यक्ति थे, जिन्हें जान-बूझकर अंग्रेजों द्वारा दो बार आजीवन सजा दी गई। सन् 1911 में उन्हें काला पानी की सजा सुनाते हुए अंडमान निकोबार के पोर्ट ब्लेयर स्थित सेल्यूलर जेल में करीब 10 वर्षों तक रखा गया। इतना ही नहीं प्रथम विश्वयुद्ध के बाद सन् 1919 में अंग्रेजों ने एक आदेश जारी करते हुए जेल में बंद सभी राजनैतिक कैदियों को छोड़ने के लिए कहा था, जिसमें सेल्यूलर जेल में भी बंद कैदियों को छोड़ा गया था, लेकिन विनायक दामोदर

सावरकर एवं उनके भाई गणेश दामोदर सावरकर को जेल में ही रखने का निर्णय लिया था। इस दौरान उन्हें कई प्रकार की अमानवीय यातनाओं का सामना करना पड़ा, जिसमें कोल्हू से तेल निकलवाने का काम भी शामिल था। उसके अलावा सावरकर महाराष्ट्र स्थित रत्नागिरी जिले में 13 वर्षों तक नजरबंद भी रहे। ऐसे राष्ट्रभक्त की राष्ट्रभक्ति पर संदेह करना और उसे कठघरे में खड़ा करने वाले लोगों को शर्म आनी चाहिए।

सावरकर ने 'द इंडियन वॉर ऑफ इंडिपेंडेंस' के नाम से सन् 1909 में पुस्तक लिखी, जिसमें उन्होंने लिखा था सन् 1857 का जन विद्रोह भारतीय स्वतंत्रता आंदोलन का पहला संग्राम था। आगे चलकर यह पुस्तक हिंदी में '1857 का स्वतंत्र समर' के नाम से प्रकाशित हुई। इस पुस्तक को प्रकाशित होने से पूर्व ही अंग्रेजों द्वारा प्रतिबंधित कर दिया गया था। सन् 1947 में यह पुस्तक सार्वजनिक हुई, लेकिन उसके पूर्व गोपनीय रूप से यह पुस्तक विभिन्न भाषाओं में प्रकाशित होती रही। यह पुस्तक स्वतंत्रता की लड़ाई लड़ने हेतु लोगों के लिए प्रेरणास्रोत थी। शहीद भगत सिंह, श्री पुरुषोत्तम दास टंडन, रासबिहारी बोस एवं सुभाष चंद्र बोस जैसे अनेकानेक स्वतंत्रता सेनानियों को इस पुस्तक ने प्रभावित किया। इसके अलावा कई अन्य पुस्तकें भी सावरकर ने लिखी थीं।

सावरकर का जो राजनैतिक दर्शन था, वह आज भी देश को दिशा देने का कार्य करता है, जिसमें प्रमुख रूप से तर्कवाद, सकारात्मकवाद, उपयोगितावाद, सार्वभौमिकता, व्यावहारिकता, मानववाद और यथार्थवाद जैसे विषय शामिल थे। सावरकर हिंदू राष्ट्रवाद के समर्थक थे तो दूसरी तरफ जाति व्यवस्था और छुआछूत के खिलाफ थे। रत्नागिरी में उनके द्वारा बनाया गया पतित पावन मंदिर इसका उदाहरण है, जहाँ सभी लोग बिना किसी भेदभाव के पूजा कर सकते हैं। वह हिंदू महासभा के संस्थापक सदस्य भी थे। उनके अनुसार किसी भी देश के राष्ट्रवाद के तीन मुख्य आधार होते हैं—भौगोलिक एकता, जातीय गुण एवं साझी संस्कृति।

पूर्व प्रधानमंत्री अटलजी भी सावरकर के कार्यों के कायल थे। उन्होंने सावरकर के बारे में अपनी कविता के माध्यम से वर्णन करते हुए कहा था कि सावरकर माने तेज, त्याग, तप, तत्व, तर्क, तारुण्य, तीर, तलवार, तिलमिलाहट,

तलमलाती हुई आत्मा, तितिक्षा, तीखापन और बहुरंगी व्यक्तित्व। सावरकर की इन्हीं सब खूबियों से प्रभावित होकर लोगों ने उन्हें 'वीर' की उपाधि दी थी।

भारत को गढ़ने वालों में से एक थे वीर सावरकर। भारतीय स्वतंत्रता के 75 वर्ष के उपलक्ष्य में प्रधानमंत्री नरेंद्र मोदी के नेतृत्व में केंद्र सरकार द्वारा चलाए जा रहे 'आजादी का अमृत उत्सव' महोत्सव का कार्यक्रम वीर सावरकर जैसे अन्य गुमनाम वीर क्रांतिकारियों को याद करने की एक अनूठी पहल है, जिसे इतिहास के पन्नों में वर्षों तक दबाकर रखा गया था। सावरकर के जीवन दर्शन तथा उनके साहस और बहादुरी की गाथा को निकट से समझने हेतु एक बार अंडमान के पोर्ट ब्लेयर स्थित सेल्यूलर जेल भी जाना चाहिए, जो तीर्थ स्थल के समान है। सावरकर द्वारा वैचारिक एवं लेखनी के माध्यम से किए गए कार्य भारत के लिए एक धरोहर है, जो युगों-युगों तक नई पीढ़ी के लोगों, विशेषकर युवाओं को प्रेरित करती रहेगी।

(इस आलेख का संपादित अंश
28 मई, 2022 को 'राष्ट्रीय सहारा' में प्रकाशित हुआ।)

□

राष्ट्रीयता की पहचान : राष्ट्रीय स्वयंसेवक संघ

किसी भी देश का विकास वहाँ की सरकार के साथ-साथ आम जनता एवं गैर-सरकारी संगठन की सार्थक सहभागिता से ही संभव हो पाता है। संगठन के रूप में भारत में यह दायित्व विश्व का सबसे बड़ा स्वयंसेवी संगठन आर.एस.एस. (राष्ट्रीय स्वयंसेवक संघ) ने बखूबी निभाया है। सन् 1925 में माँ भारती की निस्स्वार्थ भाव से सेवा का जो कार्य शुरू हुआ, वह आज भी जारी है। सन् 2025 में राष्ट्रीय स्वयंसेवक संघ 100 वर्ष पूर्ण कर लेगा। किसी भी संस्था के लिए निरंतरता के साथ 10 दशकों तक सहयोग व सेवा का कार्य करते रहना बड़ी उपलब्धि मानी जाएगी।

राष्ट्रीय स्वयंसेवक संघ की जड़ें मजबूत होने का कारण वर्षों तक की साधना और संघर्ष है। राष्ट्रीय स्वयंसेवक संघ के आद्य सरसंघचालक और भारतीय स्वतंत्रता सेनानी श्रद्धेय डॉ. केशव बलिराम हेडगेवारजी स्वयं राष्ट्रीयता से ओत-प्रोत थे। भारत की सांस्कृतिक विरासत, सभ्यता एवं सनातन चेतना को जन-जन तक पहुँचाने व राष्ट्रोत्थान तथा समाज को संगठित करने के उद्‌देश्य हेतु उन्होंने राष्ट्रीय स्वयंसेवक संघ की स्थापना की थी। संघ शुरुआत से ही बेहद असाधारण ढंग से अपना कार्य करता आ रहा है। बिना प्रेस विज्ञप्ति, बयानबाजी, प्रचार-प्रसार और दिखावे के द्वारा कार्य न करना संघ की पद्धति रही है।

राष्ट्रीय स्वयंसेवक संघ के कार्यों का समाज पर इतना अनुकूल प्रभाव

पड़ता है कि कुछ राजनैतिक दलों की तुष्टीकरण की राजनीति प्रभावित हो जाती है, जिससे वह तिलमिलाकर संघ के बारे में अनाप-शनाप बोलने लगते हैं। हाल ही में जब भारत सरकार द्वारा पी.एफ.आई. को देशभर में आतंकी गतिविधि में संलिप्त पाए जाने के बाद प्रतिबंधित किया तो भारत के भीतर मुट्ठीभर छद्म धर्मनिरपेक्ष नेता असहज महसूस करने लगे। तमाम प्रयासों के बावजूद जब वह पी.एफ.आई. का बचाव नहीं कर सके तो राष्ट्रभक्त संगठन राष्ट्रीय स्वयंसेवक संघ पर ही बेबुनियाद आरोप मढ़ने लगे। कांग्रेस, कम्युनिस्ट एवं राजद जैसे कुछ क्षेत्रीय दलों ने राष्ट्रीय स्वयंसेवक संघ की तुलना पी.एफ. आई. से कर अपनी कुंठित सोच को पुनः उजागर किया। राजनैतिक साजिश के तहत संघ को बदनाम और तिरस्कृत करने हेतु इस तरह का बयान कांग्रेस, वामपंथ समेत अन्य दलों द्वारा दिया जाता रहा है। 12 सितंबर, 2022 को कांग्रेस ने अपने सोशल मीडिया प्लेटफॉर्म पर संघ के संबंध में विवादित पोस्ट डाला। केरल में लगातार संघ के स्वयंसेवक एवं कार्यकर्ताओं की निर्मम हत्या होती है, लेकिन वामपंथी सरकार अपराधियों को नहीं पकड़ पाती है। पश्चिम बंगाल के मुर्शिदाबाद में सन् 2019 में संघ के कार्यकर्ता बंधु प्रकाश पाल की उनकी गर्भवती पत्नी एवं छह वर्षीय बेटी संग हत्या की गई। इतना कुछ होने के बाद भी स्वयं को मानवाधिकार के दूत बताने वाले संगठन आखिरकार सामने क्यों नहीं आते? ऐसा इसलिए, क्योंकि ये लोग वोटबैंक की खातिर एक विशेष धर्म के प्रति ही अपनी सहानुभूति रखते हैं। राष्ट्रीय स्वयंसेवक संघ के बढ़ते जनाधार से परेशान कांग्रेस सरकार ने भारतीय स्वतंत्रता के उपरांत तीन बार निराधार प्रतिबंध लगाया। पहली बार सन् 1948 में गांधीजी की हत्या के बाद दो वर्ष के लिए तो दूसरी बार सन् 1975 के आपातकाल के दौरान और तीसरी बार सन् 1992 के बाबरी विध्वंस के समय छह माह के लिए।

तमाम दुष्प्रचार को दरकिनार कर संघ ने अपने को जनमानस के बीच बार-बार स्थापित किया। स्वाभिमानी, संस्कारित, चरित्रवान, शक्तिसंपन्न, विशुद्ध देशभक्ति से ओत-प्रोत और व्यक्तिगत अहंकार से मुक्त राष्ट्रीय स्वयंसेवक संघ की ईमानदारी और निष्ठा के समक्ष विरोध करने वाला कोई भी टिक नहीं सका। यही वजह है कि कुछ युवाओं से शुरू हुई शाखा वाले इस संगठन की

56 हजार से अधिक शाखाएँ लगती हैं। लाखों की संख्या में स्वयंसेवक हैं। अखिल भारतीय विद्यार्थी परिषद्, भारतीय मजदूर संघ, विश्व हिंदू परिषद्, सेवा भारती, संस्कार भारती, राष्ट्रीय सिख संगत, वनवासी कल्याण आश्रम, आरोग्य भारती जैसे करीब 55 अनुषांगिक संगठन हैं, जो बिना किसी लाभ, पुरस्कार के संपूर्ण भारत में गौ रक्षा, धर्म जागरण, सामाजिक समरसता के जरिए अंतिम पायदान पर बैठे लोगों को मुख्यधारा से जोड़ने, कचरा प्रबंधन, जल संचय, पर्यावरण संरक्षण, शिक्षा, उद्योग समेत सभी क्षेत्रों में कार्य करते हैं। राष्ट्रीय स्वयंसेवक संघ राष्ट्र को प्रथम मानकर कार्य करता है। वहाँ व्यक्ति गौण होता है, इसलिए संघ में लोग पद की बजाय अपने दायित्व को प्राथमिकता देते हैं।

भारतीय स्वतंत्रता संग्राम, प्राकृतिक आपदा, सन् 1975 के आपातकाल, वैश्विक महामारी कोरोना हो या धर्म पर अत्याचार, सभी विकट परिस्थितियों में राष्ट्रीय स्वयंसेवक संघ ने तटस्थ रूप से लोगों की मदद की है। सन् 1947 पाकिस्तान बँटवारे के समय स्वयंसेवकों ने भारतीय सेना के साथ बॉर्डर पर लड़ाई में सहयोग दिया। पाकिस्तान से आए हुए शरणार्थियों के लिए राहत शिविर का आयोजन किया। सन् 1962 भारत-चीन युद्ध में राष्ट्रीय स्वयंसेवक संघ के स्वयंसेवकों ने सरकार एवं सेनाओं की मदद के लिए सभी मोर्चों को सँभाले रखा था। इससे प्रभावित होकर तत्कालीन केंद्र सरकार ने 26 जनवरी, 1963 की परेड में शामिल होने के लिए संघ को निमंत्रण दिया था। कश्मीर को भारत में मिलाने के लिए तत्कालीन प्रधानमंत्री श्री नेहरू से जब कुछ नहीं हुआ, तब भी संघ के प्रयासों के बाद ही कश्मीर के महाराजा हरि सिंह ने कश्मीर के विलय का प्रस्ताव भेजा। दादर, नगर हवेली को भारत के अभिन्न अंग बनाने में राष्ट्रीय स्वयंसेवक संघ का योगदान महत्त्वपूर्ण रहा है। सन् 1955 में गोवा मुक्ति संग्राम में भी संघ शामिल था, लेकिन नेहरू सरकार के हस्तक्षेप करने से इनकार के बाद संघ के कार्यकर्ता ने बड़े स्तर पर आंदोलन किया, जिसके परिणामस्वरूप गोवा भारत का हिस्सा बन पाया। सन् 1965 भारत-पाकिस्तान युद्ध के दौरान पूर्व प्रधानमंत्री लालबहादुर शास्त्री के कहने पर संघ ने दिल्ली की कानून-व्यवस्था और यातायात सँभालने का काम किया था, जिससे वहाँ की पुलिस को युद्ध में भेजा जा सका। इस दौरान स्वयंसेवकों ने घायल जवानों

को रक्तदान करने तथा बर्फबारी से जाम पड़े रास्ते पर से बर्फ को हटाने का काम किया। सन् 1975-1977 के दौरान जब श्रीमती इंदिरा गांधी के नेतृत्व वाली सरकार ने लोकतंत्र पर प्रहार किया, तब भी संघ ने लोकतंत्र बचाने के लिए संघर्ष जारी रखा। सरकार ने हजारों स्वयंसेवकों की गिरफ्तारी भी की, लेकिन संघ झुका नहीं। मजदूरों के हित कार्य करने वाले संगठन—भारतीय मजदूर संघ और किसानों के लिए भारतीय किसान संघ की स्थापना राष्ट्रीय स्वयंसेवक संघ द्वारा ही हुई। ओड़िशा में सन् 1971 का चक्रवात, सन् 1984 का भोपाल गैस त्रासदी एवं सिख दंगा, गुजरात में सन् 2001 का भूकंप, 2013 में उत्तराखंड त्रासदी, कारगिल युद्ध, सन् 2018 केरल में बाढ़ के समय राष्ट्रीय सवयंसेवक संघ राहत व बचाव कार्य में लगा रहा। वैश्विक कोरोना महामारी के दौरान सेवा भारती के माध्यम से स्वयंसेवकों ने लगभग 93 हजार स्थानों पर 73 लाख राशन किट वितरित की और करीब 60 हजार यूनिट रक्तदान किए।

राष्ट्रीय स्वयंसेवक संघ बिना किसी भेदभाव के समाज में जीवन के सभी क्षेत्र, समाज के सभी वर्गों, समुदाय, भारत के सभी बड़े-छोटे गाँव और शहर की सेवा में लगा रहता है। यही कारण है कि संघ के प्रति जनमानस का लगाव और आकर्षण लगातार बढ़ता जा रहा है। समय-समय पर विभिन्न राजनैतिक, सामाजिक, धार्मिक नेताओं ने भी राष्ट्रीय स्वयंसेवक संघ की भूरि-भूरि प्रशंसा की है। सन् 1939 में पुणे की शाखा में डॉ. भीमराव आंबेडकर स्वयं गए थे और वह इस बात से प्रभावित हुए थे कि वहाँ जाति जैसी कोई प्रथा नहीं है। गांधीजी सन् 1934 वर्धा तथा सन् 1947 में दिल्ली में आयोजित संघ के कार्यक्रम में शामिल थे, जहाँ स्वयंसेवकों का अनुशासन और उनमें जाति की विभेदकारी भावना देख खुशी व्यक्त की थी। सरदार पटेल ने भी सार्वजनिक मंच से संघ को देशभक्त बताया था। वीर दामोदर सावरकर संघ की शाखा एवं कई कार्यक्रम में शामिल हुए थे। सुभाष चंद्र बोस भी मानते थे कि समाज को संगठित करने में संघ का बताया हुआ मार्ग सही है। सन् 1938 में रामनवमी पर बी.एच.यू. में आयोजित राष्ट्रीय स्वयंसेवक संघ के कार्यक्रम में पं. मदन मोहन मालवीय ने कहा था कि संघ राष्ट्र के लिए काम कर रहा है। पूर्व राष्ट्रपति सर्वपल्ली राधाकृष्णन रीवा में आयोजित संघ के कार्यक्रम में

शामिल हुए थे तथा उन्होंने इसके अनुशासन की तारीफ की थी। भारत रत्न से सम्मानित पूर्व राष्ट्रपति जाकिर हुसैन व प्रणव मुखर्जी, पूर्व प्रधानमंत्री लाल बहादुर शास्त्री, लोकनायक जयप्रकाश नारायण, फील्ड मार्शल करिअप्पा, बौद्ध धर्म गुरु दलाई लामा, सामाजिक कार्यकर्ता बाबा आमटे भी संघ के कार्यों का तारीफ कर चुके हैं।

राष्ट्र की सर्वांगीण उन्नति की प्रतिज्ञा के साथ स्वयंसेवकों के माध्यम से संघ ने जो बीज बोया था, वह विभिन्न उतार–चढ़ाव का सामना करते हुए आज वटवृक्ष के रूप में हम सभी के समक्ष स्थापित है। आज भी राष्ट्रीय स्वयंसेवक संघ वसुधैव कुटुम्बकम् के मार्ग पर आगे बढ़ रहा है। यह प्रयास 5 अक्तूबर, 2022 विजयादशमी के दिन संघ के 97वें वर्षगाँठ के अवसर पर सरसंघचालक के उद्बोधन में भी स्पष्ट दिखा, जहाँ उन्होंने कहा कि संघ का कार्य विजयी या जितना नहीं, जोड़ने का है। हम विश्व में सब जगह सबके साथ भाईचारा और शांति के पक्षधर हैं। इसका उदाहरण भी 22 सितंबर, 2022 को देखने को मिला जब अखिल भारतीय इमाम संगठन के प्रमुख के बुलावे पर राष्ट्रीय स्वयंसेवक संघ के सरसंघचालक मोहन भागवत जी दिल्ली के कस्तूरबा गांधी मार्ग पर मसजिद में स्थित उनके कार्यालय पर मिलने गए और वहाँ मदरसों के बच्चों से भी मिले। जिसकी खूब सराहना हो रही है। विभिन्न प्रकल्पों के जरिए जिस प्रभावी ढंग से संघशक्ति का विस्तार हो रहा है और कारवाँ आगे बढ़ रहा है, निश्चित ही यह अग्रणी भूमिका निभाते हुए भारत को वैभवशाली एवं विश्वगुरु बनाएगा।

(इस आलेख का संपादित अंश
5 नवंबर, 2022 को 'स्वदेश' (भोपाल) में प्रकाशित हुआ।)

□

कूटनीति के अविरल प्रवाह थे अटल

विदेश एवं घरेलू नीति की पाठशाला : अटल बिहारी वाजपेयी

राजनीति की आपाधापी में हर रोज कई नामों की चर्चा होती रहती है। चंद लोग ही ऐसे होते हैं, जो गहरी छाप छोड़ते हैं तथा उनके विचार सदैव अमर और अटल रहते हैं। ऐसे विरले व्यक्तित्व में से ही एक थे पूर्व प्रधानमंत्री भारत रत्न श्रद्धेय अटल बिहारी वाजपेयी। अपने बहुआयामी व्यक्तित्व और दूरदर्शिता से भारतीय राजनीति में अमिट छाप छोड़ने वाले राजनेता के रूप में अटल बिहारी वाजपेयी हर कालखंड में प्रेरणास्त्रोत बने रहेंगे। संसद् से संयुक्त राष्ट्र संघ तक भारत की संस्कृति में निहित 'वसुधैव कुटुम्बकम्' का जो संदेश अटलजी ने दिया, उससे विश्व पटल पर भारत का कद बढ़ा। जिस प्रकार से 19वीं शताब्दी के दौरान यूरोप में गृहनीति और विदेश नीति के लिए मेटरनिख और कैसलरे की चर्चा प्रभावी रणनीतिज्ञ के तौर पर होती है, उसी प्रकार अटलजी भी अपने राष्ट्र और विदेश नीति के संतुलित समावेश के लिए भारत के भाग्य विधाता के तौर पर भी याद किए जाते रहेंगे।

विश्व का सबसे बड़ा लोकतांत्रिक मंच संयुक्त राष्ट्र संघ को माना जाता है, जिसकी 32वीं आम बैठक में 4 अक्तूबर, 1977 को भारत का प्रतिनिधित्व कर रहे माँ भारती के सपूत तत्कालीन विदेश मंत्री अटल बिहारी वाजपेयी ने जब बोलना शुरू किया तो अन्य देशों के प्रतिनिधि भौंचक्के रह गए। उस कालखंड में शीतयुद्ध का बोलबाला था। सभी देश किसी-न-किसी पाले में बंटे नजर आ रहे थे। इस बीच अटलजी गुटनिरपेक्षता का संदेश दे रहे थे। लगभग 40 मिनट के इस ऐतिहासिक भाषण में उन्होंने दृढ़ता के साथ पक्ष

रखते हुए कहा था कि भारत सभी देशों से मैत्री संबंध चाहता है और हम किसी पर प्रभुत्व स्थापित करना नहीं चाहते। यह पहली बार था, जब अटलजी ने संयुक्त राष्ट्र के मंच से हिंदी में संबोधन कर भारतवासियों को अपनी भाषा पर गौरवान्वित कराया था।

सन् 1977 से पहले भारत के पास प्रभावी विदेश नीति का अभाव था, लेकिन अटलजी के सन् 1977 में विदेश मंत्री बनने के बाद से एक उम्मीद की किरण जगी। दो वर्ष के छोटे कार्यकाल के दौरान विदेश नीति का जो खाका अटलजी ने तैयार किया था, उसे कांग्रेस की सरकार ने आगे बढ़ाने की बजाय वर्षों तक दरकिनार रखा, लेकिन सन् 1998 में प्रधानमंत्री के रूप में अटलजी पुनः अपनी विदेश नीति के दम पर स्वाभिमान के साथ भारत को विश्व पटल पर स्थापित करने में सफल रहे। चीन के साथ संबंध सुधारने से लेकर पाकिस्तान को आतंकवाद के लिए जिम्मेदार ठहराने में अटलजी की बड़ी भूमिका रही है। उन्होंने अपनी दूरदर्शिता और कूटनीतिज्ञता के बल पर अमरीका, इजरायल समेत पूर्वी एशिया के देशों को भारत का नया सहयोगी बनाया तो रूस जैसे पुराने मित्र के साथ रिश्ते को प्रगाढ़ किया।

अटलजी की राष्ट्रवादी सोच चट्टान की तरह अडिग थी, जिसे हिला पाना किसी के लिए नामुमकिन था। जब चीन के सहयोग से पाकिस्तान 'गौरी मिसाइल' एवं 'गजनवी मिसाइल' का प्रयोग कर रहा था, जापान और अमरीका भारत पर सी.टी.बी.टी. यानी कॉम्प्रिहेंसिव टेस्ट बैन ट्रीटी (व्यापक परमाणु परीक्षण प्रतिबंध संधि) पर हस्ताक्षर के लिए दबाव डाल रहे थे। इस बीच वाजपेयीजी अपनी नेतृत्व क्षमता के बदौलत भारत को मई 1998 में पाँच परमाणु परीक्षण कराने में सफल रहे। इस परीक्षण से तिलमिलाकर कई देशों ने भारत के प्रति अपनी नाराजगी दिखाई और प्रतिबंध भी लगाए, लेकिन अटलजी ने अंतरराष्ट्रीय दबाव से विचलित हुए बिना, भारत को परमाणु शक्ति संपन्न राष्ट्र के रूप में पहचान दिलाई। यह परीक्षण आसान नहीं था, क्योंकि अमेरिकी सेटेलाइट के माध्यम से वह भारत पर पैनी नजर बनाए हुए था। इन सबके बीच अटलजी के नेतृत्व में भारत ने ऐसी रणनीति बनाई, जिसकी भनक तक किसी को नहीं लगी, हालाँकि यह दुर्भाग्य था कि इस परमाणु परीक्षण का

विरोध भारत की कांग्रेस और वामपंथ जैसे राजनैतिक दलों ने भी किया था। साथ ही सवाल भी पूछा था कि भारत के समक्ष कौन सा खतरा था? जबकि सन् 1974 में अटलजी ने प्रतिपक्ष में रहते हुए भारत हित में परमाणु परीक्षण से जुड़े फैसले का समर्थन किया था। एक तरफ यह अटलजी के चरित्र की विशेषता को दिखाता है, जो उन्हें महान् बनाती है, वहीं दूसरी ओर भारत के प्रति कांग्रेस के राष्ट्रविरोधी राजनैतिक व्यवहार का प्रमाण भी मिलता है।

अटलजी अन्य देशों के साथ भारत के संबंध सुधारने को लेकर हमेशा से सजग रहे। उन्होंने पड़ोसी देशों के साथ भारत के अच्छे संबंघ बनाने हेतु कई सफल प्रयोग भी किए। पड़ोसी देश के बारे में उनका कहना था कि आप अपने दोस्त बदल सकते हैं, मगर पड़ोसी नहीं। उनकी इस नीति ने गहरी एवं सकारात्मक पहल विकसित की। उनके नेतृत्व में सन् 1998 में भारत और श्रीलंका के बीच मुक्त व्यापार समझौते के रूप में पहला द्विपक्षीय व्यापार करार हुआ था। इसका उद्देश्य व्यापार नियमों को उदार बनाकर दोनों देशों के बीच आर्थिक संबंधों को मजबूत बनाना था। साथ ही अटलजी ने श्रीलंका को लिट्टे के विरुद्ध नागरिक युद्ध में भी मदद की थी। इस पर श्रीलंका के तत्कालीन प्रधानमंत्री रानिल विक्रमसिंह ने कहा था कि "हमारी अर्थव्यवस्था लिट्टे के कारण बहुत कमजोर थी। वाजपेयी ने आर्थिक एवं सैन्य प्रशिक्षण देकर हमारी सहायता की। वह एक महान् प्रधानमंत्री थे।"

भारत का पाकिस्तान के साथ भी रिश्ता सुधरे, यह अटलजी की हमेशा से मंशा थी। इस हेतु सन् 1999 में उन्होंने दिल्ली-लाहौर बस सेवा की शुरुआत भी की, जिसमें वह स्वयं सवार होकर दो दिवसीय पाकिस्तान यात्रा पर गए थे। इस दौरान भारत और पाकिस्तान के साथ द्विपक्षीय समझौता भी हुआ था, लेकिन उसके कुछ माह बाद पाकिस्तानी सेना ने कायरतापूर्ण ढंग से भारत की सीमा में घुसपैठ कर कारगिल पर कब्जा जमा लिया था, जिसका भारत ने मुँहतोड़ जवाब दिया और पाकिस्तान के नापाक मंसूबों को पूरा नहीं होने दिया। सन् 2001 में अटलजी ने पाकिस्तान के तत्कालीन राष्ट्रपति परवेज मुशर्रफ के साथ आगरा शिखर वार्ता भी की थी, जो पाकिस्तान के अड़ियल रवैए के कारण विफल रही, इसलिए यह कहना अतिशयोक्तिपूर्ण नहीं होगा कि

वाजपेयीजी में मित्रता का प्रयास तथा कर्तव्य का औचित्य बोध दोनों ही था।

यह अकाट्य सच है कि पाकिस्तान बार-बार धोखा देता रहा और अटलजी मित्रता हेतु हर मोर्चे पर ईमानदार प्रयास करते रहे। चीन के साथ भी अटलजी ने मित्रता का प्रयास किया है। विदेश मंत्री के रूप में चीन का दौरा करने वाले अटलजी पहले भारतीय थे। सन् 1979 में जब अटलजी चीन में थे उस दौरान चीन ने वियतनाम पर हमला किया था, जिसका भारत ने विरोध किया और अटलजी बीच में यात्रा छोड़कर स्वदेश लौट आए थे। प्रधानमंत्री के तौर पर सन् 2003 में अटलजी की चीन यात्रा से दोनों देशों के आर्थिक, राजनैतिक और सांस्कृतिम क्षेत्रों में स्थिरता आई थी। इस दरम्यान दोनों देशों के सीमा विवाद समाधान के लिए विशेष प्रतिनिधि प्रणाली भी गठित की गई थी। फलस्वरूप चीन ने सिक्किन को भारत के हिस्से के रूप में मान्यता दी। लुक-ईस्ट नीति के माध्यम से अटलजी ने आसियान देशों के साथ भी परस्पर सहयोग की शुरुआत की। उनके शासनकाल में अमरीका के साथ '21वीं शताब्दी की संकल्पना' पर हस्ताक्षर किया गया, जो नई उपयोगी दिशा की रूपरेखा थी। अटलजी की अपनी कूटनीतिक परिपक्वता और राजनैतिक समझ के दम पर कंधार विमान हाईजैकिंग कांड में फँसे सभी भारतीयों को सुरक्षित वापस लाया गया।

सन् 1998 से 2004 तक प्रधानमंत्री के रूप में अटल बिहारी वाजपेयी का कार्यकाल कई चुनौतियों से भरा था। उनके इस कालखंड में प्राकृतिक आपदा, कारगिल, भारतीय संसद् पर हमला जैसी घटनाएँ भी हुई थीं। इसके बावजूद उन्होंने भारत की अर्थव्यवस्था को मजबूती प्रदान की। उनके शासनकाल में जी.डी.पी. की बढ़ोतरी आठ प्रतिशत तक हुई और महँगाई दर चार फीसदी से भी कम रही। गठबंधन सरकार के मुखिया होने के नाते अपनी सरकार में समन्वय स्थापित करने की भी जिम्मेदारी का उन्होंने सफलतापूर्वक निर्वहन किया।

"बाधाएँ आती हैं आएँ, घिरें प्रलय की घोर घटाएँ, पाँवों के नीचे अंगारे, सिर पर बरसें यदि ज्वालाएँ, निज हाथों में हँसते-हँसते, आग लगाकर जलना होगा। कदम मिलाकर चलना होगा।"

अटलजी की इस कविता को चरितार्थ करते हुए भारत सरकार विगत आठ वर्षों में सबका साथ, सबका विकास, सबका विश्वास और सबका प्रयास के माध्यम से जन-जन तक पहुँची है। विदेश एवं घरेलू नीति के लिए जो मसौदा अटलजी ने तैयार किया, उसी का विस्तार कर इमारत बनाने का कार्य वर्तमान की मोदी सरकार में हो रहा है। इस सरकार ने एक ओर राम मंदिर निर्माण और कश्मीर से धारा 370 हटाने के कठोर फैसले लिए तो दूसरी ओर विश्वस्तर पर आतंकवाद और जलवायु परिवर्तन पर विमर्श के लिए सभी देशों को एकजुट किया। योग से निरोग के मंत्र को केंद्र में रख 'अंतरराष्ट्रीय योग दिवस' मनाने हेतु संयुक्त राष्ट्र संघ में सफलता भी पाई। ग्रामीण भारत को सामाजिक और आर्थिक ढंग से संबल प्रदान करने, देश को आत्मनिर्भर बनाने और तकनीक को सुदूर इलाकों तक पहुँचाने का जो सपना अटलजी ने देखा था अब वह भी पूरा हो रहा है। संगठक के रूप में भी अटलजी ने जिस संस्कार से पार्टी को सिंचित किया, आज उसी के दम पर भाजपा विश्व की सबसे बड़ी पार्टी बन राष्ट्रसेवा कर रही है।

भारतीय नीति में सिद्धांत, संयम और संकल्प का पालन करने वाले वाजपेयीजी एक समावेशी व्यक्तित्व के थे। अंतरराष्ट्रीय स्तर पर सभी देशों के साथ रणनीतिक साझेदारी की नींव वाजपेयी सरकार की अटल सोच थी। उनका सभी देशों संग भारत के संबंध को आगे ले जाने की दिशा में प्रयास नैसर्गिक गठजोड़ की प्रकृति की पहचान थी। वह सभी देश, जाति, धर्म, संप्रदाय और विचारधारा में लोकप्रिय थे। इस कारण उन्हें अजातशत्रु भी कहा जाता है। 50 से अधिक वर्षों तक संसदीय राजनीति में अनुशासन और शुचिता के दम पर अटलजी ने स्वयं को जननेता के रूप में स्थापित किया। सन् 1992 में पद्म विभूषण, 1994 में श्रेष्ठ सांसद और 2014 में भारत रत्न से सम्मानित अटलजी ने कर्मयोगी और साधक के रूप में अपना जीवन जिया। अटलजी की कथनी और करनी में एकरूपता होती थी। पत्रकार, कवि और कुशल राजनेता के रूप में वह भारत की संस्कृति और सभ्यता के संवाहक बने रहे। इसलिए उनकी जयंती को 'सुशासन दिवस' के रूप में मनाया जाता है। अटलजी अपनी संयमित भाषा और संतुलित राजनीति से सत्ता और प्रतिपक्ष

में रहते हुए घरेलू एवं विदेश नीति के लिए हमेशा प्रासंगिक रहेंगे। पारदर्शिता और सुशासन की धरोहर के रूप में आने वाली पीढ़ियों को राजनीति के पुरोधा अटलजी से प्रेरणा मिलती रहेगी।

(इस आलेख का संपादित अंश 25 दिसंबर, 2022 को 'स्वदेश' (भोपाल), 27 दिसंबर, 2022 को 'द पायनियर' (अंग्रेजी संस्करण) में प्रकाशित हुआ।)

□

प्रतिपक्ष में रहकर राष्ट्रहित के लिए राजनीति करना अटलजी से सीखे विपक्ष

भारत रत्न अटल बिहारी वाजपेयी भारतीय राजनीति का ऐसा नाम है, जिसके लिए सभी राजनैतिक दलों में मान-सम्मान है। क्या पक्ष और क्या विपक्ष, सबके मन में अटलजी ने अपनी कार्यशैली से ऐसी अमिट छाप छोड़ी है, जिसे सदैव याद किया जाएगा। आज पूरा देश अटलजी की 97वीं जयंती बड़ी धूमधाम से मना रहा है। अपनी राष्ट्रनीति से भारतीय राजनीति में जो आदर्श और मानदंड श्रद्धेय अटल बिहारी वाजपेयीजी ने स्थापित किया है, वह युगों-युगों तक हमें प्रेरित और मार्गदर्शित करता रहेगा।

प्रतिपक्ष में रहते हुए भी अटलजी ने देश के राजनैतिक पटल पर जो मिशाल पेश की है, उसे सबको, विशेष कर वर्तमान में विपक्षी दलों को सीख लेते हुए अपने व्यवहार में सम्यक् बदलाव लाना चाहिए। अटलजी के लिए राष्ट्र की एकता और अखंडता से बढ़कर कुछ नहीं था। इसका अंदाजा इस घटना से लगाया जा सकता है कि सन् 1971 में बांग्लादेश की स्वतंत्रता की लड़ाई में जब पाकिस्तान ने भारत के खिलाफ युद्ध की घोषणा की, श्री अटल बिहारी वाजपेयी ने संसद् में दिए अपने भाषण में कहा था कि "आज मैं पार्टी की ओर से बोलने के लिए तैयार नहीं हूँ। अब तो सारा देश एक पार्टी है। राजनीति के मतभेद भुलाकर, छोटी-छोटी चीजों को ताक पर रखकर सारे देश को कंधे से कंधा लगाकर और कदम-से-कदम मिलाकर विजय के लिए आगे बढ़ना होगा।" लेकिन इसे दुर्भाग्य कहें या प्रतिपक्ष के सत्तारूढ़ होने की आकांक्षा से

उपजा दिवालियापन कि जब प्रधानमंत्री मोदीजी के नेतृत्व में भारत की सेना ने सर्जिकल और एयर स्ट्राइक किया तो विपक्षी पार्टियों द्वारा उस पर सवाल खड़े करते हुए प्रमाण तक माँगा गया।

पूर्व प्रधानमंत्री श्री पी.वी. नरसिम्हा राव की मौत के बाद अटलजी ने यह खुलासा करते हुए बताया था कि सन् 1996 (अपना पहला प्रधानमंत्रित्वकाल) में जब वे पी.एम.ओ. पहुँचे तो उन्हें श्री नरसिम्हा राव की ओर से एक लिखित संदेश मिला—"मैं चाहते हुए भी परमाणु परीक्षण कार्यक्रम को गति न दे सका, परंतु आप परमाणु परीक्षण पर काम जारी रखें।" इसलिए भारत को परमाणु शक्ति संपन्न राष्ट्र बनाने का श्रेय अटलजी ने परीक्षण में लगे वैज्ञानिकों एवं श्री नरसिम्हा राव को दिया। अटलजी चाहते तो यह बात अपने तक रख सकते थे, लेकिन उन्होंने पूरे देश से इस बात को साझा कर जो ईमानदारी का परिचय दिया, वह हम सबके लिए अनुकरणीय है।

कांग्रेस द्वारा सत्ता में बने रहने की मानसिकता से 26 जून 1975 को लगाए गए आपातकाल से पूरे विश्व में भारत सरकार की किरकिरी हो रही थी। ऐसे में आपातकाल के तुरंत बाद सन् 1977 में अटलजी का विदेश मंत्री के नाते संयुक्त राष्ट्र संघ में दिया गया भाषण ऐतिहासिक है, लेकिन तब अपने भाषण में उन्होंने अंतरराष्ट्रीय पटल पर मानवाधिकर को लेकर आपातकाल की चर्चा करने की जगह 'वसुधैव कुटुंबकम्' का शाश्वत संदेश दिया। उन्होंने तब मानव अधिकार, रंगभेद जैसे गंभीर मुद्दों का वैश्विक संदर्भ में उल्लेख किया तो सभी देशों के प्रतिनिधियों ने खड़े होकर उनके लिए तालियाँ बजाई थीं।

नेहरूजी भी अटलजी के भाषण कौशल और चिंतन के कायल हुआ करते थे। उन्हें बहुत पसंद था कि विपक्ष का कोई युवा नेता देश की विदेश नीति में गहरी रुचि रखते हैं और शोर मचाने में विश्वास नहीं रखते हैं। वरिष्ठ पत्रकार किंगशुक नाग ने अपनी पुस्तक 'अटल बिहारी वाजपेयी-ए मैन फॉर ऑल सीजन' में उनका उल्लेख किया है। वह लिखते हैं कि एक बार जब ब्रिटिश प्रधानमंत्री यात्रा पर भारत आए तो पंडित नेहरू ने वाजपेयी से उनका अलग अंदाज में परिचय कराते हुए कहा, "इनसे मिलिए, ये विपक्ष के उभरते हुए युवा नेता हैं। मेरी हमेशा आलोचना करते हैं, लेकिन इनमें मैं भविष्य की बहुत संभावनाएँ देखता हूँ।"

सन् 1977 की एक घटना का उल्लेख करना भी यहाँ बहुत महत्त्वपूर्ण है, जिससे पता चलता है कि पंडित नेहरू, जो राजनैतिक रूप से अटलजी के धुर-विरोधी थे, के प्रति वाजपेयी के मन में कितना आदर था। अटलजी ने स्वयं इस किस्से को लोकसभा में साझा किया था। उनके मुताबिक जब वह विदेश मंत्री बने और कार्यभार सँभालने के लिए साउथ ब्लॉक के अपने कार्यालय पहुँचे तो उन्होंने गौर किया कि वहाँ पर लगी पंडित नेहरू की तसवीर गायब है। उन्होंने तुरंत अपने सेक्रेट्री से इस संबंध में पूछा, जिससे पता लगा कि कुछ अधिकारियों ने जान-बूझकर वह तसवीर वहाँ से हटा दी थी। वह शायद इसलिए कि पंडित नेहरू कांग्रेस के नेता थे, लेकिन अटलजी ने आदेश देकर उस तसवीर को पुनः वहीं लगवा दिया।

कांग्रेसी प्रधानमंत्रित्वकाल में भी बतौर प्रतिपक्ष नेता उन्होंने संसद्, संसद् से बाहर एवं विदेशों में होने वाले सम्मेलनों का प्रतिनिधित्व करते हुए हमेशा राष्ट्र की एकता और अखंडता की बात की। उनकी काबिलियत का अंदाजा सत्ता पक्ष को भली-भाँति था, तभी तो उनके विपक्ष में रहते हुए कई अवसरों पर देश के प्रतिनिधि के रूप में उन्हें भेजा जाता था। पाकिस्तान द्वारा सन् 1994 में जम्मू-कश्मीर में मानवाधिकार हनन का हवाला देते हुए उसे बेबुनियाद अंतरराष्ट्रीय मुद्दा बनाने की कोशिश की गई थी। उसी वर्ष अंतरराष्ट्रीय मानवाधिकार आयोग का अधिवेशन था, जिसका नेतृत्व करने की जिम्मेदारी तत्कालीन प्रधानमंत्री श्री नरसिम्हा राव ने अटलजी को सौंपी थी। अटलजी के अथक प्रयासों का ही परिणाम रहा कि जिन देशों से उम्मीद थी कि वह प्रस्ताव पर पाकिस्तान के पक्ष में वोट करेंगे, उन्होंने मतदान वाले दिन अपने हाथ खींच लिये। इससे पाकिस्तान के मंसूबे पर पानी फिर गया। बाद में पाकिस्तान ने अपने प्रस्ताव को वापस ले लिय।

अटलजी अपने राजनैतिक दल के नेताओं-कार्यकर्ताओं के प्रति ही आदर-भाव नहीं रखते थे, बल्कि सदन के सभी दलों के सदस्यों के प्रति भी वे समानरूप से स्नेह-सौजन्य रखते थे। उनकी आलोचना में हास्य और कटाक्ष अवश्य होते थे, किंतु किसी की उपेक्षा और अनादर नहीं, लेकिन आज की भारतीय राजनीति में विपक्षी पार्टियाँ प्रधानमंत्री और सरकार के विरोध में

राष्ट्रहित से भी समझौता करने से चूकते नहीं हैं। आज जब भारत के प्रधानमंत्री यू.एन., जी-20 समेत कई अंतरराष्ट्रीय मंचों पर देश के प्रतिनिधि के रूप में मजबूती से अपना पक्ष रखते हैं तो उनके भाषण के तुरंत बाद विपक्षी पार्टियों द्वारा बेवजह विरोध किया जाने लगता है। यह राष्ट्र का विरोध नहीं तो और क्या है? पिछले सात वर्षों में कई बार विपक्ष के विभिन्न दलों के वरिष्ठ नेताओं द्वारा ऐसी अमर्यादित और असंसदीय भाषा का प्रयोग किया गया, जो उनके राष्ट्रविरोधी चरित्र को दरशाता है।

तत्कालीन प्रधानमंत्री अटल बिहारी वाजपेयी के नेतृत्व वाली सरकार 13 महीने के कार्यकाल के बाद 17 अप्रैल, 1999 को सिर्फ एक वोट की वजह से गिर गई थी। वाजपेयीजी के लिए किसी प्रकार का हथकंडा अपनाकर सरकार बनाना कोई बड़ी बात नहीं थी, लेकिन उन्होंने राजनैतिक संयम और मर्यादा रखते हुए अपने आदर्शों से कोई समझौता न कर विपक्ष में बैठने का फैसला लिया। अटल बिहारी वाजपेयी के लिए सांस्कृतिक राष्ट्रवाद केवल सिद्धांत नहीं, बल्कि एक जीवन पद्धति थी, जिसे उन्होंने बखूबी जिया है। राष्ट्र के प्रति उनके समर्पण का भाव इतना अटल और अडिग था कि उसे हिला पाना किसी के लिए संभव नहीं था। इसका उदाहरण पूरे विश्व ने सन् 1998 में देखा था, जब 11 मई, 1998 को भारत में सफल परमाणु परीक्षण हुए थे। इस सफल परमाणु परीक्षण से दुनिया तिलमिला उठी थी और उसके बाद भारत के ऊपर कई प्रकार के प्रतिबंध भी लगा दिए गए थे, लेकिन इस फैसले ने भारत को दुनिया में परमाणु शक्तिसंपन्न राष्ट्र के रूप में पहचान दिलाई। उस समय भी इस फैसले के कारण उनको अपने ही देश के भीतर विपक्ष के विरोध का सामना करना पड़ा था। यानी जिस प्रकार आज भी विपक्ष वर्तमान सरकार द्वारा राष्ट्रहित में लिये गए फैसले का विरोध करता है, उसी प्रकार तब भी विपक्ष द्वारा यही रवैया अपनाया गया था। सन् 1974 में जब तत्कालीन प्रधानमंत्री श्रीमती इंदिरा गांधीजी के नेतृत्व में परमाणु परीक्षण किया गया, उस दौरान प्रतिपक्ष में रहते हुए भी अटलजी ने खुले मन से इसका स्वागत एवं समर्थन किया था, क्योंकि यह फैसला राष्ट्र के हित में था।

लोकतंत्र में राजनैतिक विरोधियों के बीच मतभेद आम बात है, लेकिन

एक स्वस्थ लोकतंत्र में राजनैतिक एवं वैचारिक मतभेदों को निजी दुश्मनी से नहीं जोड़ा जाना चाहिए। इसका दृष्टांत हमें अटलजी के व्यक्तित्व से सीखने को मिलता है। उनके भाषण में और साहित्य सदैव भारतीयता, भारत-बोध और भारतीय संस्कृति की झलक मिलती है। संसद् में सभी दलों के सदस्यों को 'मित्र' का संबोधन एवं शांतिपूर्ण और तर्कपूर्ण रूप से आलोचना का सामना करना विराट् और महान् व्यक्तित्व का परिचायक है। सत्ता में हो या विपक्ष में जब भी कोई राजनेता अपने विचार व्यक्त करता था, अटलजी उसे बहुत गौर से सुना करते थे। आज के समय में यह दिवास्वप्न-सा मालूम पड़ता है। आज किसी और की बात तो दूर, विपक्ष में बैठे लोग सदन के नेता, अध्यक्ष और सभापति तक को नहीं सुनते और उनसे दुर्व्यवहार करने लगते हैं।

वाजपेयीजी ने सत्ता में रहते हुए भी कई ऐसे कार्य किए हैं, जिसके लिए उन्हें हमेशा याद किया जाएगा। 'प्रधानमंत्री ग्रामीण सड़क योजना' के माध्यम से भारत के गाँवों को जोड़ने का कार्य हो या फिर चेन्नई, कोलकाता, दिल्ली और मुंबई को जोड़ने के लिए 'स्वर्णिम चतुर्भुज सड़क परियोजना' लागू करने की बात हो, वे राष्ट्र-दृष्टा के रूप में दिखाई देते हैं। छह से 14 साल तक के बच्चों के लिए मुफ्त शिक्षा देने वाला 'सर्व शिक्षा अभियान' भी अटलजी के प्रयासों की देन है। पोखरण परीक्षण, कारगिल युद्ध से लेकर निजीकरण को बढ़ावा व विनिवेश की शुरुआत जैसे कई बड़े कार्य अटलजी के कुशल नेतृत्व में हुए। बतौर गठबंधन के नेता के रूप में प्रधानमंत्री के तौर पर अपना कार्यकाल सफलतापूर्वक पूरा करने वाले प्रथम गैर-कांग्रेसी प्रधानमंत्री वाजपेयीजी ने दिखा दिया कि देश में गठबंधन वाली सरकारों को भी कुशलतापूर्वक चलाया जा सकता है।

अटलजी संयम, कर्मयोग, सांस्कृतिक चेतना और सुशासन के लिए राष्ट्रीय-अंतरराष्ट्रीय स्तर पर जाने जाते हैं। वह हर जाति, संप्रदाय, विचारधारा के लोगों में मान्य थे। आज सस्ती लोकप्रियता के लिए राजनेता किसी भी हद तक जाते हैं। अटलजी सत्तापक्ष में रहे हों या विपक्ष में, लेकिन उन्होंने देश के पक्ष में ही सदैव कार्य किया है। विपक्ष के नेता और प्रधानमंत्री के रूप में भारतीय संसद् एवं भारत की लोकतांत्रिक मर्यादा के लिए उनके जीवन-

व्यवहार का उदाहरण बेमिसाल है। विचारधारधारा दृष्टिकोण एवं व्यवहार में अटलजी का प्रौढ़ तथा उदात्त चिंतन और समावेशी मानसिकता अतुलनीय रही है। अत: वाजपेयीजी, इस देश के लिए हमेशा अटल और अमर रहेंगे एवं कुशल राजनीतिज्ञ और दूरद्रष्टा राजनेता के रूप में हमेशा याद किए जाएँगे।

(इस आलेख का संपादित अंश 25 दिसंबर, 2021 को 'स्वदेश' (भोपाल) और 26 दिसंबर, 2021 को 'पूर्वांचल प्रहारी' (दैनिक, गुवाहाटी) में प्रकाशित हुआ।)

□

बहुसंख्यक हिंदू के कारण ही भारत में है लोकतंत्र

हिंदू और हिंदुत्व को बदमान करने की साजिश वर्षों से चल रही है। लगभग एक हजार वर्षों तक मुगलों और अंग्रेजों ने सनातन संस्कृति पर चोट की तो स्वतंत्रता के पश्चात् 60 सालों तक सत्ता का सुख भोगने वाला नेहरू परिवार एवं वामपंथियों ने उसे आगे बढ़ाया। अब जब विगत 6-8 वर्षों से राष्ट्रवादी सरकार ने भारत की सनातन संस्कृति पर कुठाराघात करने वालों पर नकेल कसना शुरू किया, तो तुष्टीकरण की राजनीति करने वाले कुछ दलों ने अपने संरक्षण में भारत के भीतर यहाँ की बहुसंख्यक आबादी के प्रति दुष्प्रचार कराने का अभियान शुरू कर दिया। हद तो तब हो गई, जब विपक्षी पार्टियों द्वारा भारत में रहकर यहाँ के लोकतंत्र और धर्मनिरपेक्षता को खतरे में बताते हैं, लेकिन वास्तविकता यह है कि भारत में मुसलिम समेत सभी अल्पसंख्यक समुदाय अपने को सुरक्षित महसूस करते हैं, जिसका मुख्य कारण है यहाँ के बहुसंख्यक (हिंदू) का उदारवादी और सहिष्णु स्वभाव। भारत में तभी तक लोकतंत्र जीवित रहेगा तथा धर्मनिरपेक्षता अक्षुण्ण बनी रहेगी, जब तक यहाँ का बहुसंख्यक हिंदू है।

इसलामिक राष्ट्रों में अल्पसंख्यकों, विशेषकर हिंदू के साथ जो अत्याचार और दुर्व्यवहार होता है, वह जगजाहिर है। विश्व में 57 इसलामिक बहुल देश हैं और कोई भी देश धर्मनिरपेक्ष नहीं है। कुछ इसलामिक देशों में लोकतांत्रिक व्यवस्था है भी तो वह नाममात्र है। जैसे पाकिस्तान, तुर्की, बांग्लादेश, मलेशिया

और इंडोनेशिया लोकतांत्रिक देश जरूर हैं, लेकिन वहाँ भी इसलामिक कट्टरता के कारण लोकतंत्र खतरे में है। ईरान की तानाशाही व्यवस्था और ईराक एवं लीबिया में लोकतंत्र के नाम पर कठपुतली सरकार चलती है। अफगानिस्तान, तालिबान और सीरिया जैसे इसलामिक देशों में आए दिन आतंकी घटनाएँ घटती हैं। इसलामिक देश संविधान से नहीं चलता है, उदाहरणस्वरूप सऊदी अरब जहाँ पर कोर्ट के बजाय शरिया कानून से फैसले होते हैं। इतना ही नहीं भारतीय उपमहाद्वीप का इतिहास भी आज के लिए प्रमाण है कि जब-जब सनातन संस्कृति और हिंदुत्व पर प्रहार किया गया, वहाँ लोकतंत्र समाप्त होता गया। पाकिस्तान, अफगानिस्तान, बांग्लादेश इसका उदाहरण हैं। आँकड़ों में भी यह स्पष्ट देखने को मिलता है। सन् 1951 में पाकिस्तान में हिंदुओं की कुल अबादी 13 प्रतिशत थी, जो 2017 में 2 प्रतिशत पहुँच गई। वैसे ही बांग्लादेश में 13.5 प्रतिशत थी, जो 2011 में 8 प्रतिशत बची थी। भारत के भीतर भी हिंदुओं की जनसंख्या में लगातार गिरावट आई तो दूसरी तरफ मुसलिम की जनसंख्या में लगातार वृद्धि हुई है। भारत में जहाँ-जहाँ भी हिंदुत्व कमजोर हुआ वहाँ पर विभाजनकारी गतिविधियाँ तेज हुईं और वह अलगाववादी ताकतों का अड्डा बन गया।

विश्व में विभिन्न प्रकार की सभ्यता हुईं, जैसे चीन की सभ्यता, मेसोपोटामिया की सभ्यता, बेबीलोनिया की सभ्यता, रोम तथा ग्रीस की सभ्यता, ब्रिटिश और अमरीका की इंका और माया सभ्यता। यह सब-के-सब अब इतिहास के पन्नों में दर्ज है, लेकिन भारत की सभ्यता ही ऐसी है, जो इतिहास से लेकर अब तक यथावत बनी हुई है। वैसे ही विश्व में प्रमुख रूप से हिंदू, इसलाम, बौद्ध और ईसाई धर्म हैं। इसमें सर्वाधिक 31 प्रतिशत लोग ईसाई धर्म को मानने वाले हैं, जबकि इसलाम को 25 प्रतिशत लोग मानते हैं। हिंदू धर्म को मानने वालों की संख्या करीब 15 प्रतिशत है तो बौद्ध धर्म को करीब 7 प्रतिशत लोग मानते हैं और अन्य धर्मों को मानने वाले लोगों की संख्या भी 7 प्रतिशत है। जबकि 15 प्रतिशत ऐसे हैं, जो किसी धर्म को नहीं मानते हैं। सभी धर्मों में हिंदू ही एकमात्र ऐसा धर्म है, जहाँ शास्त्रार्थ की बात होती है, अर्थात् धार्मिक विषयों पर खुले मन से बहस की स्वतंत्रता होती है। बाकी धर्मों में जो कह दिया जाता है, उसे

ही मानना पड़ता है, उस पर कहीं कोई किंतु-परंतु नहीं कर सकता।

भारत आदिकाल से हिंदू राष्ट्र है, जिसके मूल में पंथनिरपेक्षता है। भारत और नेपाल को छोड़ दें तो विश्व में कोई और देश नहीं जहाँ पर हिंदू बहुसंख्यक हों। भारत की प्रवृत्ति कभी दूसरों पर राज करने की नहीं रही। इतिहास इसका गवाह है। यह भारत का वैशिष्ट्य है। हमेशा से यहाँ अध्यात्म में स्वयं को जीतने की बात बताई जाती है। इसकी चरितार्थ पूर्व प्रधानमंत्री श्रद्धेय अटलजी की कविता 'हिंदू तन-मन, हिंदू जीवन, रग-रग हिंदू मेरा परिचय' में भी मिलता है, जिसमें वह लिखते हैं—

होकर स्वतंत्र मैंने कब चाहा है कर लूँ सबको गुलाम? मैंने तो सदा सिखाया है करना अपने मन को गुलाम।

गोपाल-राम के नामों पर कब मैंने अत्याचार किया? कब दुनिया को हिंदू करने घर-घर में नरसंहार किया?

कोई बतलाए काबुल में जाकर कितनी मसजिद तोड़ी? भू-भाग नहीं, शत-शत मानव के हृदय जीतने का निश्चय।

सन् 1995 में माननीय सुप्रीम कोर्ट ने भी हिंदू धर्म और हिंदुत्व के विषय में टिप्पणी करते हुए कहा था कि "हिंदू धर्म और हिंदुत्व जीवन व्यतीत करने का एक मार्ग है और इसकी तुलना कट्टरता से करना एक मिथ्या या दोष होगा।" अदालत ने यह भी कहा था कि इसके विपरीत, हिंदुत्व शब्द का प्रयोग मत निरपेक्षता को प्रोत्साहन देने के लिए किया जाना चाहिए। राष्ट्रीय स्वयंसेवक संघ के परम पूज्य सरसंघचालक मोहन भागवत जी ने भी कहा था कि हिंदू और भारत अलग नहीं हो सकते, क्योंकि हिंदू के बिना भारत नहीं और भारत के बिना हिंदू की कल्पना नहीं हो सकती। हिंदू ही है, जो अध्यात्म के आधार पर एकांत में साधना, लोकांत में परोपकार, शक्ति के आधार पर सर्वत्र सुरक्षित रहना, किसी को हानि नहीं पहुँचाना और सबको उन्नत बनाना, यह मानकर जीवन यापन करते हैं। यह हिंदू के संस्कार एवं चरित्र में भी झलकता है। यही कारण है कि आज तक भारत में कभी कोई घटना नहीं हुई, जब यहाँ के बहुसंख्यकों द्वारा किसी की धार्मिक, सांस्कृतिक भावना को ठेस पहुँचाई गई हो या फिर मसजिद, गुरुद्वारा या गिरजाघर को नष्ट किया गया हो, बल्कि भारत

में तो अल्पसंख्यकों को हिंदू बहुसंख्यक द्वारा संरक्षण दिया जाता है। इतना ही नहीं जब इसलामिक आक्रांताओं और पादरियों द्वारा सनातन संस्कृति को खत्म करने का प्रयास हुआ तो उसे भी हिंदुओं ने वर्षों तक संवैधानिक और न्यायिक लड़ाई लड़कर बचाया। यह भारत की सहिष्णुता को दरशाता है, लेकिन पड़ोसी देश में पाकिस्तान और बांग्लादेश में हर साल हिंदुओं के मंदिरों को तोड़ा जाता है और उनका जबरन धर्मांतरण भी कराया जाता है।

अफसोस इस बात का है कि दुनिया को मार्ग दिखाने वाला धर्म हिंदू अपने ही घर भारत में राजनैतिक कारणों से पिसता रहा। आज भी कांग्रेस और वामपंथी भारत को खंडित करने वाले आक्रांताओं मा महिमामंडित करते नहीं थकते। कांग्रेस हमेशा से हिंदू धर्म का दुष्प्रचार कर तुष्टीकरण को बढ़ावा देती रही। कांग्रेसी नेता और पूर्व रक्षा मंत्री सलमान खुर्शीद ने अपनी पुस्तक 'सनराइज ओवर अयोध्या' में हिंदुत्व की तुलना इसलामिक आतंकवादी संगठन आई.एस. आई.एस. और बोको हराम से कर दी। गृहमंत्री रहते हुए पी. चिदंबरम ने भगवा आतंकवाद जैसे आपत्तिजनक शब्दों को प्रयोग में लिया था। इस प्रकार की संकीर्ण मानसिकता का परिणाम भारत आज तक भुगत रहा है। महर्षि कश्यप की धरती कश्मीर में जैसे ही एक वर्ग की आबादी असंतुलित रूप से बढ़ी तो वहाँ हिंदुओं के खिलाफ नरसंहार होने लगा और कश्मीरी पंडितों का पलायन शुरू हो गया। हाल ही में झारखंड एवं बिहार समेत कुछ राज्यों के मुसलिम बहुल इलाके में देखने को मिला कि रविवार की जगह शुक्रवार को स्कूलों में जबरन छुट्टी कराई जा रही है। सन् 2016 में कैराना से हिंदुओं की आबादी घटते ही मुसलमानों ने उत्पात मचाना शुरू कर दिया। नतीजतन हिंदू परिवारों का पलायन हुआ। बंगाल के कुछ मुसलिम बहुल गाँव में दुर्गा पूजा मनाना प्रतिबंधित है। राजस्थान के टोंक जिले के मालपुरा से सैकड़ों हिंदू परिवारों का पलायन हो चुका है। हरियाणा का मेवाती इलाका इन्हीं कारणों से मिनी पाकिस्तान के नाम से जाना जाता है। जुलाई माह में बिहार के फुलवारीशरीफ से पी.एफ.आई. (पॉपुलर फ्रंट ऑफ इंडिया) द्वारा भारत को इसलामिक राष्ट्र बनाने की साजिश का परदाफाश हुआ। इसमें जो कागजात बरामद किया गया, उसमें भारत को 2047 यानी स्वतंत्रता के 100 वर्ष पूर्ण होने पर इसलामिक

देश बनाने का लक्ष्य रखा गया है, जबकि ओवैसी मजहब के नाम पर चुनाव लड़ते हैं। उन्होंने हाल ही में कहा था कि जिस दिन मोदी पहाड़ पर चले जाएँगे, योगी मठ में चले जाएँगे तो तुम्हें बचाने कौन आएगा? क्या यह सच नहीं कि इस प्रकार कि जो स्थिति उत्पन्न हुई उसके लिए कांग्रेस की नीति और नेता ही जिम्मेवार हैं।

स्वतंत्रता के 75 वर्ष पूर्ण होने पर आज देश आजादी का 'अमृत महोत्सव' मना रहा है। प्रधानमंत्री नरेंद्र मोदी ने स्वतंत्रता दिवस के अवसर पर अपने संबोधन में अगले 25 वर्षों के कालखंड को 'अमृत काल' का नाम दिया। भारत अपनी आजादी के 100 वर्ष में कैसा हो, उस दिशा में उन्होंने अभी से सभी को अपने लक्ष्यों पर कार्य करने को कहा। वहीं देश के भीतर कुछ संगठन अमृत काल में विष घोलने का काम रहे हैं। जिस प्रकार का षड्यंत्र भारत के विरुद्ध चल रहा है, ऐसे में वर्तमान की तरह अगर भारत में राष्ट्रवादी सरकार और राष्ट्रीय स्वयंसेवक, विश्व हिंदू परिषद् जैसा सनातनी संवाहक नहीं रहे तो आज से 25 साल बाद सन् 2047 में भारत कैसा होगा, इसकी कल्पना भी नहीं की जा सकती है। इस तरह की साजिश चलती रही और तुष्टीकरण की राजनीति के कारण उन्हें बढ़ावा मिलता रहा तो सोचिए कश्मीर घाटी का क्या होगा? पूर्वोत्तर के राज्यों तथा बंगाल और बिहार का हिस्सा जो बांग्लादेश से सटे हैं, उन क्षेत्रों में क्या होगा? केरल की स्थिति कितनी भयावह हो सकती है, यह सब विचारणीय है?

हिंदुत्व के बिना भारत की कल्पना नहीं हो सकती है। आज यदि भारत में लोकतंत्र जीवंत है और पंथनिरपेक्षता बरकरार है तो उसकी मूल वजह भारत की सनातन संस्कृति और परंपरा है। यहाँ के लोगों की सहिष्णुता है। भारत में अगर सांस्कृतिक राष्ट्रवाद, विश्व बंधुत्व और वसुधैव कुटुम्बकम् की भावना को जीवंत रखना है तो हम सभी को तत्परता के साथ हिंदू और हिंदुत्व को पल्वित करते रहना होगा।

(इस आलेख का संपादित अंश 16 अक्तूबर, 2022 को 'स्वदेश' (भोपाल), 28 अक्तूबर, 2022 को 'द पायनियर' (अंग्रेजी संस्करण) तथा 29 अक्तूबर, 2022 को (हिंदी संस्करण) में प्रकाशित हुआ।)

□

सांस्कृतिक और धार्मिक पुनरुत्थान की ओर बढ़ता भारत

भारत के बारे में यह बात अकसर सुनने को मिलती है कि भारत सोने की चिड़िया के रूप में विश्व विख्यात था, क्योंकि तब भारत सभी प्रकार से संपन्न राष्ट्र था, जिसे लूटने के उद्देश्य से ही मुगल और अंग्रेजों ने आक्रमण भी किया। आखिरकार उस काल खंड में ऐसा क्या था कि हम सभी देशों से काफी आगे थे। इसके मूल कारणों को पता करेंगे तो पाएँगे कि भारत की जड़ में धर्म, अध्यात्म, संस्कृति, सभ्यता और वैदिक ज्ञान परंपरा है, जो इसे समृद्ध एवं अन्य देशों की तुलना में बेहतर बनाती है। तभी तो उस समय हम आत्मनिर्भर थे और बड़ी मात्रा में यहाँ से कपास, निल, धातु, मसाले, दवा, कपड़े इत्यादि का निर्यात होता था। साथ-ही-साथ यहाँ शिक्षा ग्रहण के लिए पूरी दुनिया से लोग आते थे।

इसलामिक आक्रांताओं और ब्रितानिया शासकों ने भारत के गौरवशाली इतिहास एवं सभ्यता को समाप्त करने में कोई कसर नहीं छोड़ी। मठ-मंदिरों को ध्वस्त करने से लेकर पश्चिमी सभ्यता तक को थोपा गया। यहाँ तक कि धन और ज्ञान संपदा को भी तहस-नहस किया गया और भारतीय वस्तुओं का विदेशीकरण कर स्थापित किया गया, हालाँकि उस दौर में भी देशभक्तों ने अपने धर्म की रक्षा के लिए मुगल शासकों और अंग्रेजों का विरोध ही नहीं किया, अपितु उन्हें कई मुद्दों पर घुटने टेकने को भी विवश किया।

भारतीय स्वतंत्रता के उपरांत उम्मीद थी कि भारतीय संस्कृति से जो कुछ

भी खिलवाड़ पूर्व में हुआ है, उसे सुधारा जाएगा, लेकिन दुर्भाग्य कहिए कि तत्कालीन सरकार ने इतिहास को सुधारने की बजाय उसे बढ़ावा देकर भारत की राष्ट्रीय स्मिता को कलंकित किया। सड़क से लेकर इमारत, शिक्षा से लेकर पर्यटन सभी क्षेत्रों में भारतीयता को उपेक्षित रखा गया, जबकि भारत पर आक्रमण करने वाले अंग्रेजों और मुगलों को प्रमुखता दी गई। यह सबकुछ 50 वर्षों से ज्यादा समय तक शासन में रहने वाले कांग्रेस पार्टी के नेतृत्व और संरक्षण में हुआ। भारत की मूल पहचान ही उसकी सनातन संस्कृति और समृद्ध सांस्कृतिक विरासत से होती हो और उसे उसके शासक द्वारा स्वार्थ के कारण ही उपेक्षा झेलनी पड़े, इससे बड़े दुःख की बात क्या हो सकती है?

सन् 2014 के बाद से केंद्र की नरेंद्र मोदी सरकार ने कांग्रेस की शह पर वामपंथी द्वारा किए गए इतिहास से छेड़छाड़ को सुधारा है। विगत आठ वर्षों में सरकार ने सभी धर्मों का सम्मान करते हुए उसे उचित स्थान दिया है। भारत की प्राचीन धार्मिक, सांस्कृतिक विरासत और धरोहर का जीर्णोद्धार कर उसे पुनर्जीवित करने का सफल प्रयास सरकार ने करके अपनी प्रतिबद्धता को दिखाया है। सनातन संस्कृति के प्राचीनतम प्रतीक काशी विश्वनाथ धाम के जीर्णोद्धार के लिए सरकार ने 600 करोड़ रुपए की लागत से पाँच लाख वर्ग फीट में काशी विश्वनाथ धाम परिसर को नया स्वरूप दिया, जिसके लोकार्पण के उपरांत एक वर्ष में सात करोड़ से अधिक श्रद्धालु वहाँ दर्शन हेतु पहुँचे हैं।

केदारनाथ धाम में सन् 2013 में आई त्रासदी के बाद से सरकार द्वारा विभिन्न योजनाओं के माध्यम से उसे भव्य बनाने का काम जारी है, जिसके प्रथम चरण का काम पूरा भी किया जा चुका है। यहाँ भी सन् 2022 में रिकॉर्ड श्रद्धालु गए थे। 9 नवंबर, 2019 को माननीय सुप्रीम कोर्ट के फैसले से वर्षों पुराना विवाद समाप्त हुआ और सरकार ने अपने घोषणा-पत्र के संकल्प को साकार करते हुए 5 अगस्त, 2020 को अयोध्या में भव्य और दिव्य राम मंदिर के निर्माण की नींव रखी, जो जनवरी 2024 में श्रद्धालुओं के लिए शुरू भी हो जाएगा। इसके निर्माण का बजट 1800 करोड़ रुपए है। इसे वैश्विक आध्यात्मिक केंद्र के रूप में विकसित करने की भी योजना है। सरकार की योजना में 9 राज्यों के 15 स्थान, जहाँ-जहाँ भगवान् राम गए थे, का पुनर्निर्माण

भी कराना है। इस हेतु 'रामपथ गमन' परियोजना की शुरुआत भी हुई है। प्रधानमंत्री मोदी ने 11 अक्तूबर, 2022 को आध्यात्मिक-सांस्कृतिक उत्कर्ष के प्रतीक श्री महाकाल महालोक का लोकार्पण किया, यहाँ 800 करोड़ रुपए से अधिक की लागत से 47 हेक्टेयर में परिसर का विस्तार किया गया, जहाँ भगवान् शिव के विभिन्न रूपों को दरशाते 108 भित्ति चित्र और 93 मूर्तियाँ भी लगी हैं।

प्रधानमंत्री मोदी की सरकार ने सिख पंथ के सम्मान में सन् 2019 में विश्व भर में पूरे वर्ष गुरु नानक देवजी की 550वीं जयंती को बड़े धूमधाम से मनाया। इसी वर्ष सिख समुदाय की पुरानी माँगों को ध्यान में रखते हुए करतारपुर कॉरिडोर देश को समर्पित किया, जिसे श्रद्धालु पाकिस्तान स्थित गुरु नानक देवजी के गुरुद्वारे जा सकेंगे। श्री हेमकुंड रोप-वे परियोजना का शिलान्यास भी हो चुका है। प्रधानमंत्री ने गुरु गोविंद सिंहजी के चार साहिबजादों की शहादत को नमन करते हुए उनके सम्मान में 26 दिसंबर, 2022 को मनाने की शुरुआत की है, जिसकी खूब सराहना हो रही है। झारखंड के गिरिडीह जिला स्थित सम्मेद शिखरजी को वहाँ की राज्य सरकार ने पर्यटन स्थल के रूप में विकसित करने की बात की थी, जिसका बहुत विरोध हुआ तो केंद्र सरकार ने जैन समाज की भावनाओं का आदर करते हुए उसकी पवित्रता बनाए रखने हेतु पर्यटन गतिविधियों पर न केवल रोक लगाई, बल्कि समिति बनाई और राज्य को इस दिशा में काररवाई के लिए भी निर्देश दिया।

साधु-संत, महर्षि और गुरुजनों के सम्मान में कई कदम उठाए हैं। 5 फरवरी, 2022 को हैदराबाद में समानता के प्रतीक के रूप में संत श्री रामानुजाचार्यजी की 216 फीट ऊँची प्रतिमा बनाकर विश्व को भारत की सबके प्रति समानता के भाव को बताया। श्री नादप्रभु केंपगौड़ा की 108 फीट ऊँची कांस्य प्रतिमा का अनावरण भी हुआ, तो केदारनाथ में 5 नवंबर, 2019 को आदिगुरु शंकराचार्य की 12 फीट ऊँची प्रतिमा को भी स्थापित किया गया। सरकार के अथक प्रयासों से ही 150 से ज्यादा चोरी हुई मूर्तियाँ विदेशों से भारत आ सकी हैं। भगवान बिरसा मुंडा की जयंती को जनजातीय गौरव दिवस के रूप में मनाने का निर्णय, बौद्ध सर्किट का निर्माण, 370 के बाद से

जम्मू-कश्मीर में मंदिरों का जीर्णोद्धार किया गया। चार धाम परियोजना को सुगम बनाने के लिए सड़क और रेलवे कनेक्टिविटी को बढ़ाया गया, जबकि 500 वर्षों के उपरांत गुजरात की पावागढ़ पहाड़ी पर स्थित महाकाली मंदिर में शिखर ध्वजारोहण किया जाना अपने आप में बड़ी उपलब्धि है। जैन भिक्षु आचार्य विजय वल्लभ सूरीश्वर जी महाराज की 151वीं जयंती के अवसर पर शांति की प्रतिमा का अनावरण हुआ और महाराष्ट्र में संत तुकाराम की मूर्ति का लोकार्पण किया गया।

किसी भी देश के सर्वांगीण उत्थान में भौतिक और आर्थिक विकास के साथ सांस्कृतिक विकास एवं राजनैतिक स्थिरता भी महत्त्वपूर्ण है। उसी कारण आज भारत के साथ-साथ विदेशों में भी भारतीय संस्कृति का अभ्युदय हो रहा है। मोदी सरकार की सकारात्मक पहल पर कंबोडिया स्थित अंकोरवाट, श्रीलंका में थिरुकेतीश्वरम और नेपाल में पशुपतिनाथ मंदिर का जीर्णोद्धार किया जा रहा है और वहाँ रामायण सर्किट बनाने के लिए भी सरकार ने आर्थिक मदद की है। जबकि 4 अक्तूबर, 2022 को इसलामिक देश संयुक्त अरब अमीरात में भव्य मंदिर का शुभारंभ हुआ तो बहरीन में श्रीनाथजी मंदिर का कायाकल्प हो रहा है।

आज अकसर विदेश में स्थित विश्वविद्यालयों की चर्चा टॉप में होती है, लेकिन यह सच्चाई है कि भारतीय संस्कृति में गुरुकुल शिक्षा के जरिए विद्यार्थियों का सर्वांगीण विकास किया जाता था, इसलिए भी भारत पूर्व में विश्वगुरु के रूप में जाना जाता था, लेकिन भारतीय शिक्षा को वामपंथी विचारधारा से प्रेरित राजनेता, इतिहासकार और शिक्षाविदों ने कांग्रेस शासनकाल में ऐसी दिशा में मोड़ा, जो भारतीय संस्कृति के विपरीत थी। भारतीय इतिहास को भी सुनियोजित षड्यंत्र के तहत तोड़-मरोड़कर लिखा गया, जिसका उद्देश्य था हमें अपनी मूलधारा से विमुख करना। मालूम पड़ता है कि जिस शिक्षा पद्धति को मार्क्सवादी चिन्तक मैकाले ने दिया उसे तत्कालीन सरकारों ने अपनाया और नतीजतन लोग उस गलत इतिहास को पढ़ते हैं और फिर भारत के विरोध में नारे भी लगाते हैं।

भारत का इतिहास मात्र गुलामी का इतिहास नहीं है। यह वीर योद्धाओं

का अत्याचारियों और आततायियों के विरुद्ध अभूतपूर्व शौर्य एवं पराक्रम का इतिहास है। वर्तमान सरकार उसी इतिहास को तथ्यात्मक सुधार कर के वास्तविक रूप दे रही है, इसलिए ऐसा कहना कि शिक्षा का पुनः भारतीयकरण हो रहा है, गलत नहीं होगा। प्रधानमंत्री नरेंद्र मोदी ने भी एक कार्यक्रम के दौरान कहा था कि "दुर्भाग्य से हमें स्वतंत्रता के बाद भी वही इतिहास पढ़ाया जाता रहा है, जो गुलामी के कालखंड में साजिशन रचा गया था।" इसी मद्देनजर केंद्र सरकार ने इंडियन कॉउंसिल ऑफ हिस्टॉरिकल रिसर्च के माध्यम से 'इतिहास को फिर से लिखने' की योजना के तहत काम कर रहा है।

शिक्षा के संबंध में स्वामी विवेकानंद जी ने कहा था कि जो व्यक्ति को संघर्ष के लिए समर्थ बनाए, उसे चरित्रवान और परोपकारी बनाए और उसमे सिंह जैसा साहस पैदा करे; वही शिक्षा है। राष्ट्रीय स्वयंसेवक संघ का भी मत रहा है कि देश की शिक्षा-व्यवस्था भारतीय परंपरा के अनुरूप ही होनी चाहिए। संघ सरसंघचालक मोहन भागवत भी कई मौके पर इस बात को दोहरा चुके हैं कि "प्राचीन ज्ञान परंपरा को किनारे रखकर भारत एक राष्ट्र के रूप में सबल नहीं हो सकता है।" व्यापक विमर्श के बाद इन्हीं विचारों को समाहित कर नई शिक्षा नीति 2020 को बनाया गया है। यह नीति भारत को आत्मनिर्भर,सशक्त, समृद्ध और गौरवशाली बनाएगी। इसमें भारत की सांस्कृतिक जड़ों से जुड़े विषयों को भी रखा गया है। इसमें नवाचार, तकनीक और आधुनिकता के साथ-साथ भारतीय चिंतन एवं भाषा भी है।

गुलामी की मानसिकता के परित्याग की दिशा में नई शिक्षा नीति एक ठोस कदम है, जिसका फलाफल कुछ वर्षों में दिखने लगेगा। राजपथ का नाम बदलकर कर्तव्यपथ, औरंगजेब रोड़ को बदलकर अब्दुल कलाम रोड़ करना, प्रधानमंत्री आवास का रेस कोर्स से लोक कल्याण करना, जॉर्ज पंचम की मूर्ति को हटाकर नेताजी सुभाष बोस की मूर्ति को स्थापित करना, राष्ट्रपति भवन स्थित मुगल गार्डेन का नाम अमृत गार्डेन करना, परमवीर चक्र विजेताओं के नाम पर द्वीपों का नामकरण करना, राष्ट्रीय युद्ध स्मारक, प्रधानमंत्री संग्रहालय की कल्पना औपनिवेशिक मानसिकता से भारत को मुक्त करने की सार्थक शुरुआत है। भारतीय स्वतंत्रता के 75 वर्षों के उपलक्ष्य में मनाए गए 'आजादी

के अमृत महोत्सव' कार्यक्रम उसी कड़ी का हिस्सा हैं। कहते हैं न जब आपका मार्गदर्शक आपका धर्म हो, आपकी प्रेरणा आपकी संस्कृति हो तब आपको विश्वगुरु बनने से कोई नहीं रोक सकता है और आज का भारत, नया भारत उसी दिशा में निरंतरता के साथ बढ़ रहा है।

(इस आलेख का संपादित अंश
9 फरवरी, 2023 को 'स्वदेश' (भोपाल) में प्रकाशित हुआ।)

□

आपातकाल : भारतीय लोकतंत्र का चीरहरण

भारत को अंग्रेजों से लंबी लड़ाई के पश्चात् स्वतंत्रता प्राप्त किए मात्र 29 वर्ष ही हुए थे कि सन् 1975 में तत्कालीन प्रधानमंत्री इंदिरा गांधी ने देश पर आपातकाल थोप दिया। इस दमनकारी फैसले से देश की लोकतांत्रिक मर्यादा तार-तार हो गई। यह दौर वह था जब भारत,कई मुश्किलें झेलने के बाद अपने पैरों पर खड़ा हो रहा था। विश्व के मानचित्र पर भारत सबसे बड़े लोकतांत्रिक राष्ट्र के रूप में स्वयं को स्थापित करने की दिशा में अग्रसर था, लेकिन आपातकाल के इस फैसले ने मानो पुनः भारत को गर्त में धकेल दिया।

आपातकाल लगाने के पीछे की वजह दिलचस्प है। 12 जून, 1975 को इलाहाबाद हाईकोर्ट ने श्रीमती गांधी के खिलाफ एक फैसला सुनाया। इस फैसले के अनुसार, सन् 1971 में हुए लोकसभा चुनाव में विपक्ष के प्रत्याशी श्री राजनारायण के तत्कालीन प्रधानमंत्री श्रीमती इंदिरा गांधी पर सरकारी मशीनरी का इस्तेमाल करने के लगाए गए आरोपों को सही पाते हुए रायबरेली के चुनाव को रद्द कर दिया गया था। कोर्ट ने इंदिरा गांधी को अगले छह वर्षों तक किसी भी तरह का चुनाव लड़ने पर भी रोक लगा दी थी। इलाहाबाद हाईकोर्ट के फैसले को इंदिरा गांधी ने सुप्रीम कोर्ट में चुनौती दी, जिसमें माननीय न्यायालय ने 24 जून, सन् 1975 को इस पर सुनवाई करते हुए कहा कि वह इस फैसले पर पूरी तरह से रोक नहीं लगा सकते। अंतिम फैसला आने तक कुछ शर्तों के साथ कोर्ट ने उन्हें प्रधानमंत्री बने रहने की अनुमति दे दी थी।

एक तरफ इंदिरा गांधी कोर्ट में अपने आप को बचाने की लड़ाई लड़ रही थीं तो दूसरी तरफ कांग्रेस सरकार में हो रहे भ्रष्टाचार एवं महँगाई को लेकर जनता में भारी आक्रोश था। उन दिनों बिहार एवं गुजरात में छात्र आंदोलन भी चरम पर था, जिसका नेतृत्व पूरे विपक्ष की तरफ से लोकनायक जयप्रकाश नारायण कर रहे थे। 25 जून, 1975 को दिल्ली के रामलीला मैदान में सरकार के खिलाफ एक रैली का आयोजन हुआ था, जिसमें चौधरी चरण सिंह, अटल बिहारी वाजपेयी, बीजू पटनायक, लालकृष्ण आडवाणी, आचार्य जे.बी. कृपलानी, मोरारजी देसाई जैसे अन्य दिग्गज नेता एक स्वर में इंदिरा गांधी के खिलाफ एकजुट हुए थे। इसी सभा में जे.पी. ने जब रामधारी सिंह दिनकर की कविता "सिंहासन खाली करो कि जनता आती है", को पढ़ा तो जनता का अपार जनसमर्थन मिला। विपक्ष की इस रैली में जनता का उमड़ा जनसैलाब देखकर बौखलाई इंदिरा गांधी ने देश में आपातकाल लगाने की घोषणा कर दी। यों तो 25 जून, 1975 को मध्यरात्रि में ही इंदिरा गांधी ने तत्कालीन राष्ट्रपति फखरुद्दीन अली अहमद से आपातकाल लगाने वाले अध्यादेश पर हस्ताक्षर करा लिया था, लेकिन इसकी घोषणा अगली सुबह 26 जून, 1975 को की गई थी। रेडियो के माध्यम से राष्ट्र को संबोधित करते हुए श्रीमती गांधी ने कहा था कि 'भाइयो और बहनो, राष्ट्रपतिजी ने आपातकाल की घोषणा की है। इससे आतंकित होने का कोई कारण नहीं है।' इसके बाद उन्होंने सरकारी संस्थानों का दुरुपयोग कर जो आतंक पूरे देश में मचाया, वह किसी से छुपा नहीं है।

भारतीय संविधान में कुल तीन प्रकार के आपातकाल की बात की गई है। अनुच्छेद 352 में राष्ट्रीय आपातकाल, अनुच्छेद 356 के तहत राष्ट्रपति शासन तथा अनुच्छेद 360 में आर्थिक आपातकाल का उल्लेख है। भारतीय संविधान के अनुच्छेद 352 'आपात की उद्घोषणा' के अनुसार, यदि भारत के राष्ट्रपति को लगता है कि बाहरी आक्रमण या सशस्त्र विद्रोह के कारण भारत की सुरक्षा को खतरा है तो राष्ट्रपति पूरे भारत या किसी एक हिस्से में आपातकाल की घोषणा जारी कर सकते हैं। सन् 1975 में इसके तहत ही देश की शांति भंग होने का तर्क देते हुए आपातकाल लगाया गया था। वैसे सन्

1975 के पूर्व, 26 अक्तूबर, 1962 को चीन के साथ युद्ध तथा 3 दिसंबर, 1971 को भारत-पाकिस्तान युद्ध के दौरान आपातकाल लगा था, लेकिन तब किसी भी नागरिक के मौलिक अधिकार नहीं छीने गए थे और न ही उन पर अत्याचार हुआ था।

नियमानुसार आपातकाल की उद्घोषणा को संसद् के दोनों सदनों द्वारा इसके जारी होने के दिन से एक महीने के अंदर अनुमोदित करना आवश्यक होता है। यदि ऐसा किया जाता है तो आपातकाल छह महीने तक जारी रहता है और इसे हर छह महीने के लिए संसद् की मंजूरी के साथ बढ़ाया जा सकता है। आपातकाल को जारी रखने का अनुमोदन करने वाला प्रत्येक प्रस्ताव संसद् के किसी भी सदन द्वारा विशेष बहुमत से पारित किया जाना चाहिए, लेकिन 1975 में 21 महीने तक चले इस आपातकाल को बिना किसी प्रक्रिया के ही बढ़ाने की मंजूरी दी गई थी। आपातकाल को समाप्त करने के लिए संसद् की मंजूरी की आवश्यकता नहीं होती है। राष्ट्रपति स्वयं लिखित रूप से इसे समाप्त भी कर सकते हैं। न्यायपालिका द्वारा आपातकाल की समीक्षा करने की बात भारतीय संविधान में निहित है। आपको जानकर आश्चर्य होगा कि आपातकाल लगाने के पश्चात् 22 जुलाई, 1975 को भारतीय संविधान में 38वाँ संशोधन कर न्यायपालिका से आपातकाल की समीक्षा करने का अधिकार भी कांग्रेस ने छीन लिया था। इतना ही नहीं आपातकाल के दरम्यान 39वाँ संविधान संशोधन भी किया गया। इसके अनुसार न्यायालय राष्ट्रपति, उपराष्ट्रपति, प्रधानमंत्री और लोकसभा अध्यक्ष से संबंधित मामलों की जाँच नहीं कर सकती, हालाँकि सन् 1977 में जनता पार्टी की सरकार ने पुनः संविधान में संशोधन करते हुए आपातकाल के दौरान निरस्त किए गए न्यायालय के सभी अधिकारों को फिर से बहाल कर दिया था। संविधान में 42वाँ संशोधन के माध्यम से संविधान में व्यापक स्तर पर बदलाव किए गए। यह भारतीय इतिहास का सबसे विवादास्पद संशोधन था। इसमें जनता को उनके मौलिक अधिकारों से वंचित रखा गया तथा न्यायालयों की प्रदत्त शक्ति को कम किया गया था। आपातकाल ने पूरे भारत को झकझोर के रख दिया था। इस घटना के प्रत्यक्षदर्शियों से बात कर आज भी उस पीड़ा को महसूस किया जा सकता है। अपातकाल के दौर को

देखने वालों से बात करने पर रोंगटे खड़े हो जाते हैं, आँखें नम हो जाती हैं।

भारतीय लोकतंत्र एवं संविधान की रक्षा की दुहाई देने वाली कांग्रेस और कम्युनिस्ट पार्टी योजनाबद्ध ढंग से सुर्खियों में बने रहने के लिए राष्ट्रीय एवं अंतरराष्ट्रीय मंचों पर जोर-शोर से लोकतंत्र बचाने की बात करते हैं। उदाहरणस्वरूप गत माह लंदन के कैंब्रिज यूनिवर्सिटी में आयोजित आइडियाज फॉर इंडिया कार्यक्रम में भारत की विपक्षी पार्टियों की एकजुटता देखने को मिली। हैरानी की बात रही कि इस कार्यक्रम में भी राहुल गांधी द्वारा भारत की एकता एवं अखंडता को ठेस पहुँचाने वाली बातें कही गईं। राहुल गांधी ने कहा कि भारत अच्छी स्थिति में नहीं है। संस्थानों पर हमला किया जा रहा है। प्रधानमंत्री मोदी किसी की नहीं सुनते हैं। भारत की स्थिति भी श्रीलंका जैसी है। लोकतंत्र खतरे में है। वो सरकार का विरोध करते-करते भारत के विरोध की भाषा बोलने लगे। यह कोई पहला अवसर नहीं जब उन्होंने राष्ट्रविरोधी बातें कही हों। इससे पूर्व में भी वह कभी सेना पर प्रश्न उठाते तो कभी पाकिस्तान और चीन के समर्थन में बयान देते रहे हैं। कांग्रेस की पुरानी पद्धति रही है अलोकतांत्रिक रूप से कार्य करने की। कांग्रेस पार्टी के अंदर भी लोकतंत्र की कोई जगह नहीं। इस पार्टी से प्रधानमंत्री कोई भी बने सत्ता की चाबी नेहरू परिवार के पास ही रहती है। ऐसे में कांग्रेस एवं उनके सहयोगियों द्वारा लोकतंत्र बचाने की बात करना हास्यास्पद ही लगता है।

पिछले कुछ वर्षों से लोकतंत्र की रक्षा एवं बोलने की स्वतंत्रता को लेकर ढोंग करने वाली कांग्रेस यह भूल जाती है कि उनके नेता ने ही आपातकाल लगाकर लोकतंत्र की हत्या की थी। जनता के अधिकारों का हनन हुआ था। पूर्व योजना के तहत पत्रकार, लेखक, राजनेताओं, सामाजिक कार्यकर्ताओं को मध्यरात्रि में गिरफ्तार कर जेल भेजा गया था। परिवार नियोजन के नाम पर लोगों को जबरन पकड़कर उनकी नसबंदी कर दी गई थी।

आपातकाल के दौरान लोकतंत्र को पूरी तरह शिकंजे में जकड़ दिया गया था। प्रेस की आजादी पर भी प्रहार किया गया था। निष्पक्ष और निर्भीक पत्रकारिता को पूरी तरह दबाने की कोशिश की गई थी। कई नए कानून बनाकर लोकतंत्र की आवाज कुचलने की साजिश रची गई। आपातकाल

लागू करने के बाद सबसे पहला बड़ा फैसला जो लिया गया, वो था प्रेस सेंसरशिप को लागू करना। 26 जून को सरकार ने प्रेस पर सेंसरशिप लागू कर दी। इस सेंसरशिप के मायने थे कि प्रेस अब सरकार की मरजी के बिना न कुछ लिखेगा, न कुछ कहेगा। रेडियो और दूरदर्शन जैसे सरकारी साधन तो पहले से ही सरकार के कब्जे में थे, प्री-सेंसरशिप लागू करके अखबारों और पत्रिकाओं की आवाज को भी घोंट देने का प्रयास किया गया। सरकार ने अखबारों के दफ्तरों में अधिकारी बिठा दिए। बिना सेंसर अधिकारी की अनुमति के अखबार अब कोई भी राजनैतिक खबर छाप नहीं सकते थे। इस सेंसरशिप का विरोध भी अखबारों ने अपने तरीके से किया। कई अखबारों ने अपने संपादकीय की जगह खाली छोड़ दी। अभिव्यक्ति की स्वतंत्रता छीनने का ये प्रतीकात्मक विरोध था, लेकिन सरकार को ये भी बरदाश्त नहीं था। जब आपातकाल लगा तब इंद्र कुमार गुजराल केंद्रीय सूचना और प्रसारण मंत्री हुआ करते थे, लेकिन 72 घंटों के अंदर उन्हें बदल दिया गया। संजय गांधी के फरमाबरदार विद्याचरण शुक्ल को नया सूचना प्रसारण मंत्री बनाया गया। पद सँभालते ही विद्याचरण शुक्ल ने 28 जून को संपादकों की बैठक तलब कर ली। संपादकों को तानाशाही अंदाज में चेताया गया कि वो संपादकीय की जगह खाली न छोड़ें। हाल इतना बुरा था कि अखबारों को आपातकाल के विरोध में लिखने को भी मना कर दिया गया, लेकिन कई निर्भीक पत्रकारों ने सरकार के खिलाफ घुटने टेकने से इनकार कर दिया। इसके बाद तो आपातकाल के दौरान सरकार सीधे दमनकारी नीति पर उतर आई। लगभग 250 से ज्यादा पत्रकारों को आपातकाल के दौरान गिरफ्तार किया गया। कुलदीप नैयर, देवेंद्र स्वरूप, श्याम खोसला, सूर्यकांत बाली, के.आर. मलकानी जैसे पत्रकारों को जेल में डाल दिया गया। कई पत्रकारों की मान्यता रद्द कर दी गई। नामचीन विदेशी समाचारपत्रों के सात पत्रकारों को भारत से निष्कासित किया गया। 290 अखबारों के विज्ञापन रोक दिए गए। अखबारों के दफ्तरों में ब्लैकआउट करवाया गया। आयकर, बिजली, नगरपालिका के बकाए के भुगतान की आड़ में अखबारों पर छापे डलवाए गए। बैंकों को विरोधी रुख अख्तियार करने वाले अखबारों को कर्ज देने से मना कर दिया गया। 'स्टेट्समैन' और

'इंडियन एक्सप्रेस' जैसे अखबारों ने फिर भी घुटने टेकने से इनकार किया तो इन्हें प्रताड़ित करने का लंबा सिलसिला चला। सरकार की दमनकारी नीति बढ़ती ही गई। प्रेस की आजादी पर प्रहार करते हुआ प्रेस काउंसिल ऑफ इंडिया को भी भंग कर दिया गया। 8 दिसंबर, 1975 को राष्ट्रपति ने संविधान के अनुच्छेद 123 के तहत अपनी शक्ति का प्रयोग करते हुए तीन अध्यादेश जारी किए। प्रेस सेंसरशिप और इन तीनों अध्यादेशों के माध्यम से सरकार ने प्रेस की आजादी को खत्म करने की ही कोशिश की थी।

सरकार के विरोध में चले जन-आंदोलन में राष्ट्रीय स्वयंसेवक संघ की व्यापक भागीदारी थी, इसलिए संघ से जुड़ी और उसकी विचारधारा का अनुसरण और अनुपालन करने वाली पत्र-पत्रिकाओं पर सबसे ज्यादा असर हुआ। पाञ्चजन्य, ऑर्गेनाइजर, मदरलैंड (दैनिक), तरुण भारत, विवेक विक्रम, राष्ट्रधर्म, युगधर्म इत्यादि को सील कर दिया गया था। हालाँकि इसके बाद भी संघ के स्वयंसेवकों और आंदोलन के कार्यकर्ताओं ने भूमिगत रूप से पत्रिकाएँ, पंपलेट, बुकलेट, हैंडबिल, परचे निकालकर कांग्रेस सरकार की दमनकारी नीतियों को आम जनता तक पहुँचाने का कार्य किया।

आपातकाल में परिवारवाद की पराकाष्ठा भी देखने को मिली, जब सभी सरकारी फैसले नेहरू परिवार के कथित राजकुमार संजय गांधी के इशारे पर लिये जाते थे।

कांग्रेस पार्टी में हालात आज भी ज्यादा नहीं बदले हैं। नेशनल हेराल्ड मामले में भ्रष्टाचार के आरोप में घिरे राहुल गांधी को जब ई.डी. ने पूछताछ के लिए अपने दफ्तर बुलाया तो विरोध में जिस तरह कांग्रेस के बड़े नेता भी सड़कों पर उतर आए, उसने एक परिवार के प्रति कांग्रेस नेताओं की फरमाबरदारी ही दिखाई। मीडिया में ये सवाल उठे कि आखिर कांग्रेस नेताओं ने सड़कों पर उतरकर ऐसा विरोध प्रदर्शन जनता के किसी मुद्दे पर करने की जहमत लंबे समय से क्यों नहीं दिखाई है?

आपातकाल को भारतीय इतिहास में लोकतंत्र के काले अध्याय के रूप में याद किया जाता है। इसे सदैव याद रखना एवं लोगों को बताना भी बेहद आवश्यक है, ताकि नई पीढ़ी के लोग समझ पाएँ कि किस प्रकार से

लोकतांत्रिक देश में असंवैधानिक रूप से कांग्रेसनीत सरकार द्वारा लोगों के मानवाधिकारों का गला घोंटा गया था। उस समय भी देश और पार्टी को माँ–बेटा की जोड़ी चलाते थे और आज 47 वर्षों के पश्चात् भी माँ–बेटा ही कांग्रेस को चला रहे हैं।

(लेखक आपातकाल में बंदी रहे, भाजपा, बिहार के प्रांतीय उपाध्यक्ष और बिहार विधान परिषद् के सदस्य हैं।)

(इस आलेख का संपादित अंश 26 जून, 2022 को 'राष्ट्रीय सहारा' में प्रकाशित हुआ।)

□

राजनीति में पैर पसारता अमर्यादित शब्द

कुछ दशक से भारतीय राजनीति की भाषा अत्यंत स्तरहीन और अमर्यादित हो गई है। मर्यादाविहीन शब्दों का प्रयोग तो अब राजनैतिक परंपरा हो गई है। अपनी साख बनाने और कम समय में शीघ्र चमकने के लिए नेतागण क्या नहीं कह देते हैं? दूसरों के प्रति बोले गए अमर्यादित शब्द केवल व्यक्ति ही नहीं, अपितु जनसमूह को भी ठेस पहुँचाते हैं और इसका समाज पर भी विपरीत प्रभाव पड़ता है। कभी-कभी तो जाति और धर्म पर भी विवादित बयान दिए जाते हैं, जिसके भयकंर नुकसान झेलने पड़ते हैं। हिंदू धर्म तो हमेशा ही इन बयानों के केंद्र में रहता है। अपनी राजनीति चमकाने में लगे माननीयों की महिलाओं पर भी अभद्र टिप्पणयाँ आम हैं। ये मर्यादाविहीन, जातिगत और धर्म पर की गई टिप्पणियों का जनसमूह पर कैसा प्रभाव पड़ेगा, इस बात की किसी भी राजनेता को चिंता नहीं है। अभिव्यक्ति के अधिकार का दुरुपयोग जमकर किया जा रहा है।

लालू यादव के राजनीति में आने से बिहार की राजनीति में अभद्र शब्दों का चलन बढ़ गया। अन्य नेताओं ने भी अपमानजनक शब्दों का जमकर प्रयोग किया। जनसभा से होते-होते यह बयानबाजी पार्लियामेंट और विधानसभाओं तक पहुँच गई है। वहाँ भी असंसदीय भाषाओं का एक-दूसरे के खिलाफ जमकर प्रयोग होता है। विवाद गहराने पर भले ही काररवाई से निकाल दिए जाते हैं अथवा क्षमा माँग लेते हैं, पर समाज के सामने ऐसे शब्दों का प्रयोग करने में हिचकते नहीं हैं। गाली के अलावा, जातिगत, धार्मिक और क्षेत्रीयता की भावना को ठेस पहुँचाने वाले अपमानजनक शब्दों का चयन खुलकर हो रहा है।

राजनीति में इस तरह की भाषा को स्थापित किया जाना बेहद अफसोसजनक है।

24 अक्तूबर, 2021 को लालू यादव ने कांग्रेस विधायक भक्तचरण दास को भकचोंहर दास कह दिया। इसके बाद इस बयानबाजी ने तूल पकड़ लिया। लालू यादव के लिए यह कोई नई और पहली बात नहीं है। इससे पहले भी ऐसे शब्दों की वजह से वो विवादों के कटघरे में खड़े पाए गए हैं। उदाहरण के तौर पर, उन्होंने 21 फरवरी, 2017 को उत्तर प्रदेश विधानसभा चुनाव के समय रायबरेली में सपा पक्ष की रैली के दौरान देश के प्रधानमंत्री श्री नरेंद्र मोदीजी के लिए अपमानजनक शब्द (हिजड़ा) तथा भाजपा अध्यक्ष (उस समय के) श्री अमित शाहजी के लिए गैंडा का प्रयोग किया। उन्होंने और भी बहुत सारी अमर्यादित बातें कही जो एक नेता के मुँह से कतई शोभा नहीं देती हैं। 10 जनवरी, 2017 को पूर्व भाजपा सांसद साक्षी महाराज को उन्होंने लफंदर बताते हुए गुंडा एक्ट के तहत जेल भेज देने की बात कही। गिरिराज सिंह को उन्होंने मेंटल केस कहा। 18 दिसंबर, 2016 को नोटबंदी की तुलना कांग्रेस के समय के नसबंदी से की। अक्तूबर 2015 में दादरी कांड पर हिंदुओं को बीफ खानेवाला बताया। जनवरी 2017 में अनिल विज को भारत का नालायक बेटा कहा। जनवरी 2017 में ही विनय कटियार को टिकुली और सिंदूर से रंग देने की बात कही। 26 मार्च, 2017 को उत्तर प्रदेश के मुख्यमंत्री योगी आदित्यनाथ द्वारा मुख्यमंत्री आवास को गंगाजल से धुलवाने पर उन्हें पिछड़ों और मुसलिमों का विरोधी बताया और लगे हाथ हुल्लड़बाजी से बचने की सलाह भी दे दी। भाजपा से सांसद रही हेमा मालिनी पर भी लालू यादव ने विवादित बयान दिए थे। 90 के दशक में उन्होंने बिहार की सड़कों को हेमा मालिनी के गालों जितना मुलायम बना देने की बात कही थी। 'बुड़बक' तो उनके मुँह पर ही रहता है। पत्रकारों के साथ भी लालू यादव का यहीं रवैया था। जून 2017 में उन्होंने पत्रकारों द्वारा प्रश्न पूछे जाने पर जवाब में 'दे देंगे दु मुक्का, नाच के गिर जाओगे' जैसे अभद्र शब्दों का प्रयोग किया।

इन राजनेताओं के अमर्यादित भाषणों का शिकार महिलाओं को भी होना पड़ता है। 'यत्र नार्यस्तु पूज्यन्ते रमन्ते तत्र देवता' वाले इस देश में नारियों के प्रति ऐसी अभद्र भाषा का प्रयोग करने वाले ये नेतागण महिलाओं को सम्मान और

अधिकार कैसे दिलाएँगे? सपा के दिग्गज नेता और उत्तर प्रदेश के मुख्यमंत्री रहते हुए मुलायम सिंह यादव ने 2014 में एक युवक पर लगे बलात्कार के आरोप पर कहा था कि लड़कों से गलती हो जाती है। इसके लिए उन्हें फाँसी पर नहीं लटकाया जा सकता है। जुलाई 2013 में कांग्रेस नेता दिग्विजय सिंह ने मध्य प्रदेश की एक रैली में मंदसौर की महिला सांसद मीनाक्षी नटराजन को सौ टका टंच माल कह दिया। कांग्रेस के वरिष्ठ नेता कमलनाथ ने भाजपा की प्रत्याशी एवं कैबिनेट मंत्री इमरती देवी को 'आइटम' कह दिया। महिलाओं पर ऐसी अनेकों अभद्र टिप्पणियाँ इन नेतागणों द्वारा कथित महिला सुरक्षा और सम्मान की धज्जियाँ उड़ा देती हैं।

इस मामले में लालू यादव अकेले नहीं हैं। ममता बनर्जी, उद्धव ठाकरे, अखिलेश यादव, मायावती, दिग्विजय सिंह, कपिल सिब्बल, कमलनाथ, मणिशंकर अय्यर, शशि थरूर, इमरान मसूद और सोनिया गांधी ने भी अपने बयानों से राजनेता की छवि को दूषित किया है। 7 दिसंबर, 2017 को मणिशंकर अय्यर ने श्री मोदीजी को बहुत नीच आदमी बताया और सभ्यता न होने की बात भी कही। प्रियंका गांधी ने भी श्री मोदीजी पर 'नीच राजनीति' का आरोप लगाया था। 2007 में गुजरात विधानसभा चुनाव के दौरान सोनिया गांधी ने श्री मोदीजी को 'मौत का सौदागर' तक कह दिया था। कोरोना के समय जब दुनिया भारत के सफल प्रबंधन को देख और सराह रही थी, तब 22 मई, 2021 को कमलनाथ ने बयान दिया कि मोदी सरकार के कारण देश बदनाम हो गया है। साथ ही, कोरोना को इंडियन वैरीएंट नाम दिया। 22 अप्रैल, 2021 को ममता बनर्जी ने दक्षिण दिनाजपुर की रैली में अमित शाहजी और श्री नरेंद्र मोदी को दिल्ली का गुंडा बताया था। कांग्रेस नेता शशि थरूर ने 18 जुलाई, 2018 को कहा था कि 'हिंदूधर्म का तालिबानीकरण हो रहा है।' इस टिप्पणी पर बड़ा विवाद भी हुआ था। ऐसे में कांग्रेस ने इन्हें सँभलकर बोलने को कहा था। उद्धव ठाकरे ने भी 2018 में उत्तर प्रदेश के मुख्यमंत्री योगी आदित्यनाथ को चप्पल से मारने की बात कही थी। इन्होंने राहुल गांधी को बेवकूफ नेता तो मणिशंकर अय्यर को जूतों से पीटने की बात भी कही थी।

जम्मू-कश्मीर के नेशनल कॉन्फ्रेंस के विधायक जावेद राणा के सैकड़ों

बयान हैं, जिन्हें सुनकर कोई सामान्य आदमी भी इन्हें राजनेता कहने में शर्मिंदगी महसूस करेगा। एक बार तो इन्होंने राष्ट्रीय ध्वज का अपमान करते हुए कहा था कि अगर जम्मू-कश्मीर राज्य से 35ए को छेड़ा गया और धारा-370 को हटाने का प्रयास किया गया तो जम्मू-कश्मीर में हिंदुस्तान के झंडे का नामोनिशान नहीं रहेगा। ये अपने बयानों में प्रधानमंत्री श्री नरेंद्र मोदी, भाजपा और आर.एस.एस. पर हमेशा टिप्पणी करते रहते हैं।

आजकल के नेता अकसर ऐसी भाषा इस्तेमाल करते हैं, जिससे हमारा सिर शर्म से झुक जाता है। राजद, कांग्रेस, बसपा, सपा जैसी पार्टियाँ भी अब सामाजिक बदलाव का जरिया न बनकर एक लाभप्रद व्यवसाय का रूप ले चुकी हैं। इन पार्टियों के मुखिया और नेता बस अपने निजी लाभ को लेकर ही मुँह खोलते हैं और विषयुक्त भाषा बोलते हैं। ये अपने आप को जनता और कार्यकर्ताओं से भी ऊपर और सर्वोच्च समझते हैं। इनका जनता से संवाद कम हुआ है। इन पार्टियों में साधारण कार्यकर्ताओं की भूमिका घटी है और आंतरिक लोकतंत्र लगभग समाप्त हो चुका है। समाज के दबे-कुचले वर्गों को सत्ता में भागीदारी दिलाने के नाम पर सामने आई ये पार्टियाँ एक व्यक्ति या परिवार के इर्द-गिर्द चक्कर लगा रही हैं। ये पार्टियाँ राजनैतिक वर्चस्व की लड़ाई में एक-दूसरे को नीचा दिखाने का कोई मौका नहीं छोड़ रही हैं। इसके लिए ये किसी भी हद तक जाने को तैयार हैं। ऐसी बयानबाजी से देश और समाज का माहौल बिगाड़ने वाले ये राजनेता अपनी गलतियों से आज तक बाज नहीं आए। दूसरे की राजनैतिक छवि को धूमिल करने के चक्कर में ये अपने ही पैरों पर कुल्हाड़ी मार लेते हैं। आज अभद्र टिप्पणी करके और गंदी भाषा के प्रयोग से राजनैतिक चर्चा में आना पॉलिटिक्स का शॉर्टकट बन गया है।

नेताओं द्वारा बोले गए शब्दों का चलन समाज में भी बढ़ता है और समाज को दूषित करता है। ऐसे नेताओं के समर्थक भी उन्हें मॉस लीडर की संज्ञा देते हैं, जो बिल्कुल गलत है। राजनेताओं की इन खराब और विवादित बोलियों को इनके उत्तराधिकारी भी स्वीकार कर लेते हैं और ऐसे ही अपशब्दों का प्रयोग आए दिनों किया करते हैं। यही कारण है कि तेजप्रताप, राजद प्रदेश अध्यक्ष जगदानंद सिंह को अपमानित करता रहा। प्राय: ऐसी भाषा का प्रयोग करनेवाले राजनेता के

व्यक्तिगत जीवन को समाज ठीक दृष्टि से नहीं देखता है। ऐसे विवादित बयान इन नेताओं की वास्तविकता को प्रत्यक्ष करते हैं। कहा जाता है कि 'अगर किसी के बारे में जानना है तो उसे आप बोलने दें।' व्यक्ति की भाषा उसके व्यक्तित्व की परिचायक होती है। जिन्हें बोली की मर्यादा न हो वो शासन-व्यवस्था चलाने के योग्य कैसे हैं? किसी को बेवकूफ और झूठा कहना भी बहुत अपमानजनक बात है और इससे भी बचना चाहिए।

देश में ऐसे-ऐसे नेता भी हुए, जिन्होंने अपनी भाषायी गरिमा हमेशा बनाई रखी, जिसके कारण जनता ने उन्हें सर-आँखों पर बिठाया। लोकनायक जयप्रकाश नारायण, इंदिरा गांधी के खिलाफ चलाए गए आंदोलनों में नेतृत्व के दौरान कभी उत्तेजित नहीं होते थे। चाहे उन पर किसी तरफ से आक्रमण किया जाए, वे बहुत ही सामान्य और संजीदा ढंग से अपनी बात रखते थे। इसी कारण जनता के बीच उन्हें लोकप्रियता मिली और उनका आंदोलन एक व्यापक आंदोलन बन गया। पूर्व प्रधानमंत्री श्रद्धेय अटल बिहारी वाजपेयीजी भी अपने विपक्षियों का विरोध शालीनता के साथ किया करते थे। उनका हाजिरजवाबी भरा अंदाज सर्वविदित है। अपने इन्हीं अंदाज के साथ वे विपक्षियों को धो डालते थे। राममनोहर लोहिया, जॉर्ज फर्नांडिस, लालकृष्ण आडवाणी ऐसे राजनेता हुए, जिन्होंने अपने संयमित भाषणों से जनता के हृदय पर राज किया था और जनता ने भी इन्हें उतना ही सम्मान दिया। समझनेवाली बात हैं कि राजनैतिक बहस में शाब्दिक गोलाबारी की जरूरत नहीं है, बल्कि संयम के साथ सुनने और उत्तर देने की जरूरत है, परंतु आज के राजनेता चुनाव जीतने के लिए जो मन में आए वहीं बोल देते हैं। ऐसे भड़काऊ बयान देने वाले राजनेताओं के भाषण कभी-कभी छोटे-बड़े दंगों की वजह भी बन जाते हैं, मगर इसके बावजूद ये लोग ऐसी अमर्यादित भाषा के उपयोग से बाज नहीं आते।

एक बड़ा जनसमूह नेता का अनुकरण कर रहा होता है। ऐसे में उसे हमेशा चाहिए कि देश और समाज के हित में ही बोले और उस पर कार्य करे। आपसी बयानबाजी और विवादित टिप्पणियों के बजाय जनता की सेवा करके प्रसिद्ध होने का प्रयास करे। एक अच्छा नेता वही होता है, जो सामाजिक सौहार्द के साथ राष्ट्र की उन्नति के लिए कार्य करे। इसके लिए समाज में

कार्य की कमी नहीं है। विवादित टिप्पणी करके वर्ग विशेष की आँखों का तारा बनने से अच्छा, समाज की भलाई करके समाज की नजर में नायक बनना है। ऐसे कार्यों से मिली प्रसिद्धि भी स्थाई होती है। समाज में ऐसे बहुत लोग मिल जाएँगे, जिन्होंने अपने काम से समाज के लिए मिसाल पेश की है। जनता इन्हें स्वयं ही नेता मान लेती है।

भारत के प्रधानमंत्री श्री नरेंद्र मोदी भी इसी राह पर चलकर जन-जन के नायक बने हुए हैं। उन्होंने कथनी के बजाय करनी पर बल दिया। सर्वधर्म समभाव का दृष्टिकोण अपनाकर बिना किसी भेदभाव के सबके बारे में सोचा और कार्य किया। अपने अप्रतिम कार्यों से उन्होंने देश का कायापलट कर दिया है। उन्होंने जो वादा देश की जनता से किया उसे पूरा किया। परिणामस्वरूप विश्व उन्हें सम्मान की दृष्टि से देखता है और उनके नेतृत्व को सराहता भी है।

विपक्ष की बौखलाहट यह स्पष्ट करती है कि आज वह चारों खाने चित है। विपक्ष और अन्य राजनेताओं को श्री मोदीजी से विवादित टिप्पणियों की बजाय देशहित में काम करना सीखना चाहिए। अन्यथा भड़काऊ भाषणों के सहारे राजनीति नहीं टिकनेवाली है। बढ़ती तकनीक ने जानकारी को और सुगम बना दिया है। अब जनता सब जानती है कि कौन काम करनेवाला है, कौन बातें बनानेवाला और कौन भड़काऊ भाषण देने वाला? जनता जानती है कि उनका नायक कौन है। अत: विवादित बयानबाजी के बजाय उत्तम कर्म और आचरण की राजनीति अपनाए, इसी में समाज और देश का भला होगा।

(इस आलेख का संपादित अंश 16 मार्च, 2022 को 'स्वदेश' (भोपाल), 21 मार्च, 2022 को 'द पायनियर' (अंग्रेजी संस्करण) और 1 अप्रैल, 2022 को (हिंदी संस्करण) में प्रकाशित हुआ।)

□

स्वाधीनता के महानायक : बाबू वीर कुँवर सिंह

बिहार के महान् स्वतंत्रता सेनानी बाबू वीर कुँवर सिंह के बारे में ब्रिटिश इतिहासकार होम्स ने लिखा है कि 'उस बूढ़े राजपूत ने ब्रिटिश सत्ता के विरुद्ध अद्‌भुत वीरता और आन-बान के साथ लड़ाई लड़ी। यह गनीमत थी कि युद्ध के समय कुँवर सिंह की उम्र 80 वर्ष के करीब थी। अगर वह जवान होते तो शायद अंग्रेजों को सन् 1857 में ही भारत छोड़ना पड़ता।' प्रथम भारतीय स्वतंत्रता संग्राम के महान् सेनानी बाबू वीर कुँवर सिंह ने 80 वर्ष की अवस्था में भी अंग्रेजों को छठी का दूध याद दिला दिया। सन् 1847 के बाद बिहार में कोई बड़े रजवाड़े नहीं रह गए थे। ये इकलौते रह गए थे। 80 वर्ष की अवस्था में जहाँ लोग चलने के लिए डंडे का सहारा लेने लगते हैं, वहीं बाबू वीर कुँवर सिंह ने अपने राष्ट्र की स्वतंत्रता को बचाने के लिए अंग्रेजों के विरोध में तलवार उठाई। स्वतंत्रता संग्राम में जहाँ कम आयु के जोशिले और मरने-मारने को उन्मत क्रांतिकारी होते थे, वहीं एक 80 वर्ष के राजा का विश्व इतिहास में शयद पहले क्रांतिकारी के रूप में वर्णन मिलता है। उन्होंने अपनी उम्र को खुद पर हावी नहीं होने दिया। अत्यंत निडर, बहादुर, स्वतंत्रता-प्रेमी व अन्याय के विरोधी बाबू वीर कुँवर सिंह ने आजीवन गुलामी स्वीकार नहीं की। उन्होंने स्वतंत्रता को बनाए रखने के लिए कई लड़ाइयाँ लड़ीं और विजयी भी हुए। उनका साहस और शौर्य अप्रतिम था, जिसे देख अंग्रेजों के छक्के छूट जाते थे।

भारत में औपनिवेशिक सत्ता के विरुद्ध प्रथम स्वतंत्रता संग्राम की शुरुआत

सन् 1857 में हुई। मंगल पांडेय ने सैनिक छावनी से अंग्रेजों के विरोध में इस विद्रोह की शुरुआत की। इसके बाद 10 मई, 1857 को मेरठ में सैनिकों ने अंग्रेजों के विरुद्ध मोर्चा गठित किया और मेरठ जेल पर हमला कर 836 कैदियों को छुड़ा लिया। इसके बाद जेल में आग लगा दी गई। जेल से छुड़ाए कैदी भी विद्रोह में शामिल हो गए। क्रांतिकारी घटनाओं को अंजाम देने के बाद सिपाही रात में ही दिल्ली की ओर निकल पड़े। धीरे-धीरे यह विद्रोह पूरे भारत में फैल गया और भारत के कोने-कोने से अंग्रेजों के विरुद्ध आवाज उठने लगी। कानपुर, मेरठ, लखनऊ, झाँसी, इलाहाबाद और दिल्ली में भी विद्रोह की भयंकर ज्वाला भड़क उठी। अंग्रेजों के विरुद्ध खड़ी हुई इस क्रांति ने उनके हौसले पस्त कर दिए। झाँसी से रानी लक्ष्मीबाई, कानपुर से नाना साहेब और तात्या टोपे तथा अन्य क्षेत्रों से क्रांतिकारियों ने अंग्रेजों के खिलाफ विद्रोह कर दिया। छोटे स्तर से शुरू हुए इस विद्रोह ने जल्द ही व्यापक रूप ले लिया।

बिहार से बाबू वीर कुँवर सिंह ने अपने सेनापति और दानापुर में विद्रोह करने वाले तीन पलटनों के सैनिकों को साथ लेकर सन् 1857 के विद्रोह का नेतृत्व करना शुरू किया। अपने सिपाहियों तथा अन्य साथियों के साथ उन्होंने जिला मुख्यालय आरा को अपने कब्जे में कर लिया। अंग्रेजों को वहाँ से भागना पड़ा। तब अंग्रेजों ने कप्तान डनबर की अगुआई में सेना भेजी। डनबर अपने जवानों के साथ सोन नदी पार कर आरा के वन-क्षेत्र में प्रवेश कर गया। जैसे ही डनबर नजदीक आया कुँवर सिंह ने छापामार युद्धकला का परिचय देते हुए उस पर हमला बोल दिया। अंग्रेजों की उस सेना में से केवल 50 सैनिक ही बचकर वापस लौट पाए थे। इस करारी हार से अंग्रेज तिलमिला उठे। पुन: अंग्रेजों द्वारा आरा को जीतने हेतु मेजर विंसेंट आयर के नेतृत्व में आरा पर आक्रमण किया गया। बीबीगंज और बिहिया के जंगलों में घमासान युद्ध हुआ। तोपों और एनफील्ड राइफल्स के होने के कारण अंग्रेज इस युद्ध को जीत गए। वहाँ से बाबू वीर कुँवर सिंह जगदीशपुर बढ़ गए, परंतु आरा पर कब्जा करने के बाद आयर ने जगदीशपुर पर भी आक्रमण कर दिया। आयर का साथ देने के लिए अंग्रेजों की एक और पलटन आ गई। अस्त्र-शस्त्र की कमी और दुश्मन की बढ़ी हुई शक्ति देखकर कुँवर सिंह जगदीशपुर से सत्रह सौ सैनिकों के साथ अंग्रेजों को गुरिल्ला युद्ध से

परेशान कर अंग्रेजों के छक्के छुड़ाते रहे। अंग्रेज अधिकारी विंसेंट आयर ने किले पर कब्जा कर लिया। कुँवर सिंह अब छापामार हमले कर अंग्रेजों को परेशान करने लगे। वे बाँदा, रीवाँ, आजमगढ़, बनारस, बलिया, गाजीपुर एवं गोरखपुर में अंग्रेजों के खिलाफ आवाज उठाते रहे। उन्होंने कई अंग्रेज अधिकारियों को मात दी। वे अन्य क्रांतिकारियों के साथ मिलकर अंग्रेजों के विरुद्ध विप्लव मचाने लगे।

बाबू वीर कुँवर सिंह जिस मार्ग से गुजरते थे, उन मार्गों के क्रांतिकारियों में क्रांति की ज्वार उमड़ पड़ती थी। केवल क्रांतिकारी भावना से अनेक सैनिक बिना वेतन के उनकी सेना में शामिल होकर अंग्रेजों के विरुद्ध युद्ध छेड़ते रहते थे। उनकी कूटनीति और युद्ध-कौशल की प्रशंसा इतिहासकार मैलेसन ने भी खूब की है। अपनी इन विप्लवी रणनीतियों से वे क्रांतिकारियों के बीच प्रेरणा-पुरुष के रूप में स्थापित हुए। आजमगढ़ में अंग्रेजों के विरुद्ध आतंक स्थापित करने के बाद उन्होंने बिहार लौटने का उपक्रम बनाया। अंग्रेज अधिकारी डगलस भी उनका पीछा कर रह था। उन्होंने अफवाह फैला दी कि वे बलिया के नजदीक हाथियों से अपनी सेना पार कराएँगे, जबकि बलिया से सात मिल दूर उनकी सेना शिवराजपुर में नाव द्वारा गंगा पार कर रही थी। जब तक डगलस को पता चला और उनका पीछा करता हुआ वह वहाँ पहुँचा, तब तक पूरी सेना गंगा पार कर चुकी थी। अंतिम नाव शेष बची थी। इस अंतिम नाव में ही वीर कुँवर सिंह थे। नाव अभी गंगा नदी में ही थी कि अंग्रेजों ने गोलीबारी शुरू कर दी। एक गोली कुँवर सिंह के बाएँ भुजा में आकर लगी। बाबू वीर कुँवर सिंह ने यह कहते हुए कि 'हे गंगा माई! तुम्हारी यही मर्जी है तो लो मैं तुम्हें अपनी भुजा समर्पित करता हूँ।' उन्होंने अपनी तलवार से उस बाँह को कोहनी के पास से काटकर माँ गंगा को भेंटस्वरूप समर्पित कर दिया। प्रसिद्ध नाटककार एवं कवि स्व. रामेश्वर सिंह 'कश्यप' ने इस घटना को कविता के माध्यम से व्यक्त किया—'मातु गंग, तोहरा तरंग पर, हमार बाँह अरपित बा।'

जगदीशपुर पहुँचने के पश्चात् बाबू वीर कुँवर सिंह ने भाई अमर सिंह द्वारा पूर्व से तैयार कुछ सैनिकों के साथ जगदीशपुर पर पुनः अपनी सत्ता स्थापित की। 22 अप्रैल को उन्होंने 2000 सैनिकों के साथ जगदीशपुर में प्रवेश किया। अंग्रेज जगदीशपुर पर केवल 8 माह ही शासन कर सके। इसके बाद पुनः ली ग्रांड के

नेतृत्व में अंग्रेजों ने एक टुकड़ी भेजी, लेकिन वीर कुँवर सिंह अपने कौशल से उसकी टुकड़ी को तीतर-बितर कर दिए। ली ग्रांड भी सैनिकों के साथ मारा गया। अंग्रेज अपनी सेना को इस तरह से मात खाते देख खिन्न रह गए। 23 अप्रैल, 1858 को बाबू वीर कुँवर सिंह ने अपनी गद्दी पुनः सँभाल ली; परंतु वे इस गद्दी पर लंबे समय तक नहीं रह सके। उनके हाथ के जख्म ने गहरा रूप ले लिया था। गोली का विष भी बदन में फैल गया था। अंततोगत्वा 26 अप्रैल, 1858 को उनका निधन हो गया। गौरवशाली मृत्यु का वरण कर बाबू कुँवर सिंह अमर हो गए। निधन के समय उनके किले पर स्वतंत्रता का परचम लहरा रहा था।

ली ग्रांड के साथ बाबू वीर कुँवर सिंह के युद्ध के बारे में चार्ल्स बाल अपनी पुस्तक 'द हिस्टरी ऑफ द इंडियन म्युटिनी' में लिखता है कि 'जो कुछ हुआ, उसे लिखते हुए लज्जा आती है। लड़ाई का मैदान छोड़ हमने जंगलों में भागना शुरू किया। शत्रु हमें बराबर पीछे से पिटता रहा। हमारे सिपाही प्यास से मर रहे थे। वे एक गंदे, छोटे से पोखर की ओर लपके। कुँवर सिंह के सिपाहियों ने वहाँ भी आ दबोचा। जिल्लत की कोई हद न रही। चारों ओर आहों, कराहों और रुदन के सिवा कुछ भी नहीं था। दवा मिल सकना असंभव था। अस्पतालों पर कुँवर सिंह के सिपाहियों का कब्जा था। हम केवल वध के लिए गए थे।'

बाबू वीर कुँवर सिंह भारतीय जनमानस की गरिमामयी स्मृतियों का अभिन्न हिस्सा हैं। वे अपने पिता की तरह जनप्रिय शासक थे। उन्होंने जनता पर कभी अत्याचार नहीं किया। जनता ने उन्हें भरपूर मान-सम्मान दिया। तमाम विपरीत परिस्थितियों के बावजूद उन्होंने कभी धैर्य नहीं खोया। अपने रियासत के सरदार रहते हुए उन्होंने उसे हर प्रकार से सँभाला। जीवन और मृत्यु के गहन संघर्षों के बावजूद उन्होंने कभी क्रूरता नहीं दिखाई। वे एक सच्चे क्रांतिकारी और जवाबदेह शासक थे। उनका चरित्र अत्यंत पवित्र था। आज भी बिहार की लोक-संस्कृति में उनको लेकर अनेक लोकगीत और लोककथाएँ प्रचलित हैं। सुभद्राकुमारी चौहान द्वारा रचित उनकी कविता 'झाँसी की रानी' कविता में भी उनका वर्णन आता है। प्रसिद्ध कवि मनोरंजन प्रसाद सिंह ने भी अपनी कविता में लिखा है कि 'अस्सी वर्षों की हड्डी में जागा जोश पुराना था। सब कहते हैं कुँवर सिंह भी बड़ा वीर मर्दाना था।' महाकवि आर.सी. प्रसाद सिंह ने भी अपनी 80 वर्ष की

आयु में ही बाबू कुंवर सिंह पर एक प्रबंध काव्य लिखा है।

भारतीय इतिहासकारों ने भारत की महान् विभूतियों के साथ दोहरा भाव अपनाया है। उन्होंने बाबू वीर कुँवर सिंह, झाँसी की रानी लक्ष्मीबाई, तात्या टोपे, नाना साहेब, भगत सिंह, सुभाषचंद्र बोस, लाला लाजपत राय, बाल गंगाधर तिलक, चंद्रशेखर आजाद, बिरसा मुंडा आदि जैसे महान् और बलिदानी स्वतंत्रता सेनानियों को इतिहास के पन्नों में कम ही स्थान दिया है। राजनीति से प्रेरित होकर स्वतंत्रता के बाद के इतिहासकारों ने कुछ विशेष परिवार और व्यक्ति के बारे में उनकी प्रशंसा को खूब बढ़ा-चढ़ाकर लिखा। जबकि इन महान् विभूतियों का स्वतंत्रता संग्राम में अहम योगदान रहा है, फिर भी इनके बारे में कम ही वर्णन किया है। भारतीय जन-मानस के ह्रदय में ये सब रचे-बसे हैं, परंतु इतिहास के पन्नों में इनका स्थान कम ही दर्ज है।

भारतीय स्वतंत्रता के 75 वर्ष पूर्ण होने पर वर्तमान भारत सरकार इसे 'आजादी का अमृत महोत्सव' के रूप में मना रही है। इस सरकार ने ऐसे ऐतिहासिक क्रांतिकारी पुरुष, जिन्होंने भारत की स्वतंत्रता हेतु बड़ी भूमिका निभाई, परंतु उनका वर्णन इतिहास में कम मिलता है, उन पर कार्य किया। ऐसे गुमनाम नायक, जिनके बलिदान ने हमारे लिए स्वतंत्रता को वास्तविकता बना दिया, उनकी कहानियों को सँजोना इसके लक्ष्यों में है। भारत के प्रधानमंत्री श्री नरेंद्र मोदी जी ने स्वतंत्रता संग्राम के क्रांतिकारियों को उनका यथोचित सम्मान दिलाने का काम शुरू से ही किया है। उनके प्रयासों ने भारत के उन वीर नायकों, जिनकी कहानी केवल उनके क्षेत्रों में सुनने को मिलती थी, उनको भारत भर में लोग जानने और सुनने लगे हैं। जो देश अपने इतिहास के नायकों, उनकी वीरता के किस्सों को विस्मृत कर देता है, वह देश वीरता से हीन हो जाता है। इसलिए यह आवश्यक है कि हम बाबू वीर कुँवर सिंह जैसे महान् नायकों को अपनी स्मृतियों के साथ इतहास के पन्नों में भी स्थान दें, ताकि आगे आने वाली पीढ़ी इनसे प्रेरणा लेकर वीरता का पाठ सिख सके।

(इस आलेख का संपादित अंश 23 अप्रैल, 2022 को 'पंजाब केसरी' (दिल्ली) में प्रकाशित हुआ।)

□

सामाजिकी

जातीय जनगणना : तर्कसंगत नहीं है माँग

भारत में हर दस वर्ष के बाद जनगणना का समय आते ही 'जातीय जनगणना' बहस का विषय बन जाता है। आज 2021 की जनगणना को लेकर कई राजनैतिक दल राष्ट्रव्यापी जाति आधारित जनगणना की माँग कर रहे हैं।

ऐसे में यह बहुत ही गंभीर एवं चिंतनीय मुद्दा बन जाता है कि जातीय जनगणना आज के संदर्भ में कितना वांछनीय है? पूर्व में तमिलनाडु जैसे कुछ राज्यों में यह चुनावी मुद्दा बन चुका है। बिहार, यू.पी. समेत कई राज्यों के राजनैतिक दलों द्वारा इसकी माँग जोर पकड़ रही है। बिहार में तो दोनों सदनों से इसे पारित भी किया जा चुका है और दो दिन पूर्व ही मुख्यमंत्री नीतीश कुमारजी के नेतृत्व में 10 राजनैतिक दलों के 11 सदस्यीय प्रतिनिधिमंडल ने प्रधानमंत्री श्री नरेंद्र मोदीजी से मुलाकात कर इसकी माँग रखी है, लेकिन ऐसा करना देशहित एवं राष्ट्र की एकता के लिए कितना खतरनाक हो सकता है, इस पर सारी राजनैतिक पार्टियों को दलगत राजनीति से ऊपर उठकर राष्ट्र और समाज के हित में जरूर मंथन करने की जरूरत है। ये कोई साधारण विषय नहीं है कि जल्दीबाजी में इसका निर्णय लिया जाए। यह राष्ट्र की एकता और अखंडता की कीमत पर लिया जाने वाला निर्णय सिद्ध हो सकता है।

ये कोई पहली बार नहीं है कि जातिगत जनगणना की यह माँग एवं चर्चा शुरू हुई है। भारत में अंतिम बार सन् 1931 में जातिगत जनगणना हुई

थी, किंतु सन् 1941 में द्वितीय विश्वयुद्ध शुरू हो जाने के कारण जातिगत जनगणना नहीं हो पाई थी। पुनः 1947 में देश के आजाद होने के बाद 1951 में तत्कालीन सरकार के समक्ष भी जातीय जनगणना कराने का प्रस्ताव आया था, परंतु तत्कालीन सरकार भी जाति के आधार पर जनगणना नहीं चाहती थी। तब के गृहमंत्री सरदार पटेल ने इसे यह कहकर नकार दिया था कि जातिगत जनगणना से देश का सामाजिक ताना-बाना बिगड़ सकता है। सन् 2011 में भी इसकी माँग उठी थी, लेकिन तब की सरकार ने भी इसे नकार दिया था, लेकिन हाँ, आर्थिक आधार पर सर्वेक्षण अवश्य हुआ था और उसके आधार पर आज केंद्र की सरकार माननीय श्री नरेंद्र मोदीजी के नेतृत्व में देश के गरीब, वंचित, पिछड़े वर्ग के लिए कई योजनाओं को क्रियान्वित कर रही है। इसका लाभ करोड़ों भारतीयों को मिल रहा है। उदाहरण के तौर पर मुफ्त में अनाज, महिलाओं को मुफ्त में गैस सिलेंडर, जन-धन के माध्यम से बैंक का खाता खुलना, किसानों को प्रतिवर्ष 6,000 रुपए की राशि से लेकर आयुष्मान भारत जैसी कई जनकल्याणकाणी योजनाओं का फायदा समाज के अंतिम पायदान पर बैठे व्यक्ति को भी मिल रहा है। वास्तव में आज के समय में समाज को इसकी ही जरूरत है, ताकि सबका विकास हो सके।

यह कैसी विडंबना है कि लोकनायक जयप्रकाश नारायण और डॉ. लोहिया के रास्ते पर कथित रूप से चलने वाले राजनेता ही जातिगत जनगणना की माँग के लिए अपनी आवाज बुलंद कर रहे हैं, जबकि सच्चाई यह है कि ये दोनों महापुरुष इसके सख्त खिलाफ थे। उन लोगों का मानना था कि जातीयता भारत के विकास के लिए रोड़ा बनेगी। लोकनायक जयप्रकाश ने तो अपनी संपूर्ण क्रांति के सात क्रांतियों में सामाजिक क्रांति को ही बहुत महत्त्वपूर्ण माना था और वह हमेशा से कहते थे कि जात-पात के भेदभाव को मिटाकर जातीय व्यवस्था को खत्म करना चाहिए। सन् 1974 में अपने गाँव सिताब-दियरा में अपने आंदोलन की शुरुआत की थी, तब उसमें लोकनायक के साथ करीब दस हजार लोग उस सभा में मौजूद थे और सब ने अपना जनेऊ तोड़कर जाति प्रथा को छोड़ने का संकल्प लिया था, इसके साथ ही जेपी ने नारा दिया था—'जाति छोड़ो, जनेऊ तोड़ो, मानव को मानव से जोड़ो।' ऐसे महापुरुषों के

विचारों को कथित तौर पर मानने वाले राजनेता जाति की बात करेंगे तो यह कितना हास्यास्पद है। ऐसे में अगर आज जेपी होते तो इन लोगों से कितना नाराज एवं दु:खी होते।

डॉ. लोहिया का भी कहना था कि जाति रूढ़िवादी शक्ति का प्रतीक है, जो जड़ता को बढ़ावा देता है। भारत के संविधान निर्माता बाबा साहेब डॉ. भीमराव आंबेडकरजी भी जातिवाद के घोर विरोधी थे और वह कहा करते थे कि जातिवाद से दक्षता में वृद्धि नहीं हो सकती और न ही यह जातीयता नस्ल में सुधार कर सकती है।

जातीय जनगणना का दुष्परिणाम यह होगा कि इससे हिंदुओं का विघटन और उसका मनोबल टूटेगा। राष्ट्रीय स्वयंसेवक संघ द्वारा सामाजिक समरसता को बरकरार रखने के लिए वर्षों तक अनेक संकल्प और प्रकल्प के माध्यम से कई ऐतिहासिक कार्य समाज हित में किए गए हैं, तभी तो इस विषय में राष्ट्रीय स्वयंसेवक संघ के सरसंघचालक बाला साहेब देवरस का कार्य मील का पत्थर साबित हुआ है। इसके अलावा महात्मा गांधी, विनोबा भावे, पंडित दीनदयाल उपाध्याय जैसे कई महान् व्यक्तित्वों ने जाति प्रथा हटाने की बात करते हुए सामाजिक समरसता की वकालत की है। इन सभी समाज सुधारक नेताओं का मानना था कि जाति प्रथा को खत्म करने से ही भारत का विकास संभव होगा एवं गौरवशाली राष्ट्र का निर्माण किया जा सकता है।

ऐसे में जातीय जनगणना की बात एवं माँग करना इन महापुरुषों के विचार के खिलाफ और उनका अपमान करने जैसा होगा। इससे समाज में विभाजन होगा और जातीय राजनीतीकरण को बढ़ावा मिलेगा, जो राष्ट्र की एकता एवं अखंडता के लिए उचित नहीं है। जिन राजनैतिक लोगों को लगता है कि ऐसा होने से उनको फायदा मिलेगा तो यह उनका भ्रम है, इससे देश को तोड़ने वाली ताकतों को बढ़वा और मौका जरूर मिल सकता है।

इस समय हमें अपने इतिहास को जरूर याद करना चाहिए और समझने की कोशिश करनी चाहिए कि कैसे अंग्रेजों ने जातीय जनगणना का इस्तेमाल करके हमें तोड़ने और बाँटने की कोशिश की थी। उसे हम पुन: क्यों दोहराना चाहते हैं? जातीय राजनीतीकरण को बढ़ावा मिलने से देश को हमेशा परेशानियों

का सामना करना पड़ा है। बिहार और उत्तर प्रदेश इसका नतीजा भुगत चुके हैं। जनगणना अपने आप में बहुत ही जटिल कार्य है। जनगणना में जब कोई भी नई प्रविष्टि दर्ज हो जाती है तो उससे एक नई राजनीति भी जन्म लेती है। इसका दुष्प्रभाव यह होगा कि जातीय जनगणना से जाति के आधार पर नई पार्टियाँ और एसोसिएशन बनने लगेंगे, जो किसी भी प्रकार से देश की एकता को एकजुट नहीं रख सकता है। ओबीसी और दलितों में ही बहुत सारी छोटी-छोटी जातियाँ हैं। ये जातिगत जनगणना का एक बेहद नकारात्मक पहलू है, जो राष्ट्र की सेहत के लिए बिल्कुल सही नहीं है। आखिरकार, एक अच्छे समाज का झुकाव जाति को बचाने के लिए नहीं, बल्कि लोकतंत्र को मजबूत करने के लिए होना चाहिए।

यह कितना ही दुर्भाग्यपूर्ण होगा कि आज आजादी के 75 वर्ष बाद भी हम लोग विकास के बजाय विनाश के रास्ते पर जा रहे हैं। आज जहाँ हम एक देश के रूप में खड़े हैं, ऐसा होने से कल हम जाति विशेष में बँधकर सिमट जाएँगे, इसलिए हम सबको इस पर गहन चर्चा करने की जरूरत है। आज जहाँ देश की आबादी विश्व में दूसरे स्थान पर है। ऐसे में जातीय जनगणना होने से लोग कई जातियों में बँट जाएँगे और अपनी-अपनी जातियों की जनसंख्या बढ़ाने की होड़ में लगे रहेंगे, जिसके कारण देश काफी पीछे चला जाएगा। पहले से ही हम लोग कई चुनौतियों से जुझ रहे हैं। ऐसे में अगर जनसंख्या बढ़ेगी तो स्थिति कितनी भयावह होगी, यह अकल्पनीय है।

अतः इसको साफ शब्दों में कहें तो जातीय जनगणना भारत की एकता और अखंडता को आघात करने वाली माँग है, सामाजिक समरसता खत्म करने वाला है। ये राजधर्म के बिल्कुल खिलाफ है। ऐसे में समाज के सारे प्रबुद्ध लोगों को एक मंच पर आकर राष्ट्रधर्म के विषय में विकास के मुद्दे पर चिंतन करने की जरूरत है।

(इस आलेख का संपादित अंश 30 अगस्त, 2021 को 'द पायनियर' (हिंदी संस्करण), 24 अगस्त, 2021 को 'राष्ट्रीय सहारा', 24 अगस्त, 2021 को 'प्रात:किरण' तथा अंग्रेजी अनुवाद 28 अगस्त, 2021 को 'द पायनियर' (अंग्रेजी) में प्रकाशित हुआ।)

□

कई समस्याओं का समाधान : समान नागरिक संहिता

सन् 2014 के बाद से देश में कई ऐसे बदलाव हुए हैं, जो विगत 60 वर्षों तक नीति, नीयत के अभाव में लटका पड़ा था। मामला ट्रिपल तलाक के खिलाफ कानून बनाने से लेकर जम्मू-कश्मीर से धारा 370 हटाने का हो या फिर राम मंदिर निर्माण का। इन सबके बाद से अब देश में समान नागरिक संहिता को लेकर भी चर्चा जोरों पर है। समस्त भारत में एक कानून का मुद्दा स्वतंत्रता के पश्चात् से उठता रहा है। समान नागरिक संहिता संविधान सभा के एजेंडा में भी था, तभी तो संविधान में इसको शामिल कराने को लेकर काफी बहस हुई थी। उसमें एक प्रस्ताव रखा गया था कि सिविल मामलों के संबंध में देश में एक समान कानून होना चाहिए या नहीं? जिसमें उस समय की संविधान सभा के कुछ मुसलिम प्रतिनिधियों द्वारा इसका पुरजोर विरोध किया गया था। कांग्रेस के कुछ बड़े नेता भी इसके पक्ष में नहीं थे, जबकि डॉ. आंबेडकर इसको संविधान में शामिल कराने के पक्ष में थे। उस समय डॉ. आंबेडकर ने कहा था कि रूढ़िवादी समाज में धर्म भले ही जीवन के हर पहलू को संचालित करता हो, लेकिन आधुनिक लोकतंत्र में धार्मिक क्षेत्राधिकार को घटाए बगैर समानता और भेदभाव को दूर नहीं किया जा सकता है।

संयुक्त राष्ट्र द्वारा दी गई अल्पसंख्यक की परिभाषा के अनुसार, "ऐसा समुदाय जिसका सामाजिक, आर्थिक तथा राजनैतिक रूप से कोई प्रभाव न हो और जिसकी अबादी नगण्य हो, उसे अल्पसंख्यक कहा जाएगा।" इस आधार

पर अलग-अलग देशों में विभिन्न धर्म के लोगों को अल्पसंख्यक का दरजा प्राप्त है। भारत में मुसलिम, सिख, बौद्ध, पारसी, ईसाई और जैन समुदाय को अल्पसंख्यक का दरजा प्राप्त है। वैसे तो किसी भी देश में अल्पसंख्यकों को विशेष सुविधा मिलनी चाहिए, लेकिन हमारे पड़ोसी तथा अन्य देशों में अब अल्पसंख्यकों के साथ कैसा व्यवहार हो रहा है, यह दुनिया जानती है। स्थिति तो अब यहाँ तक पहुँच गई है कि दिन-ब-दिन उनके साथ हो रहे दुर्व्यवहार की घटना ज्यादा देखने को मिलती हैं। विशेषकर इसलामिक देशों में अल्पसंख्यकों के लिए कोई मानवाधिकार नहीं होता है। तिब्बत में चीन द्वारा वहाँ की सांस्कृतिक पहचान मिटाने के लिए पूरा प्रयास किया जाता रहा है। बांग्लादेश में भी धार्मिक अल्पसंख्यकों का बुरा हाल है। आए दिन वहाँ पर अल्पसंख्यक, विशेषकर हिंदुओं के साथ अमानवीय घटना होती रहती हैं। श्रीलंका में भी तमिल एवं अन्य अल्पसंख्यकों को भेदभाव का सामना करना पड़ता है। पाकिस्तान में अल्पसंख्यकों पर अत्याचार की घटना देश बँटवारे के समय से ही होती रही हैं। भारत के प्रथम गृहमंत्री सरदार पटेल एवं वाणिज्य और उद्योग मंत्री डॉ. श्यामा प्रसाद मुकर्जी के मना करने के बावजूद तत्कालीन प्रधानमंत्री पंडित नेहरू ने 8 अप्रैल, 1950 को पाकिस्तान के साथ द्विपक्षीय समझौता किया था, जिसे नेहरू-लियाकत और दिल्ली पैक्ट के नाम से भी जानते हैं। इसका लक्ष्य था, दोनों राष्ट्रों के अल्पसंख्यकों को सुरक्षा प्रदान करना, लेकिन यह समझौता पूरी तरह विफल रहा और पाकिस्तान में हिंदू परिवारों का जबरन धर्म परिवर्तन, मंदिरों को तोड़ने और लड़कियों तथा महिलाओं के साथ दुष्कर्म की घटना घटित होती रहती हैं। सयुंक्त राष्ट्र की कमीशन ऑन स्टेटस ऑफ वीमेन (सी. एस.डब्ल्यू.) ने भी अपनी रिपोर्ट में अल्पसंख्यकों के साथ हो रहे भेदभाव को अक्षरित किया था। 'पाकिस्तान : धार्मिक स्वतंत्रता पर हमला' नामक शीर्षक से प्रकाशित रिपोर्ट में अल्पसंख्यकों पर हो रहे अत्याचार पर चिंता व्यक्त की गई थी। रिपोर्ट में इसके लिए वहाँ की सरकार को जिम्मेदार ठहराया गया था। इन सभी कारणों से ही बांग्लादेश, पाकिस्तान एवं अफगानिस्तान में अल्पसंख्यकों की जनसंख्या में भारी गिरावट हुई है। दूसरी तरफ हिंदू बहुल राष्ट्र होने के बाद भी भारत अल्पसंख्यकों के लिए सबसे सुरक्षित देश है। इतना ही नहीं भारत में

अल्पसंख्यक समाज के लोग राष्ट्रपति, उपराष्ट्रपति, प्रधानमंत्री, सुप्रीम कोर्ट के मुख्य न्यायाधीश जैसे कई महत्त्वपूर्ण पदों पर भी रहे हैं।

विश्व के सबसे बड़े लोकतांत्रिक एवं पंथनिरपेक्ष देश भारत में स्वतंत्रता के 75 वर्षों के पश्चात् भी सभी धर्मों के लिए एक कानून नहीं होने के कारण समान नागरिक संहिता चर्चा का केंद्रबिंदु बना हुआ है। जब भारत का संविधान एक है, यहाँ के लोगों के मौलिक अधिकार एक हैं, तो फिर इन सबके लिए कानून अलग-अलग, वह भी धर्म के आधार पर क्यों होना चाहिए। यह सब जानते हुए कि समान नागरिक संहिता राष्ट्रहित में है, इसे जानबूझकर इतने वर्षों तक पूर्व की कांग्रेस सरकारों द्वारा रोककर रखा गया। स्पष्ट है कि तुष्टीकरण की राजनीति और सांप्रदायिक ध्रुवीकरण की वजह से इस मुद्दे को अब तक ठंडे बस्ते में डालकर रखा गया।

भारत समेत अन्य देशों की धार्मिक कट्टरवाद से उत्पन्न होने वाले आतंकवाद जैसे विनाशकारी संक्रमण की रोकथाम के लिए समान नागरिक संहिता रामबाण साबित होगा। उदाहरणस्वरूप अंतरराष्ट्रीय स्तर पर देखेंगे तो फ्रांस में समान नागरिक संहिता सभी धर्मों के लोगों पर समान रूप से लागू है। ऑस्ट्रेलिया में भी इंग्लिश कॉमन लॉ की तर्ज पर कॉमन लॉ सिस्टम लागू है, जबकि अमरीका में इंग्लैंड के इंग्लिश कॉमन लॉ की तर्ज पर फेडरल लेवल पर कॉमन लॉ सिस्टम लागू है। जर्मनी, उज्बेकिस्तान, रूस और कनाडा में भी सिविल लॉ सिस्टम लागू है, जो एक देश एक कानून की व्यवस्था को सुनिश्चित करता है। आज भारत को इन राष्ट्रों के साथ-साथ अपने राज्य गोवा से सीख लेने की जरूरत है, जहाँ पर सन् 1961 में गोवा का भारत में विलय होने के समय से ही समान नागरिक संहिता लागू है। अर्थात् वहाँ के इसलाम धर्म के लोग एक से अधिक शादी नहीं कर सकते हैं। वहाँ पर सभी धर्मों की लड़कियों की शादी की उम्र समान है। तलाक और संपत्ति के बँटवारे में भी सभी धर्म की महिलाओं को एक समान अधिकार प्राप्त हैं। समान नागरिक संहिता की ही देन है कि गोवा में 66 हिंदू, 25 ईसाई और 50 मुसलमान होने के बाद भी किसी मुसलिम या ईसाई धर्म के लोगों द्वारा कोई विरोध नहीं होता। सभी आपस में मिल-जुलकर शांति से तरक्की

कर रहे हैं। भारत अभी सभी धर्मों के लिए समान रूप से एक कानून बनाने को लेकर चर्चा कर रहा है, जबकि पाकिस्तान, बांग्लादेश, मलेशिया, तुर्की, इंडोनेशिया, सूडान और इजिप्ट जैसे अपने आप को इसलामिक राष्ट्र बताने वालों के यहाँ यह लागू है।

भारत में सभी धर्मों के लिए क्रिमिनल लॉ एक समान है। किसी घटना का अंजाम चाहे किसी भी धर्म के लोगों के द्वारा दिया गया हो, सब पर बिना किसी भेदभाव के समान रूप से धाराएँ लागू होती हैं। जब इससे किसी धर्म को कोई खतरा नहीं है तो फिर समान नागरिक संहिता से किसी एक धर्म के लोगों को खतरा होने की बात करना बेबुनियाद है। कितनी बड़ी विडंबना है कि भारत विश्व का सबसे बड़ा लोकतांत्रिक और धर्मनिरपेक्ष देश है, जो सभी धर्मों में समानता की बात करता है, लेकिन इस धर्मनिरपेक्ष देश में कानूनों को लेकर एकरूपता नहीं है। ऐसे में जब कानूनों को लेकर ही समानता नहीं है तो फिर सभी धर्मों के बीच समानता कैसे आएगी? सही मायने में देखें तो समान नागरिक संहिता का देश में लागू नहीं होना हमारे संविधान की मूल भावनाओं के अपमान के समान है।

समान नागरिक संहिता की नींव 'लेक्स लूसी' रिपोर्ट के आधार पर सन् 1840 में ही पड़ गई थी, जब ब्रिटिश सरकार ने अपराधों, सबूतों और अनुबंधों के लिए एकसमान कानून बनाया था, लेकिन हिंदुओं और मुसलमानों के कुछ निजी कानूनों को जान-बूझकर अलग रखा था। समान नागरिक संहिता के संदर्भ में अनुच्छेद 25 का भी खयाल रखना होगा। इसे किसी पर जबरदस्ती नहीं थोपा जा सकता है। ऐसा करना भारतीय संविधान के अनुच्छेद 25 का उल्लंघन होगा। अनुच्छेद 25 हमें अंत:करण की स्वतंत्रता और धर्म को अबाध रूप से मानने, आचरण और प्रचार करने की स्वतंत्रता प्रदान करता है, इसलिए स्पष्ट है कि समान नागरिक संहिता पर विमर्श करने के पश्चात् प्रभावी ढंग से उसे लागू करना चाहिए।

भारतीय संविधान के अनुच्छेद 44 (नागरिकों के लिए एक समान सिविल संहिता) जो भारतीय संविधान के भाग 4 के नीति निर्देशक तत्त्व का हिस्सा है, वह कहता है कि 'राज्य, भारत के समस्त राज्यक्षेत्र में नागरिकों के

लिए एक समान सिविल संहिता प्राप्त कराने का प्रयास करेगा।' सन् 1985 में सुप्रीम कोर्ट ने शाहबानो केस में फैसला देते हुए यह कहा था कि देश को एक रखने में समान नागरिक संहिता मदद करेगा। उसने यह भी कहा था कि विभिन्न कानूनों से उत्पन्न होने वाली विचारधाराओं के टकराव भी समाप्त होंगे। सन् 1995 में भी सुप्रीम कोर्ट ने भारत सरकार को निर्देश दिए थे कि संविधान के अनुच्छेद 44 को देश में लागू किया जाए, लेकिन तब कांग्रेस ने देश की सुप्रीम अदालत की बातों को नजरअंदाज कर दिया था। सन् 2021 में दिल्ली हाईकोर्ट ने भी समान नागरिक संहिता का समर्थन करते हुए केंद्र सरकार से इस दिशा में पहल करने को कहा था।

अलग-अलग धर्मों के अपने-अपने कानून होने के कारण देश कई समस्याओं से जकड़ा हुआ है। इस वजह से न्यायालयों में भी वर्षों से मामले लटके रहते हैं। समान नागरिक संहिता लागू होने से ऐसे मामलों का निपटारा जल्द हो पाएगा तथा भारतीय राजनीति में भी सुधार आएगा और तुष्टीकरण की राजनीति का सफाया होगा। समान अधिकार एवं समान कानून की जो लड़ाई इस देश के महापुरुष जैसे स्वामी विवेकानंद, दयानंद सरस्वती, मदन मोहन मालवीय, बाल गंगाधर तिलक समेत अन्य लोगों ने लड़ी है, उनके कार्यों को आगे बढ़ाते हुए सरकार को समान नागरिक कानून पर जल्द-से-जल्द संसद् में बिल लाना चाहिए। ऐसा करना सर्वसमाज एवं राष्ट्रहित में होगा।

(इस आलेख का संपादित अंश 10 जून, 2022 को 'पंजाब केसरी' (दिल्ली), 12 जून, 2022 को 'पूर्वांचल प्रहरी' (दैनिक, गुवाहाटी), 23 जून, 2022 को 'द पायनियर' (अंग्रेजी संस्करण) और 14 जून, 2022 को 'स्वदेश' (भोपाल) में प्रकाशित हुआ।)

□

अनियोजित और अनियंत्रित जनसंख्या हेतु कानून आवश्यक

भारत में जनसंख्या बढ़ रही है या नहीं? बढ़ती जनसंख्या के कारण हमें कई समस्याओं का सामना करना पड़ता है या नहीं? इन सभी सवालों के जवाब के लिए बिना किसी शोध के भी कोई व्यक्ति गंभीतापूर्वक गौर करेगा तो पाएगा कि भारत की जनसंख्या बहुत तेजी से बढ़ रही है, जो किसी भी प्रकार से देश की सेहत के लिए ठीक नहीं है। यह पहली बार नहीं है कि जनसंख्या-नियंत्रण कानून बहस का मुद्दा बना है। स्वतंत्रता के बाद से भारत की कई सरकारों ने जनसंख्या-नियंत्रण को ले अपने स्तर से प्रयास किया है।

राष्ट्रीय योजना समिति ने सन् 1940 में उप समिति बनाई थी, जिसका उद्देश्य बढ़ती जनसंख्या के बारे में समाधानात्मक विमर्श करना था। सन् 1946 में हेल्थ सर्वे एंड डेवलपमेंट कमेटी ने एक रिपोर्ट जारी की, जिसके ग्यारहवें अध्याय में 'जनसंख्या समस्या' के शीर्षक से शोधपरक रिपोर्ट प्रकाशित की गई थी, अर्थात् सन् 1946 में जब पहली बार अंतरिम सरकार बनी तो देश के नीति-निर्धारकों ने यह माना कि बढ़ती हुई अनियोजित और अनियंत्रित जनसंख्या आने वाले समय में समस्या बन सकती है। अब तक भारत में जनसंख्या-नियंत्रण को लेकर क्या-क्या प्रयास हुए, यह जानना जरूरी है। जनसंख्या-नियंत्रण की बहस को सुनियोजित तरीके से सांप्रदायिक चश्मे से देखकर कुछ स्वार्थी ताकतें इस देश की जनसांख्यिकी को बदल देना चाहती हैं। बदलने की इसी मानसिकता के उपक्रम के तौर पर ऐसी शक्तियाँ

जनसंख्या-नियंत्रण का विरोध करती हैं और उसे सांप्रदायिक घेरे में ले आती हैं। इससे बहस का रूप प्रतिक्रियावादी हो जाता है, जिससे उनका उद्देश्य पूरा हो जाता है। ऐसी स्वार्थी ताकतों और उनकी गंदी मानसिकता को सामने लाना बहुत जरूरी है, जो इस कानून का विरोध करते हैं।

भारत में परिवार-नियोजन कार्यक्रम की शुरुआत सन् 1952 में की गई थी। उस समय ऐसा करने वाला भारत विश्व का पहला देश बन गया था। इसके अंतर्गत पहली पंचवर्षीय योजना में परिवार-नियोजन के लिए 15 लाख रुपए जनसंख्या-नियंत्रण के संबंध में सरकार ने बजट के तौर पर रखे थे। द्वितीय पंचवर्षीय योजना में 2 करोड़ से अधिक और तृतीय पंचवर्षीय योजना आते ही उस समय की सरकार को जनसंख्या की अनियोजित और अनियंत्रित वृद्धि ने इतना परेशान किया कि 24 करोड़ रुपए जनसंख्या-नियंत्रण पर लागू किए गए। चौथी पंचवर्षीय योजना में लगभग 300 करोड़ रुपए जनसंख्या-नियंत्रण पर खर्च किए गए थे। सन् 1974 से लेकर 2014 तक भारत सरकार ने 2 लाख करोड़ रुपए जनसंख्या-नियंत्रण पर खर्च किए हैं। इसका सार्थक और सम्यक् परिणाम हमें नहीं मिला। अतः ऐसा नहीं कहा जा सकता है कि पूर्व में जनसंख्या-नियंत्रण को लेकर भारत में कोई प्रयास नहीं किया गया। यह जरूर है कि इस प्रयास की नीयत, नीति और गंभीरता में कमी रही है।

सन् 2000 में तत्कालीन प्रधानमंत्री श्री अटल बिहारी वाजपेयी द्वारा संविधान के कामकाज की समीक्षा करने के लिए गठित राष्ट्रीय आयोग (एन.सी.आर.डब्ल्यू.सी.) ने भी अपनी रिपोर्ट में जनसंख्या-नियंत्रण के लिए कानून बनाने की सिफारिश की थी। इसके अलावा देश में राजस्थान, मध्य प्रदेश, महाराष्ट्र, गुजरात समेत अनेक राज्यों ने जनसंख्या-नियंत्रण के संबंध में अपने-अपने स्तर से प्रयास किए हैं और कुछ कानून भी बनाए हैं।

कुल मिलाकर विभिन्न कालखंड में केंद्र एवं राज्यों के स्तर पर प्रयास किए जाते रहे हैं, लेकिन राष्ट्रीय स्तर पर व्यवस्थित ढंग से सार्थक प्रयास न होने के कारण अपेक्षित परिणाम नहीं मिल पाया। इस निमित्त देश में राष्ट्रव्यापी नीति की आवश्यकता है, जो बढ़ती जनसंख्या को नियंत्रित कर सके। देश की संसद् में भी समय-समय पर इसको लेकर माँग उठती रही है। सन् 2018 में

125 सांसदों ने राष्ट्रपति से भारत में दो बच्चों की नीति को कड़ाई से लागू करने का आग्रह किया था। इसके अलावा दोनों सदनों में कई सांसदों द्वारा निजी विधेयक पेश किया गया है। स्वतंत्रता के बाद से अब तक कुल 35 विधेयक विभिन्न दलों के सांसद पेश कर चुके हैं, जिनमें 15 कांग्रेस के सांसद भी हैं।

अब जब पुन: संसद् और उसके बाहर चर्चा हो रही है तो कुछ मुट्ठी भर कथित धर्मनिरपेक्ष राजनेता इसका विरोध करते हैं। यही नहीं, वामपंथ विचारधारा से प्रेरित लेखकों एवं इतिहासकारों द्वारा इसके लिए 'भगवा जनसांख्यिकीकरण' शब्दावली का प्रयोग किया जा रहा है। इनका मकसद है, जनसंख्या-नियंत्रण के पक्ष में चल रहे तमाम सार्थक विमर्श और पहल को एक विशेष संगठन की योजना के तहत दिग्भ्रमित करना।

राष्ट्रीय स्वयंसेवक संघ के सरसंघचालक मोहन भागवत द्वारा विजयादशमी के अवसर पर दिया गया वक्तव्य, विशेष रूप से जनसंख्या के विषय पर, छद्म धर्मनिरपेक्षता वाली ताकतों (जो जनसंख्या-नियंत्रण कानून के मुद्दे पर सवाल खड़ा कर रही हैं), उनके लिए करारा जवाब भी है। इनके द्वारा यह भी कहा जाता रहा है कि हिंदू राष्ट्र बनाने के लिए हिंदुओं के मन में अल्पमत होने का भय पैदा करने के मकसद से ऐसी बहस की जाती है। यह अपने-आप में हास्यास्पद है और उनकी कुंठित मानसिकता को दरशाता है।

स्वतंत्रता से पहले भी कुछ विद्वानों द्वारा एक विशेष वर्ग की बढ़ती जनसंख्या को लेकर चिंता जाहिर की जा चुकी है। सन् 1901 की जनसंख्या रिपोर्ट आने के बाद बंगाल के जनसंख्या आयुक्त एच.एच. रिजली ने अपनी रिपोर्ट में कहा कि सन् 1901 की जनगणना देखने के बाद ऐसा लगता है कि मुसलिम और ईसाई समाज तेजी से बढ़ रहे हैं। इससे यह सवाल खड़ा होता है कि क्या हिंदू समाज अपने इस दुर्ग को बचा पाएगा? इसलिए यह पहल भगवा जनसांख्यिकीकरण नहीं, बल्कि सभ्यतागत जनसांख्यिकी है, जो भारत के सांस्कृतिक राष्ट्रवाद, भारतीयता, संस्कृति एवं सभ्यता के स्वरूप को बदलने से रोकेगी।

पूरे विश्व में 500 करोड़ लोगों को उनकी जरूरत के संसाधन नहीं मिलते हैं, जो कि उनके जीवन के लिए अपरिहार्य हैं। सन् 1980 में 57 प्रतिशत लोगों

को आवश्यकता की वस्तुएँ नहीं मिलती थीं। सन् 2017 में यह संख्या बढ़कर 72 प्रतिशत हो गई। सन् 1992 में दुनिया की जनसंख्या 300 करोड़ के पार हो गई थी, तब लगभग 1700 वैज्ञानिकों ने दुनिया के नाम से याचिका हस्ताक्षरित करते हुए कहा कि जनसंख्या दुनिया के लिए बड़ी समस्या है। इन वैज्ञानिकों द्वारा प्रकट की गई चिंता का उल्लेख अभी दो वर्ष पहले सन् 2019 में लाल किले से अपने संबोधन में आदरणीय प्रधानमंत्री नरेंद्र मोदीजी ने भी किया था।

इस समय पूरी दुनिया पारिस्थितिकी संकट से गुजर रही है। अमरीका में जो जीवन स्तर है, अगर उस हिसाब से पूरी दुनिया के लोग जीना शुरू कर दें तो पृथ्वी की तरह पाँच और ग्रह चाहिए दुनिया का पेट भरने के लिए। उसी प्रकार यदि यूरोप के उपभोक्ताओं के अनुसार दुनिया जीना शुरू कर दे तो हमें तीन ग्रह चाहिए होंगे। इससे समझा जा सकता है कि पूरी पृथ्वी को बचाना कितना आवश्यक है। पृथ्वी को बचाने का तात्पर्य पृथ्वी पर रह रहे सभी जीव-जंतुओं को बचाना है, जिससे प्राकृतिक संतुलन बना रहे। यह कार्य मानव-जाति ही कर सकती है। इसके लिए जनसंख्या-नियंत्रण कानून कारगर साबित होगा, क्योंकि विश्व का प्रत्येक पाँचवाँ व्यक्ति भारत में रहता है। एक आँकड़े के अनुसार विश्व में करीब 38500 जीव या तो विलुप्त हो गए हैं या फिर होने की कगार पर हैं। भारत की सनातन संस्कृति एवं सभ्यता में तो पृथ्वी को बचाने की बात पहले से ही होती आ रही है, तभी तो हम पृथ्वी को धरती माता कहते हैं और उनकी पूजा भी करते हैं। यहाँ तक कि पर्यावरण संरक्षण की दूरदृष्टि के कारण ही भारत में पेड़-पौधों के साथ-साथ जीव-जंतु और पहाड़ एवं नदी तक की पूजा करते हैं।

अमरीका समेत यूरोपियन देशों में तेजी से कम हो रही जनसंख्या को इंगित करते हुए हमारे देश का एक वर्ग तर्क देता है कि भारत की बढ़ती जनसंख्या बोझ नहीं संसाधन है। यहाँ के लोग श्रमिक के रूप में विदेशों में कार्य कर फायदा उठा सकते हैं। जो राष्ट्र पूरे विश्व में नेतृत्व करने के लिए विख्यात है, उसके लिए यह कहना कि हमारे लोग किसी और के लिए श्रमिक के रूप में कार्य करेंगे, यह भारत के स्वाभिमान तथा आत्मसम्मान को ठेस पहुँचाने वाला नहीं तो और क्या है?

भारत में जनगणना के आँकड़ों को देखकर समझा जा सकता है कि यह वृद्धि किस तेजी के साथ हुई है। ध्यान देने वाली बात है कि सन् 1951 से सन् 2011 तक लगातार मुसलिम जनसंख्या में वृद्धि हुई, जो आँकड़ा सन् 1951 में 9.8 प्रतिशत था, वह सन् 1971 में बढ़कर 11.21 प्रतिशत हो गया। फिर सन् 1991 में 12.61 और सन् 2011 में 14.23 प्रतिशत हो गया। वहीं, हिंदू जनसंख्या में भारी गिरावट दर्ज हुई है, जो जनसंख्या सन् 1951 में 84.1 प्रतिशत थी, वह सन् 1971 में 82.73 प्रतिशत, सन् 1991 में 81.53 प्रतिशत तथा सन् 2011 में 79.80 प्रतिशत हो गई। अगर मुसलमानों की बढ़ती जनसंख्या को जिलावार देखें, तो देश के कुल 748 जिलों में 148 जिले ऐसे हैं, जहाँ की आबादी 15 प्रतिशत से अधिक है। 114 जिला ऐसे हैं, जहाँ की आबादी 20 प्रतिशत है, जिसमें 8 राज्यों के 32 जिलों में इनकी आबादी 50 प्रतिशत से भी अधिक है। सन् 2015-16 में मुसलिम की प्रजनन दर 2.62 रही, जबकि हिंदू की 2.13 है। इससे स्पष्ट होता है कि मुसलिम की प्रजनन दर हिंदू एवं अन्य धर्म की तुलना में हमेशा ज्यादा रही है। भारत के सीमावर्ती इलाकों में मुसलमानों की बढ़ती जनसंख्या के लिए चिंता करना धर्म विरोधी कैसे हो सकता है?

भारत हमेशा वसुधैव कुटुंबकम् की बात करता है, इसलिए ऐसा कहना कि जनसंख्या-नियंत्रण कानून बनाने से किसी एक धर्म को नुकसान या लाभ होगा, यह तर्कसंगत नहीं है। यह देश पारसी की घटती जनसंख्या को लेकर चिंतित है। यह भारतीय संस्कृति का वैशिष्ट्य ही है कि हम वैज्ञानिक, सामाजिक एवं सांस्कृतिक रूप से पारसी की जनसंख्या बढ़ाने को प्रयासरत हैं। देश में उपलब्ध संसाधनों, भविष्य की आवश्यकताओं एवं जनसंख्या असंतुलन की समस्या को ध्यान में रखते हुए भारत में जनसंख्या-नियंत्रण कानून बनाकर उसे सब पर समान रूप से लागू किया जान-समय की माँग है।

हमें स्मरण करना चाहिए कि सन् 1947 में जनसंख्या ही प्रमुख कारण थी, जिससे भारत का विभाजन हुआ था। आज भी देश के भीतर एक ऐसा भारत विरोधी टुकड़े-टुकड़े धड़ा है, जो पुनः जनसंख्या के आधार पर इस देश को विभाजित करने का षड्यंत्र रच रहा है। ऐसे में राष्ट्र की एकता और

अखंडता के लिए हम सभी को एकजुट होकर प्रयास करना चाहिए, ताकि राष्ट्रहित में जनसंख्या-नियंत्रण कानून बने, जो सभी धर्मों एवं समुदायों के लिए समान रूप से लागू हो।

(इस आलेख का संपादित अंश 26 जनवरी, 2022 को 'स्वदेश' (भोपाल), 4 फरवरी, 2022 'पूर्वांचल प्रहरी' (दैनिक, गुवाहाटी), 4 फरवरी, 2022 को 'द पायनियर' (अंग्रेजी संस्करण) और 5 फरवरी, 2022 को (हिंदी संस्करण) में प्रकाशित हुआ।)

□

धर्मनिरपेक्ष भारत में धर्मांतरण की भयावहता?

भारतीय संविधान के अनुच्छेद 25 में धर्म स्वतंत्रता का अधिकार प्राप्त है। इसके तहत—'अंत:करण की और धर्म को अबाध रूप से मानने, आचरण और प्रचार करने की स्वतंत्रता' दी गई है, लेकिन संविधान में कहीं भी किसी को लालच देकर और दबाव डालकर धर्मांतरण करने की अनुमति नहीं है, इसलिए पंथ प्रचार की स्वतंत्रता की आड़ में धर्मांतरण का जो काम चल रहा है, वह अपराध की श्रेणी में आता है। यह धर्मनिरपेक्ष भारत के लिए बेहद खतरनाक है। यह चिंता का विषय इसलिए भी है कि इसका उद्देश्य हिंदू धर्म के सामाजिक ताने-बाने को छिन्न-भिन्न करना और इसके जनसांख्यिकी स्वरूप को बदलने का है।

भारत में धर्म परिवर्तन विकराल रूप ले चुका है, जिसका दुष्परिणाम लव-जिहाद समेत भिन्न-भिन्न घटनाओं के रूप में देखने को मिल रहा है। धर्मांतरण की भयावहता और गंभीरता को इस बात से समझा जा सकता है कि 15 नवंबर, 2022 को माननीय सर्वोच्च न्यायालय ने अधिवक्ता अश्वनी कुमार उपाध्याय द्वारा दायर याचिका पर सुनवाई के दौरान चिंता व्यक्त की थी। इसे बहुत गंभीर बताते हुए माननीय न्यायमूर्ति एम.आर. शाह और हिमा कोहली की बेंच ने कहा था कि "धर्म परिवर्तन रोका नहीं गया तो, राष्ट्रीय सुरक्षा के लिए खतरा बन सकता है।" न्यायालय ने इसे नागरिकों की धार्मिक स्वतंत्रता के लिए अतिक्रमण बताते हुए केंद्र सरकार को हस्तक्षेप करने का भी सुझाव

दिया। ज्ञातव्य हो कि दायर याचिका में धर्म परिवर्तन को रोकने के लिए अलग से कानून बनाए जाने या फिर इस अपराध को भारतीय दंड संहिता में शामिल करने की अपील की गई थी।

धर्मांतरण का विष भारत के लिए नया नहीं है। पहले इसलामिक आक्रांताओं ने हिंदू धर्म को तहस-नहस करने हेतु जबरन मतांतरण कराया तो बाद में अंग्रेजों के संरक्षण में ईसाई मिशनरियों द्वारा बड़े पैमाने पर हिंदुओं का धर्म परिवर्तन कराया गया। स्वतंत्रता के बाद भी यह सिलसिला नहीं थमा। कांग्रेस सरकार द्वारा वोट बैंक की चिंता और राजनैतिक इच्छा-शक्ति की कमी के कारण यह फलता-फूलता रहा। वर्षों तक सरकार द्वारा इसे रोकने हेतु कोई ठोस पहल भी नहीं हुई। बात-बात पर संविधान की बात करने वाले और धर्मनिरपेक्षता के तथाकथित ठेकेदार बन बैठे संगठन एवं राजनेता भी चुप्पी साधे रहे। हिंदू समाज से जुड़े राष्ट्रीय स्वयंसेवक संघ, धर्म जागरण और विश्व हिंदू परिषद् जैसे कुछ राष्ट्रवादी संगठन धन्यवाद के पात्र हैं, जिन्होंने धर्म विशेष द्वारा हिंदुओं के कराए जा रहे जबरन मतांतरण जैसी काली करतूत का परदाफाश किया।

परोपकार के नाम पर धर्म परिवर्तन का काम एक संगठित अपराध का रूप ले चुका है। जो लोग यह तर्क देते हैं कि हिंदू बहुल गरीब, आदिवासी और पिछड़ा तबकों में ईसाई और इसलामिक संगठनों द्वारा सेवाकार्य चलता है, यह सफेद झूठ है। उनकी हमदर्दी किसी से नहीं है, बल्कि विदेशी पैसों पर पोषित ऐसे संगठन अपने निहित स्वार्थ, यानी सनातन चिंतन पर कुठाराघात करने के उद्देश्य से ऐसा करते हैं, जिसमें उन्हें कुछ सफलता भी प्राप्त हुई है। इसके लिए 60 वर्षों तक पूर्ववर्ती कांग्रेस सरकार भी जिम्मेदार है, तभी तो भारत का वह क्षेत्र जहाँ सरकार नहीं पहुँच पाई हो, ऐसे जंगल और सुदूर इलाकों में बड़े पैमाने पर शिक्षा, स्वास्थ्य और अन्य चीजों का लालच देकर धर्मांतरण का काम होता है। गरीबी की विवशता के कारण निर्धनों की मदद के नाम पर उन्हें धर्मांतरण के लिए बाध्य किया जाता है। पंथ प्रचार की आड़ में कट्टरपंथी और जिहादी इसलाम द्वारा सनातन संस्कृति पर मुगलकाल से ही चोट की जा रही है, जो आधुनिक काल में लव जिहाद, टुकड़े-टुकड़े गैंग, पी.एफ.आई. जैसे राष्ट्र विरोधी संगठनों के स्वरूप में दिखाई पड़ता है तो वहीं ईसाई मिशनरी

द्वारा सामाजिक उत्थान और सेवा के नाम पर हिंदू समाज को दीमक के रूप में अंदर से धीरे-धीरे खोखला किया जा रहा है, लेकिन यह दुर्भाग्यपूर्ण है कि ऐसे असामाजिक तत्त्वों को भारत में बैठे टुकड़े-टुकड़े गैंग के समर्थक, वामपंथी ताकतें, छद्म धर्मनिरपेक्ष राजनेताओं एवं तथाकथित सामाजिक कार्यकर्ताओं का भरपूर सहयोग प्राप्त है, इसलिए इसलामिक जिहादियों और ईसाई मिशनरियों द्वारा धोखे से किए जा रहे जघन्य कृत्य में अप्रत्याशित बढ़ोतरी भी हो रही है, जिसका सर्वाधिक शिकार हिंदू समाज हो रहा है। इसकी पुष्टि प्यू रिसर्च सेंटर द्वारा जारी आँकड़ों से भी होती है। नवंबर 2019 से मार्च 2020 के बीच भारत के विभिन्न राज्यों में हुए सर्वे के अनुसार दक्षिण भारत के हिंदुओं में सबसे ज्यादा धर्मांतरण हुआ है, इसमें भी सबसे ज्यादा 48 प्रतिशत अनुसूचित जाति, 14 प्रतिशत अनुसूचित जनजाति और 26 प्रतिशत पिछड़ा समाज के लोग थे।

छल-बल से हो रहा धर्मांतरण पूर्व में भी सरकार और समाज के समक्ष कई बार चुनौती बनकर उभरा है। समय-समय पर इसे लेकर कानून बनाने की माँग भी उठती रही है। स्वतंत्र भारत में पहली बार सन् 1954 में भारतीय मतांतरण (नियमन और पंजीकरण) विधेयक लाया गया, लेकिन वह पास नहीं हो पाया। सन् 1960 में पिछड़ा समुदाय (धार्मिक संरक्षण) और फिर सन् 1979 में धार्मिक स्वतंत्रता विधेयक लाया गया, जो कानून नहीं बन सका। पूर्व में कोई सार्थक प्रयास नहीं होने के कारण धर्मांतरण ने आज अत्यधिक विकराल और जटिल रूप धारण कर लिया है। ओडिशा, छत्तीसगढ़, झारखंड और मध्य प्रदेश के आदिवासी बहुल क्षेत्र एवं पूर्वोत्तर के राज्यों में जो जनसंख्या असंतुलन हुआ है, वह किसी से छुपा नहीं है। इस सच्चाई से भी मुँह नहीं मोड़ा जा सकता कि हिंदुओं की लगातार घटती जनसंख्या और इसलाम और ईसाई की बढ़ती जनसंख्या में मतांतरण भी एक प्रमुख कारक है।

भारत में जबरन मतांतरण रोकने हेतु राष्ट्रीय स्तर पर कोई समग्र कानून तो नहीं है, लेकिन कई राज्यों ने आवश्यकता के अनुरूप कानून बनाए हैं। ओडिशा पहला राज्य है, जहाँ पर सन् 1967 से जबरन धर्मांतरण के लिए कानून है। मध्य प्रदेश में 1968 में यह कानून बना, जिसे सन् 2021 में संशोधित किया गया। उसके बाद से अरुणाचल प्रदेश, छत्तीसगढ़, गुजरात, झारखंड,

उत्तराखंड, हिमाचल प्रदेश, उत्तर प्रदेश और 2022 में हरियाणा में भी यह कानून बना और वे सब उन राज्यों में शामिल हो गए। कई ऐसे देश हैं, जहाँ पर पूर्व से ही मंतातरण को रोकने हेतु कानून है। भारत के पड़ोसी देश नेपाल में किसी का जबरन धर्म परिवर्तन कराने पर तीन वर्ष की सजा का प्रावधान है। म्याँमार में धर्म परिवर्तन से जुड़े मामलों सरकार जाँच करती है, उसके उपरांत अनुमति मिलती है। भूटान में धोखाधड़ी से मतांतरण करना राष्ट्रीय कानून के अंतर्गत अपराध है। ग्रीस जैसे ईसाई बहुल देश में धर्मांतरण पर रोक है। सूडान, सऊदी अरब और सोमालिया जैसे इसलामिक देशों में भी इसलाम के अलावा किसी अन्य धर्म में जाना कानूनन अपराध है, जबकि मालदीव, मलेशिया और अफगानिस्तान में धर्मांतरण करने पर मौत की सजा और नागरिकता समाप्त करने जैसे कड़े कानूनी प्रवधान हैं।

वैसे तो आए दिन धर्म परिवर्तन से जुड़ी घटनाएँ देश के विभिन्न राज्यों में होती हैं, जिसकी जानकारी भी समाचार के माध्यम से मिल जाती है, लेकिन यह जानकर आपको हैरानी होगी कि इतने बड़े पैमाने पर धर्मांतरण होने के बाद भी इससे जुड़े वास्तविक आँकड़े किसी संस्था या विभाग के पास नहीं हैं। इसे सरकार और विभाग की लापरवाही नहीं कहेंगे तो और क्या कहेंगे। आज भारत में यदि राष्ट्रव्यापी कानून होता तो वास्तविक आँकड़े भी सबके समक्ष होते कि हर वर्ष कितने लोगों का धर्मांतरण कराया जा रहा है।

हालाँकि कुछ राज्य सरकारों ने अपने स्तर से कुछ आँकड़े जरूर इकट्ठा किए हैं। जैसे सन् 2019 में गुजरात सरकार ने बताया था कि विगत पाँच वर्षों में कुल 1895 लोगों ने धर्म परिवर्तन के लिए अनुमति माँगी है। यह वह आँकड़ा है, जिसमें सरकार से अनुमति माँगी गई, जबकि अधिकांश घटनाएँ ऐसी होती हैं, जहाँ जबरन धर्मांतरण कराया जाता है, जिसका कोई आँकड़ा अभी तक उपलब्ध नहीं है। सन् 2012 में केरल सरकार ने बताया था कि सन् 2006 से 2012 के बीच सात हजार लोगों ने अपना धर्म बदलकर इसलाम को अपनाया था। जिस प्रकार से धर्मांतरण जैसे गंभीर मुद्दे को सामान्य घटना का रूप दे दिया गया है, वह भारत के भविष्य के लिए ठीक नहीं है, क्योंकि धर्मांतरण आतंकी और अलगाववादी गतिविधियों को भी बढ़ावा देता है।

अवैध रूप से धर्मांतरण में लिप्त इसलामी और ईसाई संगठन हिंदू धर्मावलंबी लोगों को उनके ही ईश्वर का विरोध करने की साजिश रचते हैं। वह गरीब लोगों को धोखाधड़ी और कपटता से यह बरगलाते हैं कि वह जिस देवी-देवता की आराधना और उपासना करते हैं, उससे कुछ प्राप्त नहीं होगा और वह मिथ्या है। इस बात को वह भिन्न-भिन्न प्रकार के अंधविश्वास से साबित भी करते हैं। फलस्वरूप धर्मांतरण के उपरांत लोग मूल धर्म को तो छोड़ते हैं, साथ-ही-साथ उसकी ईश्वरीय आस्था और पूर्वजों के प्रति भी निष्ठावान नहीं रह पाते हैं और अंत में वह अपनी भू-सांस्कृतिक पहचान को खो देते हैं, जो कि भारतीयता के मूल में निहित है।

भारतीयता के मूल स्वभाव और उसकी प्रकृति को बदलने की प्रवृत्ति से हो रहे मतांतरण को रोकने की दिशा में राष्ट्रव्यापी कानून आवश्यक हो चुका है। यह बड़ी राहत है कि 28 नवंबर को धर्मांतरण के मुद्दे पर केंद्र सरकार ने सर्वोच्च अदालत में दायर हलफनामे में कहा है कि "सरकार जबरन धर्म परिवर्तन के मुद्दे की गंभीरता से अवगत है और वह उचित कदम उठाएगी। केंद्र ने यह भी स्पष्ट किया कि धर्म की स्वतंत्रता के अधिकार में किसी को धर्मांतरण का मौलिक अधिकार नहीं है।" पूर्व में भी धर्मांतरण की गंभीरता को देखते हुए केंद्र की मोदी सरकार ने कुछ संगठनों को चिह्नित कर काररवाई की। इसके तहत विदेशों से मिलने वाले चंदों पर रोक लगाई गई एवं उससे जुड़े प्रावधानों में बदलाव भी किए गए।

भारत लोकतांत्रिक एवं पंथनिरपेक्ष राष्ट्र है और जब यहाँ धर्मांतरण की गतिविधियाँ संचालित होंगी तो जनमानस की चिंता जायज है। धर्म परिवर्तन से राष्ट्रीय निष्ठा में भी परिवर्तन होता है। धर्मांतरण के संबंध में स्वामी विवेकानंदजी ने कहा था, "एक हिंदू का धर्मांतरण केवल एक हिंदू का कम होना नहीं, बल्कि एक शत्रु का बढ़ना है।" गांधीजी अपने पुत्र हरिलाल के धर्म परिवर्तन के बाद 'हरिजन' में 'टू माई न्यूमरस मुसलिम फ्रेंड्स' शीर्षक से लिखते हैं कि लोभ और दबाव में धर्म परिवर्तन अपराध है। उन्होंने कहा था कि "अगर मेरे पास कानून बनाने की शक्ति होती तो मैं निश्चित तौर पर धर्म परिवर्तन की सारी गतिविधियों पर रोक लगा देता।" आज राष्ट्रीय स्वयंसेवक संघ भी इसी

बात का पक्षधर है। सरसंघचालक मोहन भागवतजी ने अपने वक्तव्य में कहा था कि "धर्म परिवर्तन अलगाववाद की ओर ले जाता है। धर्मांतरण लोगों को जड़ों से अलग करता है, इसलिए हमें धर्म परिवर्तन को रोकने का प्रयास करना चाहिए। अगर हम चाहते हैं कि भारत, भारत के रूप में बना रहे, तो हमें वो होना चाहिए, जो हम सांस्कृतिक रूप से हैं, नहीं तो भारत, भारत नहीं रहेगा।" इसलिए भारतीय सनातन संस्कृति को धर्मांतरण के माध्यम से राष्ट्रांतरण की जो सुनियोजित धंधा चल रहा है, उस पर पूर्ण प्रतिबंध लगाना आवश्यक है, तब ही एक भारत श्रेष्ठ भारत का सपना साकार हो पाएगा।

(इस आलेख का संपादित अंश
11 जनवरी, 2023 को 'स्वदेश' (भोपाल) में प्रकाशित हुआ।)

□

धर्मनिरपेक्ष भारत में मदरसों की सार्थकता

भारत एक प्राचीन, पुरातन और सनातन संस्कृति का देश है, किंतु सत्ताधारी कांग्रेस की तुष्टीकरण की नीति के कारण इस देश में मदरसों को लगातार बढ़ावा मिलना, सरकारी धन से मौलवियों और इमामों को वेतन मिलना, मसजिदों एवं कब्रिस्तानों पर अतिरिक्त खर्च का होना चिंताजनक है, जबकि इसके ठीक विपरीत मंदिर का राष्ट्रीयकरण कर उसकी आमदनी को इस तरह से लुटाया जाना दुर्भाग्यपूर्ण है।

मदरसे अब अपनी कट्टर शिक्षा पद्धति के कारण चर्चा का केंद्र बने हुए हैं। यह तथ्य अब जनता के समक्ष आ गया है कि अधिकतर मामलों में जहाँ कहीं भी कोई आतंकवादी घटना होती है तो उसका संबंध किसी-न-किसी मदरसे से होता है। मजहबी शिक्षा पर आधारित मदरसों में अपनी मजहबी मान्यताओं को श्रेष्ठ और अन्य धर्म के अनुयायियों को काफिर बताया जाता है। मदरसे, इसलाम धर्म के अध्ययन के लिए एक विशिष्ट प्रकार के धार्मिक स्कूल होते हैं, जहाँ मुसलिम छात्र शिक्षा प्राप्त करते हैं। इनमें मुसलिम छात्रों को कुरान और इसलाम की शिक्षा दी जाती है।

मजहबी शिक्षा हासिल करने के इच्छुक लोगों को जब भारत की मसजिदों में इसलाम धर्म के विषय में पढ़ाया जाने लगा, उसी दौरान सातवीं शताब्दी में मदरसों की शुरुआत हुई थी। इसके बाद के अगले 400 वर्षों के दौरान मदरसे की शिक्षा अन्य विद्यालयों के समानांतर भारत में अलग केंद्रों के रूप में विकसित

होने लगी। शुरुआत में मदरसों का खर्च वे लोग उठाते थे, जो आर्थिक रूप से समृद्ध होते थे। इसके बाद 11वीं शताब्दी तक मदरसे मजहबी शिक्षा के सबसे बड़े केंद्र के रूप में विकसित होने लगे और जैसे-जैसे मदरसों के पास पैसा आता गया, वैसे-वैसे इन्हें स्थायी इमारतें, शिक्षक और देखरेख करने वाले कर्मचारी भी मिलते गए। 10वीं शताब्दी से भारत में मदरसों की शुरुआत तेजी के साथ होने लगी थी। मुसलिम आक्रमणकारियों ने जैसे ही भारत के बड़े हिस्से को अपने कब्जे में लिया, वैसे ही इसलाम का प्रचार-प्रसार करने हेतु मदरसों की स्थापना की जाने लगी। और भारत में इसलाम पैर पसारता गया। जब भारत में अंग्रेजों का वर्चस्व बढ़ा तो उन लोगों ने भी अपने धर्म के प्रचार-प्रसार के लिए ईसाई मिशनरियों की स्थापना की। इस दौरान मुसलमानों द्वारा धार्मिक पहचान मिट जाने के भय से तेजी से मदरसों की स्थापना हुई।

यह प्रश्न सहज ही खड़ा हो जाता है कि जब भारतीय संविधान का आधार धर्मनिरपेक्षता है तो फिर सरकारी पैसों पर धार्मिक शिक्षा का क्या औचित्य है? धर्मनिरपेक्ष व्यवस्था का सही स्वरूप तो केवल सरकारी विद्यालयों में ही देखने को मिलता है, जहाँ बच्चों को बिना धर्म और जाति देखे उन्हें शिक्षा दी जाती है, धार्मिक आधार पर नहीं, लेकिन मदरसों में ऐसी व्यवस्था नहीं है। सबसे बड़ी बात यह है कि वैसे मदरसे जो सरकार द्वारा मान्यता प्राप्त नहीं हैं, उनकी संख्या का पता लगाना भी बहुत कठिन है। इन मदरसों को आजाद मदरसा कहा जाता है।

बच्चों को धर्म और जाति के बारे में कुछ पता नहीं होता है, मगर मदरसे में मिलने वाली शिक्षा उन्हें कट्टर धार्मिक बनाती है। मदरसे से शिक्षा प्राप्त शिक्षार्थी इसलाम की ही सेवा में लग जाते हैं। इससे वे अपने धर्म का विकास करते हैं। देश और समाज की भलाई की उन्हें कोई चिंता नहीं होती है। शोध गंगा नामक संस्था के आँकड़ों के अनुसार मदरसों में पढ़ने वाले सिर्फ दो प्रतिशत छात्र भविष्य में उच्च शिक्षा हासिल करना चाहते हैं, जबकि 42 प्रतिशत छात्रों का उद्देश्य भविष्य में धर्म का प्रचार करना होता है। 16 प्रतिशत छात्र शिक्षक के रूप में धर्म की शिक्षा देना चाहते हैं। आठ प्रतिशत छात्र इसलाम की सेवा करना चाहते हैं, जबकि 30 प्रतिशत का मकसद मदरसों से शिक्षा हासिल करने

के बाद सामाजिक कार्य करना होता है, जबकि दो प्रतिशत छात्र भविष्य में धर्म-गुरु बनना चाहते हैं, यानी मदरसों से पढ़ने के बाद विज्ञान या टेक्नोलॉजी के क्षेत्र में सफल होने की इच्छा नाममात्र के छात्रों की होती है। अधिकतर छात्र किसी-न-किसी तरीके से मजहब की सेवा ही करते हैं। राष्ट्रीय सांख्यिकी के आँकड़ों के अनुसार मात्र 48% मुसलिम छात्र ही 12वीं तक की पढ़ाई कर पाते हैं। उनमें से भी केवल 14% ही 12वीं से आगे की पढ़ाई कर पाते हैं।

केंद्रीय अल्पसंख्यक मंत्रालय के अनुसार सन् 2018-19 में देश में कुल मदरसों की संख्या 24,010 थी। इनमें से 4,878 मदरसे सरकार द्वारा मान्यता प्राप्त नहीं थे। यह संख्या उन मदरसों की है, जिन्होंने सरकारी मान्यता प्राप्त करने के लिए आवेदन दिया है। अनौपचारिक रूप से हमारे देश में लगभग एक लाख मदरसे होने का अनुमान है। इनमें से 30,000 से 40,000 मदरसे अकेले उत्तर प्रदेश में हैं।

भारत में इस समय तीन प्रकार के मदरसे हैं। पहला वह जो सरकार द्वारा मान्यता प्राप्त हैं तथा जिन्हें केंद्र और राज्य सरकार द्वारा फंडिंग के रूप में आर्थिक मदद मिलती है। दूसरा वह जो सरकार द्वारा मान्यता प्राप्त हैं, पर उन्हें फंडिंग मुसलिम संस्थाओं से मिलती है। इस प्रकार के मदरसों को सरकार सिर्फ मान्यता देती है। बाकी वे अपनी व्यवस्था का प्रबंधन स्वयं करते हैं। तीसरे मदरसे वे हैं, जिन्हें सरकार से न तो मान्यता प्राप्त है और न ही सरकार द्वारा फंडिंग मिलती है, फिर भी ये चल रहे हैं। ऐसे मदरसे चंदे की उगाही से चलते हैं। उत्तर प्रदेश में पहली और दूसरी श्रेणी के मदरसों की संख्या 16 हजार है, तथा इनमें लगभग 20 लाख बच्चे मजहबी शिक्षा प्राप्त करते हैं। इनमें 558 मदरसे ऐसे हैं, जिनको सरकारी फंडिंग मिलती है। इस वित्त वर्ष में इन मदरसों को योगी सरकार द्वारा 479 करोड़ की फंडिंग की गई, अर्थात् प्रत्येक मदरसे को लगभग 86 लाख की सालाना फंडिंग राज्य सरकार द्वारा दी गई। उद्देश्य था कि मदरसों में मजहबी शिक्षा के अलावा गणित, विज्ञान, भूगोल और अंग्रेजी विषय की जानकारी दी जाए, परंतु इन विषयों से अधिक ध्यान बच्चों की मजहबी शिक्षा पर दिया जाता है।

शिक्षा में जहाँ सबकी समानता की बात की जाती है, वहीं मदरसें में

लड़कियों की शिक्षा भी चर्चा का केंद्र बनी हुई है। सरकार द्वारा मान्यता प्राप्त मुट्ठीभर मदरसे ही ऐसे हैं, जिनमें लड़के और लड़कियों को साथ शिक्षा दी जाती है। अन्य जगह लड़कियों के लिए अलग से मदरसे बनाए गए हैं। इन मदरसों को कुल्लिया कहा जाता है, परंतु इनकी संख्या भी नाममात्र ही है। जिन मदरसों को सरकार द्वारा मान्यता नहीं मिली है, उनमें अधिकतर ऐसे हैं, जिनमें लड़कियों के प्रवेश पर रोक है।

भारत में मुसलमानों की आर्थिक, शैक्षणिक एवं सामाजिक स्थिति का पता लगाने के लिए बनी 'सच्चर कमेटी' के सदस्य और जकात फाउंडेशन चलाने वाले रिटायर्ड आई.आर.एस. जफर महमूद ने मीडिया को बताया कि मदरसों के आधुनिकीकरण की शुरुआत सन् 1996 से ही शुरू हो गई थी। मदरसों के आधुनिकीकरण से मुसलमानों को लाभ तो होगा, मगर स्थिति बदतर होने की भी आशंका है, क्योंकि यह सिर्फ एक धारणा है कि आधुनिक शिक्षा के माध्यम से मानवता का प्रसार कर आतंकवाद को समाप्त किया जा सकता है। ऐसे में मदरसों को आधुनिक बनाना और उनमें कंप्यूटर शिक्षा प्रारंभ करना कट्टरपंथी मानसिकता को खाद-पानी देकर मजबूत करने जैसा भी हो सकता है।

भारत में अभी अधिकतर मदरसे संविधान के अनुच्छेद 30 के अनुसार संचालित हैं, जिनमें भारत के अल्पसंख्यकों को यह अधिकार है कि वह अपने खुद की भाषायी और शैक्षिक संस्थानों की स्थापना कर सकते हैं तथा बिना किसी भेदभाव के सरकार से फंडिंग भी माँग सकते हैं। यहाँ पर ध्यान देने वाली बात है कि फंडिंग शिक्षा के लिए दी जा रही है, धार्मिक शिक्षा के लिए नहीं, मगर मदरसों में इसी को प्राथमिकता दी जाती है। यही कारण है कि आज मदरसों में देश विरोधी गतिविधियाँ पाई जाती हैं। संस्कृत विद्यालयों तथा अन्य शिक्षण संस्थानों को भी सरकारी मदद मिलती है, परंतु इन संस्थानों में धार्मिक भावना पर ज्यादा जोर नहीं दिया जाता है, जितना कि मदरसों में। इसके अलावा संविधान के अनुच्छेद 28 के अनुसार उन शिक्षण संस्थानों में धार्मिक शिक्षा नहीं दी जा सकती है, जिन संस्थानों को सरकार द्वारा फंडिंग प्राप्त होती हो।

इस समय दुनिया में सबसे अधिक मदरसे पाकिस्तान में हैं। वहाँ 60,000 से अधिक मान्यता प्राप्त मदरसे हैं। इसके साथ ही एक तथ्य यह भी है कि

दुनिया में हुए कई बड़े आतंकी हमलों का संबंध पाकिस्तानी मदरसों से जुड़ा है। इन मदरसों में जेहाद की शिक्षा और दूसरे धर्मों के खिलाफ नफरत सिखाई जाती है। तालिबान और खूँखार हक्कानी नेटवर्क भी पाकिस्तान में स्थित ऐसे ही मदरसों की उपज हैं। लश्कर-ए-तैयबा (एल.ई.टी.), जैश-ए-मोहम्मद (जे. एम.) और अन्य आतंकवादी संगठनों को पाकिस्तान में कड़ी सुरक्षा के बीच रखा जाता है। एक फ्रांसीसी गैर-सरकारी संगठन द्वारा किए गए एक अध्ययन में पाया गया कि 80% आतंकवादी मुसलिम हैं। भारतीय आतंकवादी संगठन अल कायदा, लश्कर-ए-तैयबा, जैश-ए-मोहम्मद, बब्बर खालसा, जम्मू-कश्मीर इसलामिक फ्रंट, स्टूडेंटस इसलामिक मूवमेंट ऑफ इंडिया (सिमी), और इंडियन मुजाहिदीन जैसे आतंकवादी संगठनों के लिए भी लड़ाके मदरसों में ही तैयार होते हैं।

तत्कालीन मानव संसाधन विकास मंत्री स्मृति ईरानी ने 3 दिसंबर, 2014 को लोकसभा में एक सवाल के जवाब में बताया था कि केंद्र सरकार की ओर से मदरसों के लिए दो तरह के कार्यक्रम चलाए जा रहे हैं। पहला मदरसों में अच्छी शिक्षा देना (स्कीम फॉर प्रोवाइडिंग क्वालिटी एजुकेशन इन मदरसा-एस. पी.क्यू.ई.एम.) और दूसरा प्राइवेट ऐडेड या नॉन ऐडेड माइनॉरिटी इंस्टीट्यूट्स के इन्फ्रास्ट्रक्चर का विकास करना है। श्रीमती स्मृति ईरानी ने उस समय बताया था कि एसपीक्यूईएम के तहत उन मदरसों को आर्थिक मदद दी जाती है, जिनमें आधुनिक विषय जैसे विज्ञान, गणित, सामाजिक विज्ञान, हिंदी और अंग्रेजी जैसे विषय पढ़ाए जाते हैं।

प्रधानमंत्री श्री नरेंद्र मोदी ने कहा था कि वे मदरसों को आधुनिक शिक्षा से जोड़ना चाहते हैं। उन्होंने यह भी कहा था कि मुसलमानों के एक हाथ में कुरान और दूसरे हाथ में कंप्यूटर होना चाहिए। इसी को ध्यान में रखते हुए, मोदी सरकार के पहले बजट 2014-15 में अल्पसंख्यकों के कौशल उन्नयन और मदरसों के आधुनिकीकरण के लिए 100 करोड़ रुपए की योजनाओं की घोषणा की गई थी। भारत सरकार के शिक्षा मंत्रालय के सन् 2018 के आँकड़ों के अनुसार इस समय भारत के 18 राज्यों में चलने वाले मदरसों में शिक्षा की गुणवत्ता सुधारने के लिए केंद्र सरकार से मदद मिलती है।

भारत के पूर्व राष्ट्रपति ए.पी.जे. अब्दुल कलाम सहित, शिक्षाविद मौलाना अबुल कलाम आजाद, खान अब्दुल गफ्फार खान, शहनाई वादक उस्ताद बिस्मिल्लाह खान, मोहम्मद रफी जैसे महान् विद्वानों और कलाकारों को देखें तो इनकी शिक्षा-दीक्षा मदरसे में नहीं हुई है। अगर ये भी मदरसे की कट्टर धार्मिक शिक्षा ग्रहण करते तो शायद इतने विख्यात एवं उदार नहीं हो पाते।

अतः मुसलमानों के लिए धार्मिक शिक्षा के साथ आधुनिक शिक्षा भी अत्यंत महत्त्वपूर्ण है। इसके लिए मदरसों में धार्मिकता के साथ-साथ विज्ञान और मानवता का पाठ पढ़ाया जाना आवश्यक है। देश की एकता और अखंडता को अक्षुण्ण बनाए रखने के लिए एक समान शिक्षा नीति होनी चाहिए। स्वतंत्र भारत में सभी बच्चों को समान शिक्षा का अधिकार है, इसलिए शिक्षा को धर्म से जोड़कर नहीं देखा जाना चाहिए। आधुनिक युग में मुसलिम समाज, दुनिया के साथ कदम-से-कदम मिलाकर चल सके, इसके लिए केंद्र सरकार द्वारा मदरसों के आधुनिकीकरण को लेकर उठाए गए कदम सराहनीय हैं। इससे मुसलिम जगत में साक्षरता का प्रकाश फैलेगा और वे भी डॉक्टर, इंजीनियर एवं अन्य महत्त्वपूर्ण पदों को प्राप्त कर सकेंगे।

(इस आलेख का संपादित अंश 22 अगस्त, 2022 को 'स्वदेश' (भोपाल), अगस्त 2022 को 'भारत वार्ता' (पत्रिका) में प्रकाशित हुआ।)

□

क्या संविधान से भी ऊपर है नेहरू खानदान?

पाँच दशक तक सत्ता में रहने वाली कांग्रेस पार्टी की पूरी राजनीति नेहरू परिवार तक ही सिमटकर रह गई है। लोकतांत्रिक भारत में राजतंत्र की तरह व्यवहार करने वाले नेहरू खानदान को कानून एवं संविधान से ऊपर समझने की परंपरा पुरानी रही है। 13 जून, 2022 को भी ऐसा देखने को मिला जब ई.डी. द्वारा कांग्रेस के पूर्व अध्यक्ष तथा वायनाड से वर्तमान सांसद श्री राहुल को नेशनल हेराल्ड मामले में जाँच हेतु बुलाया गया था। इस बात की जानकारी मिलते ही श्री राहुल ने कांग्रेस के सभी सांसदों, विधायकों एवं पार्टी पदाधिकारियों को दिल्ली में बुलाया था, जिसका उद्देश्य था राहुल गांधी से पूछताछ के दौरान दिल्ली ई.डी. के कार्यालय के बाहर प्रदर्शन करना और हुआ भी ऐसा ही। 13 जून तक श्री राहुल ई.डी. कार्यालय में रहे, तब तक कांग्रेस के नेता अपनी योजनानुसार ई.डी. कार्यालय के बाहर धरने पर बैठे रहे। धारा 144 लगने के बावजूद कई नेताओं एवं कार्यकर्ताओं द्वारा नारेबाजी एवं विरोध प्रदर्शन जारी रहा। इस दौरान नेहरू परिवार जैसा गुरूर उनके अन्य नेताओं में भी साफ देखने को मिला, जो 'राहुल गांधी झुकेगा नहीं' का पोस्टर लिये अपने नेता के पक्ष में प्रशासन से उलझ रहे थे। कांग्रेस के राजकुमार के लिए सत्याग्रह के नाम पर तांडव दूसरे दिन 14 जून को भी जारी रहा। अपने आप को नेहरू परिवार का विश्वसनीय पात्र दिखाने में कांग्रेस के नेताओं ने कोई कसर नहीं छोड़ी।

इस तमाशे को देखकर देश की जनता के बीच इस बात की खूब चर्चा हो रही है कि विपक्ष में रहते हुए भी आखिरकार जन-समस्याओं के लिए कांग्रेस पार्टी ने कभी इतनी एकजुटता क्यों नहीं दिखाई? क्या उन्हें जनता के मुद्दों से वाकई कोई मतलब नहीं है या फिर राष्ट्रसेवा से बड़ा उनके लिए परिवार की चाटुकारिता है? वर्तमान में कांग्रेस द्वारा किया जा रहा विरोध प्रदर्शन कोई नई बात नहीं है। इसकी नींव ठीक 47 वर्ष पूर्व 13 जून, 1975 को तत्कालीन प्रधानमंत्री श्रीमती इंदिरा द्वारा डाली जा चुकी थी। याद कीजिए 12 जून, 1975 को इलाहाबाद हाईकोर्ट ने तत्कालीन प्रधानमंत्री श्रीमती इंदिरा के खिलाफ फैसला सुनाते हुए सन् 1971 में हुए लोकसभा चुनाव में श्रीमती इंदिरा पर सरकारी मशीनरी का इस्तेमाल करने के लगाए गए आरोपों को सही पाया था। जिसमें न्यायालय ने रायबरेली चुनाव को रद्द कर उन्हें आगामी छह वर्षों तक चुनाव लड़ने से वंचित कर दिया था। उस समय भी गांधी परिवार के कठपुतली नेताओं ने देश में प्रदर्शन करते हुए 'इंदिरा इज इंडिया एंड इंडिया इज इंदिरा' का नारा दिया था। 19 दिसंबर, 2015 को जब श्रीमती सोनिया एवं श्री राहुल नेशनल हेराल्ड मामले में दिल्ली स्थित पटियाला हाउस कोर्ट में पेश होने के लिए जा रहे थे, तब भी कांग्रेस पार्टी ने इसे राजनैतिक कार्यक्रम बनाते हुए अपने कार्यालय से न्यायालय तक पैदल मार्च करके गए थे। मानो ये अपराधी के साथ नहीं किसी विजयी जुलूस में जा रहे हो।

यह पहली बार नहीं हुआ है। जब भी नेहरू परिवार पर लगे आरोप में कारवाई हुई है तो उसकी प्रतिक्रिया में कांग्रेस द्वारा कानून का मजाक बनाया जाता रहा है। इतिहास के पन्नों को पलटेंगे तो पाएँगे कि सन् 1977 में आपातकाल के पश्चात् हुए लोकसभा चुनाव में कांग्रेस को बुरी शिकस्त मिलने के उपरांत 3 अक्तूबर, 1977 को श्रीमती इंदिरा को सन् 1977 लोकसभा चुनाव प्रचार हेतु सरकारी पैसों से 100 जीप खरीदने के आरोप में भ्रष्टाचार की आशंका के कारण गिरफ्तार किया गया था। इसके बाद पुनः 19 दिसंबर, 1978 को विशेषाधिकार हनन और सदन की अवमानना के आरोप में गिरफ्तार कर तिहाड़ जेल भेजा गया था। इसके अलावा सन् 1979 में तत्कालीन प्रधानमंत्री के पुत्र श्री संजय पर आपातकाल के दौरान नसबंदी, सरकारी काम में दखल, मारुति उद्योग विवाद

समेत कई आरोप लगे थे। इसके अलावा 'किस्सा कुरसी का' फिल्म के प्रिंट को जलाने एवं इस मुकदमे में गवाहों पर दबाव बनाने के आरोप में सुप्रीम कोर्ट ने उन्हें तिहाड़ जेल भेजा था। इन सभी में आरोपी नेहरू परिवार के बचाव में पूरी कांग्रेस सड़क पर उतर गई थी। इस तरह का आयोजन विशेष रूप से नेहरू परिवार के लिए ही किया जाता है। कांग्रेस के कई वरिष्ठ मंत्री एवं नेता भी अनेकानेक बार भ्रष्टाचार के आरोप में जेल जा चुके हैं, लेकिन तब उनके लिए कांग्रेस द्वारा ऐसा कोई आयोजन देखने को नहीं मिलता है।

बार-बार प्रधानमंत्री नरेंद्र मोदी पर आरोप लगाने वाली कांग्रेस पार्टी एवं उसके राजकुमार यह भूल जाते हैं कि उनकी सरकार द्वारा जान-बूझकर जब नरेंद्र मोदी के खिलाफ मुकदमा चलाया जा रहा था, तब गुजरात के मुख्यमंत्री रहते हुए अपने खिलाफ चल रहे मामलों में उन्होंने किस प्रकार से सभी जाँच एजेंसियों का भरपूर सहयोग किया था। मार्च 2010 में वह सुप्रीम कोर्ट द्वारा बनाई गई एस.आई.टी. के समक्ष अकेले प्रस्तुत होने गए थे। उस समय इस एस.आई.टी. के प्रमुख रहे तथा पूर्व सी.बी.आई. निदेशक आर.के. राघवन ने अपनी आत्मकथा 'ए रोड वेल ट्रैवल्ड' में लिखा है कि एक दिन में नरेंद्र मोदी को दो बार एस.आई.टी. पूछताछ के लिए बुलाया गया था। लगभग नौ घंटे तक चली पूछताछ में उनसे 100 से अधिक प्रश्न पूछे गए थे। वह लिखते हैं कि इस जाँच के दौरान पूछताछ कर रहे अधिकारी काफी थक गए थे, जिससे वह ब्रेक लेना चाहते थे, इसलिए जब उन्होंने मोदी से लंच ब्रेक के लिए पूछा तो मोदी ने कहा कि वह कानूनी कारवाई के बीच में कोई ब्रेक नहीं लेंगे। उन्होंने किसी भी प्रश्न को इनकार करने का प्रयास नहीं किया। वह स्वयं अपने साथ पानी की बोतल लेकर गए थे। एस.आई.टी. द्वारा चाय के ऑफर को भी मना कर दिया था।

ऐसे में नरेंद्र मोदी एवं नेहरू परिवार में कई बुनियादी अंतर को समझना होगा, तब नरेंद्र मोदी ने पूछताछ में जाने से पूर्व मीडिया को संबोधित करते हुए कहा था कि "भारत का संविधान, भारत का कानून सुप्रीम है और नागरिक के नाते एवं मुख्यमंत्री के नाते मैं भारत के संविधान से, भारत के कानून से बँधा हुआ हूँ। कोई भी व्यक्ति कानून से ऊपर नहीं हो सकता है।" जबकि श्री राहुल

पूछताछ में जाने से पूर्व कांग्रेस पार्टी के नेताओं संग बैठक कर योजना बना रहे थे कि कैसे भ्रष्टाचार के आरोपी के पक्ष में सत्याग्रह के नाम से हिंसक प्रदर्शन कर सुर्खियों में बने रहना है।

प्रधानमंत्री श्री नरेंद्र मोदी का संविधान एवं संवैधानिक संस्थाओं के प्रति यह आचरण उन तक ही सीमित नहीं है, बल्कि भारतीय जनता पार्टी के अन्य नेताओं के व्यवहार एवं स्वभाव में अकसर यह देखने को मिलता है। इतिहास देखेंगे तो गृहमंत्री अमित शाह को सन् 2010 में गुजरात के गृहमंत्री रहते हुए गिरफ्तार किया गया था एवं सी.बी.आई. द्वारा कई बार पूछताछ के लिया बुलाया गया था। सुप्रीम कोर्ट से जमानत मिलने के उपरांत भी कांग्रेस सरकार के दबाव में उन्हें गुजरात नहीं जाने दिया गया था। राम मंदिर निर्माण को ले रथ यात्रा कर रहे श्री लालकृष्ण आडवाणी एवं दिवगंत नेता प्रमोद महाजन को 23 अक्तूबर, 1990 को समस्तीपुर में गिरफ्तार कर लिया गया था। करीब 12 दिन तक उन्हें नजरबंद भी रखा गया था। सुप्रीम कोर्ट ने 24 अक्तूबर, 1999 को विवादित ढाँचा विध्वंस मामले में उत्तर प्रदेश के तत्कालीन मुख्यमंत्री श्री कल्याण सिंह को गिरफ्तार कर एक दिन के लिए भेजा था। पूर्व केंद्रीय मंत्री एवं भाजपा के तत्कालीन राष्ट्रीय अध्यक्ष श्री मुरली मनोहर जोशी, साध्वी उमा भारती और विश्व हिंदू परिषद् के श्रद्धेय अशोक सिंघल को भी कई मौकों पर सी.बी.आई. की विशेष अदालत द्वारा पूछताछ के लिए बुलाया जाता रहा। इन सबके मामले में एक बात सामान्य रूप से देखने को मिलेगी कि भारत के किसी कोने में भाजपा द्वारा न कभी सी.बी.आई. पर सवाल उठाया गया और न ही कांग्रेस सरकार के खिलाफ कोई प्रदर्शन हुआ था। सबने अपनी-अपनी जाँच में प्रशासन को पूर्ण रूप से सहयोग किया था।

नेहरू परिवार ने तो सत्ता के सुख के लिए सभी सिद्धांतों को ध्वस्त कर दिया। कांग्रेस ने अपराधियों एवं भ्रष्टाचारियों से समझौता कर उन्हें अपनी छत्रच्छाया में पालन-पोषण भी किया। उदाहरणस्वरूप श्रीमती इंदिरा की गिरफ्तारी के उपरांत 20 दिसंबर, 1978 को भोला नाथ पांडे एवं देवेंद्र पांडे द्वारा शाम 5:45 पर लखनऊ से दिल्ली की उड़ान भरने वाले इंडियन एयरलाइंस के विमान बोइंग 737 को 132 यात्रियों समेत हाईजैक कर बंधक बना लिया

गया था, जिसे अपनी इच्छा अनुसार वाराणसी में लैंडिंग कराई गई थी। यह सब करने का एकमात्र कारण था श्रीमती इंदिरा की गिरफ्तारी। उन लोगों ने माँग रखी कि इंदिरा को रिहा किया जाए तथा उन पर एवं उनके पुत्र श्री संजय पर लगे सारे मुकदमों को वापस लिया जाए। नेहरू परिवार की भक्ति करने वाले इन दोनों पांडे भक्तों को कांग्रेस ने सत्ता में आने के बाद उन पर से सारे मुकदमे वापस लिये एवं दोनों को पुरस्कारस्वरूप टिकट दिया तथा माननीय बनाकर अपनी घिनौनी राजनीति को जगजाहिर भी किया। इतना ही नहीं कांग्रेस सरकार द्वारा लोकसभा में 29 अगस्त को मानहानि विधेयक, 1988 प्रस्तुत किया गया था। यह विधेयक उस समय आया, जब तत्कालीन प्रधानमंत्री श्री राजीव सहिंत अन्य कांग्रेसी नेताओं के नाम बोफोर्स घोटाले में आए थे, और इस खबर को समाचार-पत्रों में रोजाना विस्तृत ढंग से प्रकाशित किया जाता था। इस बात को ही ध्यान में रखकर श्री राजीव द्वारा यह बिल पेश किया गया था, ताकि भविष्य में ऐसे आरोप लगाने वालों पर काररवाई की जा सके। 30 अगस्त, 1988 को लोकसभा से विधेयक के पास होने के उपरांत देशव्यापी विरोध शुरू हो गया था। जिस पर प्रधानमंत्री श्री राजीव को देश के समक्ष झुकना पड़ा और उन्होंने 22 सितंबर, 1988 को इसे वापस लेने की घोषणा की। नेहरू परिवार स्वभाव से ही अलोकतांत्रिक है। पूर्व में पंडित नेहरू, श्रीमती इंदिरा, श्री संजय एवं राजीव तथा वर्तमान में माँ-बेटा। ये लोग सत्ता प्राप्ति के लिए संविधान और कानून-व्यवस्था को दरकिनार कर अपना स्वार्थ साधते रहे हैं। देश में आपातकाल लगाना एवं संवैधानिक मूल्यों के खिलाफ जान-बूझकर कई कानूनों में बदलाव करना उसका सबसे बड़ा उदाहरण है। कांग्रेस के इसी रवैये के कारण सन् 2013 में सुप्रीम कोर्ट ने देश की सबसे बड़ी जाँच एजेंसी को 'पिंजरे का तोता' कहा था।

ज्ञातव्य है कि परिवारवाद की पर्याय बन चुकी कांग्रेस पार्टी में नेहरू खानदान पर कोई-न-कोई मुकदमा दर्ज है। कांग्रेस की महासचिव प्रियंका गांधी वाड्रा के पति रॉबर्ट वाड्रा पर कई मामलों में केस चल रहा है। नेहरू खानदान अपने नाम में 'गांधी' शब्द जोड़कर जनता को भ्रमित करने का काम करता रहती है। एक बार फिर कांग्रेस ने अपने सोशल मीडिया के माध्यम

से राहुल गांधी को गांधी के वंशज के रूप में प्रस्तुत किया है। सच्चाई यह है नेहरू परिवार का कभी भी महात्मा गांधी से संबंध नहीं रहा है। यह राजनैतिक फायदे के लिए सोची-समझी रणनीति है। राष्ट्रपिता महात्मा गांधी के नाम पर ओछी राजनीति करना बापू एवं उनके कर्मों का अपमान है। अब ऐसे में किसी परिवार के राजकुमार, जिसने सामाजिक जीवन एवं परिवार को जिया नहीं, वह आज जब लोकतंत्र, राष्ट्र, भारत की सांस्कृतिक विरासत की बात करता है तो हास्यास्पद मालूम पड़ता है। ऐसे में कोई गैर सामाजिक, गैर राजनैतिक व्यक्ति इतने बड़े राष्ट्रपुरुष माननीय प्रधानमंत्री नरेंद्र मोदीजी पर कुछ बोलता है तो भारत के जनमानस को चिंता होती है, क्योंकि जनता ऐसे परिवार एवं राजकुमार के इतिहास एवं वर्तमान से भली-भांति परिचित है।

(इस आलेख का संपादित अंश 9 जुलाई, 2022 को 'स्वदेश' (भोपाल), 27 जुलाई 2022 को 'द पायनियर' (अंग्रेजी संस्करण) और 28 जुलाई, 2022 को (हिंदी संस्करण) में प्रकाशित हुआ।)

□

अखंड भारत दिवस

अखंड भारत में आज के अफगानिस्तान, पाकिस्तान, तिब्बत, भूटान, म्यांमार, नेपाल, बांग्लादेश और श्रीलंका आते हैं। इसे सांस्कृतिक भारत भी कहा जाता है। भारत का सबसे बड़ा विभाजन 15 अगस्त, 1947 को हुआ था, इसलिए 14 अगस्त को 'अखंड भारत दिवस' के रूप में मनाया जाता है। आज जब अखंड भारत की बात हो रही है तो ऐसे में भारत की अखंडता के ध्वजवाहक रहे महर्षि अरविंद के कार्यों एवं विचारों को याद करना बहुत ही महत्त्वपूर्ण हो जाता है, जिन्होंने भारतभूमि को साक्षात् दुर्गा का चैत्य बताया था। अखंड भारत के पैरोकार महर्षि अरविंद ने भारत के विभाजन को कभी भी स्वीकारने की बात नहीं की। बंग-भंग आंदोलन के दौरान कांग्रेस के गरमपंथी धड़े के साथ खड़े महर्षि अरविंद ने 1910 में आध्यात्मिक साधना के लिए पुडुचेरी का रुख किया। 14 अगस्त, 1947 को महर्षि अरविंद ने रेडियो तिरुचापल्ली को राष्ट्र के नाम दिए संदेश में कहा था कि यह स्वतंत्रता तब तक अधूरी मानी जाएगी, जब तक भारतभूमि की अखंडता को पूर्ण नहीं बनाया जाएगा। उन्होंने कहा था कि राष्ट्र का यह विभाजन अस्थायी है और इसे कभी भी खंडित नहीं किया जा सकता है। हर राष्ट्र की एक आध्यात्मिक नियति है और भारत की नियति सदैव अखंड होने की है।

स्वतंत्रता के बाद जब पंडित नेहरू भारत के प्रथम प्रधानमंत्री बने तथा सरदार पटेल गृहमंत्री हुए, उसी समय डॉ. श्यामा प्रसाद मुकर्जी जो भारतीय जनसंघ के संस्थापक थे, वे भी उस सरकार में मंत्री के रूप में शामिल थे।

नेहरू तथा पटेल और डॉ. मुखर्जी के विचारों में काफी मतभेद थे। सरदार पटेल एवं डॉ. मुखर्जी भारतीय परिवेश और भारतीय संस्कृति में पले-बढ़े थे, इसलिए भारत के पुनर्निर्माण के विषय में उनकी दृष्टि अलग थी। इसी कारण आजादी के समय जो 562 देशी रियासतें थीं, जो उस समय संघीय ढाँचे में भारत के साथ नहीं जुड़ पाई थीं, वे बाद में सरदार पटेल के प्रयासों के कारण ही एक हो सकीं। हैदराबाद, जूनागढ़, भोपाल समेत ऐसे कुछ रियासत थे, जो भारत में शामिल होना नहीं चाहते थे, उसे सरदार पटेल ने ही भारत में शामिल होने के लिए बाध्य किया। पंडित नेहरू के हस्तक्षेप के कारण जम्मू-कश्मीर में समस्या उत्पन्न हो गई और डॉ. मुकर्जी के बलिदान के बावजूद जम्मू-कश्मीर भारत के लिए सिरदर्द ही बना रहा, जिसका समाधान भारत के सच्चे सपूत श्री नरेंद्र मोदी की सरकार ने किया।

माउंटबेटन ने 15 अगस्त, 1947 को भारत की आजादी के लिए तय किया था। भोपाल एक ऐसी रियासत थी, जिसने संप्रभु एवं स्वतंत्र रहने की घोषणा की। यहाँ एक मुसलिम नवाब हमीदुल्ला खान, अधिसंख्यक हिंदू जनसंख्या पर शासन करता था। वह मुसलिम लीग का करीबी मित्र एवं कांग्रेस का घोर विरोधी था, हालाँकि उसने माउंटबेटन को लिखा कि वह एक स्वतंत्र रियासत चाहता है, किंतु माउंटबेटन ने उसे उत्तर देते हुए लिखा कि "कोई भी शासक अपने नजदीकी अधिराज्य (डामिनियम) से भाग नहीं सकता है।" जुलाई 1947, जब अधिकांश राजाओं ने भारत में शामिल होने का निर्णय लिया तो अंततः भोपाल के नवाब ने भी विलय-पत्र पर हस्ताक्षर कर दिए। इसी प्रकार गुजरात के दक्षिण-पश्चिम में स्थित एक रियासत, जो 15 अगस्त, 1947 तक भारत में शामिल नहीं हुई थी, की अधिकांश जनसंख्या हिंदू एवं शासक मुसलिम था। 15 सितंबर, 1947 को नवाब मुहम्मद महाबत खानजी ने पाकिस्तान में शामिल होने का फैसला किया और तर्क दिया कि जूनागढ़ समुद्र द्वारा पाकिस्तान से जुड़ा है। दो राज्यों के शासक मंगरोल एवं बाबरियावाड जो जूनागढ़ के अधीन थे, ने प्रतिक्रियास्वरूप जूनागढ़ से स्वतंत्रता एवं भारत में शामिल होने की घोषणा की। इसकी अनुक्रिया में जूनागढ़ के नवाब ने सैन्यबल का प्रयोग कर इन दोनों राज्यों पर कब्जा कर लिया, परिणामस्वरूप पड़ोसी राज्यों के राजाओं

ने भारत सरकार से मदद की अपील की। भारत सरकार मानती थी कि यदि जूनागढ़ को पाकिस्तान में शामिल होने की अनुमति दे दी गई तो सांप्रदायिक दंगे और भयावह रूप धारण कर लेंगे, साथ ही बहुसंख्यक हिंदू जनसंख्या, जो कि 80 प्रतिशत है, इस फैसले को स्वीकार नहीं करेगी। इस कारण भारत सरकार ने 'जनमत संग्रह' से विलय के मुद्दे के समाधान का प्रस्ताव रखा। इसी दौरान भारत सरकार ने जूनागढ़ के लिए ईंधन एवं कोयले की आपूर्ति को रोक दिया एवं भारतीय सेनाओं ने मंगरोल एवं बाबरियावाड पर कब्जा कर लिया। पाकिस्तान, भारतीय सेनाओं की वापसी की शर्त के साथ 'जनमत संग्रह' के लिए सहमत हो गया, लेकिन भारत ने इस शर्त को खारिज कर दिया। 7 नवंबर, 1947 को जूनागढ़ की अदालत ने भारत सरकार को राज्य का प्रशासन अपने हाथ में लेने के लिए आमंत्रित किया। जूनागढ़ के दीवान सर शाह नवाज भुट्टो (सुप्रसिद्ध जुल्फीकार अली भुट्टो के पिता) ने हस्तक्षेप के लिए भारत सरकार को आमंत्रित करने का निर्णय लिया। फरवरी, 1948 को 'जनमत संग्रह' कराया गया, जो लगभग सर्वसम्मति से भारत में विलय के पक्ष में गया।

हैदराबाद सभी रियासतों में सबसे बड़ी एवं सबसे समृद्धशाली रियासत थी, जो दक्कन पठार के अधिकांश भाग को कवर करती थी। इस रियासत की अधिसंख्यक जनसंख्या हिंदू थी, जिस पर एक मुसलिम शासक निजाम मीर उस्मान अली, शासन करता था। इसने एक स्वतंत्र राज्य की माँग की एवं भारत में शामिल होने से मना कर दिया। इसने जिन्ना से मदद का आश्वासन प्राप्त किया और इस प्रकार हैदराबाद को लेकर कशमकश एवं उलझनें समय के साथ बढ़ती गईं। पटेल एवं अन्य मध्यस्थों के अनेक निवेदन एवं धमकियाँ निजाम के मानस पर कोई फर्क नहीं डाल सकीं और उसने लगातार यूरोप से हथियारों के आयात को जारी रखा। परिस्थितियाँ तब भयावह हो गईं, जब सशस्त्र कट्टरपंथियों ने हैदराबाद की हिंदू प्रजा के खिलाफ हिंसक वारदातें शुरू कर दीं। 13 सितंबर, 1948 के ऑपरेशन पोलो के तहत भारतीय सैनिकों को हैदराबाद भेजा गया। चार दिन तक चले सशस्त्र संघर्ष के बाद अंततः हैदराबाद भारत का अभिन्न अंग बन गया। बाद में पंडित नेहरू की तुष्टीकरण वाली नीति के कारण निजाम के आत्मसमर्पण पर उसे पुरस्कृत करते हुए हैदराबाद राज्य का गवर्नर बनाया गया।

पंडित नेहरू की तुष्टीकरण वाली नीति के कारण ही आगे चलकर इन रियासतों को जोड़ने के क्रम में देश के भीतर कुछ नए कानून, कुछ नए प्रावधान बनाए गए, जैसे धारा 370, 35 (।) एवं अन्य जो कि बाद में देश के लिए अभिशाप साबित हुआ। सन् 1947 के बाद पंडित नेहरू और अन्य कांग्रेसी प्रधानमंत्री तुष्टीकरण की नीति पर चलते रहे और इसी के कारण भारत में आतंकवाद, उग्रवाद, नक्सलवाद, क्षेत्रवाद और अलगाववाद को बढ़ावा मिला। इसके विपरीत सरदार पटेल एवं डॉ. मुखर्जी की सोच भारतीयता से अनुप्राणित रही। तभी तो भारतीय जनसंघ के संस्थापक डॉ. मुखर्जी ने कश्मीर में सत्याग्रह किया, जिसमें उनकी शहादत भी हो गई। कांग्रेस ने भारतीय समाज को धर्म, जाति, संप्रदाय के नाम पर बाँटा। नक्सलवाद के प्रणेता चारु मजूमदार हों या खालिस्तान के भिंडरावाले, इनका जन्म भी कांग्रेस के शासनकाल में ही उनकी गलत नीतियों के कारण हुआ। प्रधानमंत्री नेहरू का दौर हो या श्रीमती इंदिरा गांधी का, इन लोगों ने ही पहले इनको बढ़ावा दिया। इसमें एक विषय और आता है कि पश्चिम पाकिस्तान और पूर्वी पाकिस्तान 14 अगस्त को आजाद हुए और उस आजादी के बाद स्वाभाविक रूप से दोनों की संस्कृति भारत जैसी ही थी, किंतु पश्चिमी पाकिस्तान पूर्वी पाकिस्तान से सदैव भेदभाव करता था, जिससे आगे चलकर वहाँ बांग्लादेश में स्वतंत्र होने की बातें सामने आने लगीं और फिर बाद में बहुत बड़ा आंदोलन चला। बांग्लादेश को आजाद कराने में भारत की अहम भूमिका रही, लेकिन ये कितना दुर्भाग्यपूर्ण है कि जिस देश को हमने स्वाधीन कराया वो हमारा मित्र देश नहीं बन पाया। और इसी कारण आज अपने देश के भीतर घुसपैठ का मामला दिनोदिन बढ़ता ही गया। श्रीमती इंदिरा गांधी के विषय में कहा जाता है कि उन्होंने बांग्लादेश को आजाद कराया, लेकिन उस आजादी के कारण भारत को क्या मिला, ये भी चिंतन का विषय है।

भारतरत्न अटलबिहारी वाजपेयी पहले ऐसे गैर कांग्रेसी प्रधानमंत्री बने जिन्होंने अपना कार्यकाल भी पूरा किया और भारतीय सीमा, देश की सुरक्षा, अंत्योदय, देश की सैन्य शक्ति और भारत की आर्थिक क्षेत्र में आत्मनिर्भरता को उन्होंने बढ़ावा दिया तो वहीं दूसरी ओर आतंकवाद, अलगाववाद, उग्रवाद एवं नक्सलवाद के खिलाफ सख्ती बरती। इसके साथ ही अटलजी ने सफल

अणु परीक्षण कर देश को मजबूत भी किया और पड़ोसी देशों के साथ अच्छे संबंध भी बनाए। इसका उदाहरण है कि भारत-नेपाल के संबंध जो प्रधानमंत्री श्री राजीव गांधी के समय खराब हुए थे, जिसके कारण सीमा को सील कर दिया गया था, व्यापारिक संबंध बंद पड़ गए थे और उसके कारण नेपाल में रहने वाले भारतीय समर्थक थे, उन लोगों के भी मन में खटास पैदा हो गई। भारत के प्रति इस संबंध के लिए भी तब की कांग्रेस सरकार ही जिम्मेवार थी, इसलिए जब भी अटलजी की चर्चा होगी, वे पड़ोसी देशों के साथ भारत के अच्छे रिश्ते के लिए हमेशा याद किए जाएँगे। अटलजी ने ही आंतरिक सुरक्षा के लिए बॉर्डर पर फेंसिंग भी कराया था, ताकि विवाद हमेशा के लिए समाप्त हो जाए, लेकिन दुर्भाग्य से अटलजी के बाद फिर कांग्रेस सत्ता में आ गई, जिससे पुनः वे सारी समस्याएँ खड़ी हो गईं, जो कांग्रेस ने वर्षों से पैदा कर रखी थीं, लेकिन दस साल बाद सन् 2014 में जब माननीय नरेंद्र मोदीजी देश के प्रधानमंत्री बने तो पुनः सरदार पटेल, डॉ. मुखर्जी एवं अटलजी के प्रयासों को आगे बढ़ाते हुए राष्ट्रहित में कुछ कानूनों को खत्म किया एवं देश की सुरक्षा, सैन्य शक्ति को आत्मनिर्भर बनाने का प्रयास किया है, जिसमें उन्हें सफलता भी मिली है। प्रधानमंत्री मोदीजी के पहले कार्यकाल में राजनाथ सिंह और वर्तमान में अमित शाह जी ने गृहमंत्री के रूप में जो कार्य भारत एकता एवं अखंडता के लिए किया है, उसे आगे आने वाली पीढ़ी हमेशा याद रखेगी। पिछले छह वर्ष में भारत की सरकार द्वारा कई ऐसे साहसिक कार्य किए गए हैं, जो देश की एकता एवं अखंडता की दृष्टि से बहुत महत्त्वपूर्ण हैं, जिसे कांग्रेस की सरकार ने 70 वर्षों से लटकाकर रखा था।

उदाहरण के तौर पर चीन के साथ डोकलाम का मामला हो,पाकिस्तान या बांग्लादेश के साथ घुसपैठ हो या कश्मीर से धारा 370 हटाने का मामला हो या विश्व पटल पर भारत की पहचान बनाने का कार्य हो, इन सबको केंद्र की मोदी सरकार ने बेहतर ढंग से किया है। इसके साथ-साथ देश के अंदर भी जिस प्रकार से अनेक महत्त्वपूर्ण कार्य किए गए हैं, चाहे वे पूर्वोत्तर के राज्यों में विकास का कार्य हो या किसी अन्य राज्यों का, कोरोना काल में जनहित में किए गए प्रयास हों अथवा इन्फ्रास्ट्रक्चर और आर्थिक मोरचे के सुदृढ़ीकरण

का, हर जगह वे सफल दिखते हैं। वर्तमान सरकार ने बिना किसी भेदभाव के सबको एक सूत्र में बाँधकर सबका साथ एवं सबका विकास के मंत्र के साथ जो कार्य किए हैं, वह बताता है कि राष्ट्रीय एकता एवं अखंडता के लिए वे कितने आवश्यक थे।

कुल मिलाकर ये बात समझी जा सकती है कि राष्ट्र की एकता और अखंडता के मुद्दे पर सरदार पटेल, डॉ. मुखर्जी, पंडित दीनदयाल उपाध्यायजी के विचारों पर ही अटलजी की सरकार ने कार्य किया एवं जिन-जिन राज्यों में भी भाजपा और एन.डी.ए. की सरकार थी या है, ने उनके ही विचारों को आगे बढ़ाया है। हमारे आज के प्रधानमंत्री मोदीजी भी दृढ़ संकल्प के साथ राष्ट्रीय एकता और अखंडता के विषय में किसी भी प्रकार का कोई समझौता न करते हुए महत्त्वपूर्ण निर्णय कर रहे हैं। आज के परिवेश में ये बहुत ही जरूरी है कि युवा वर्ग को राष्ट्र की सर्वोपरिता का पाठ पढ़ाया जाए। समय की यह माँग है कि अखंड भारत की अद्भुत कहानी एवं अखंडता के लिए दिन-रात एक कर कार्य करने वाली सरकार के बारे में जानें और उसको समझें।

(इस आलेख का संपादित अंश 14 अगस्त, 2021 को 'दैनिक जागरण' के राष्ट्रीय संस्करण और 'भारत वार्ता' पत्रिका के सितंबर 2021 के अंक में प्रकाशित हुआ।)

□

राजनीति का अपराधीकरण लोकतंत्र के लिए खतरा

लोकतांत्रिक व्यवस्था में राजनीति का उद्देश्य राष्ट्रहित में कार्य करना है। इसी उम्मीद से जनता मतदान के द्वारा सांसद, विधायक एवं त्रिस्तरीय पंचायती व्यवस्था में अपने जनप्रतिनिधि को चुनती है। चुने हुए जनप्रतिनिधियों से देश को अपेक्षा रहती है कि ये जनसरोकार के मुद्दों पर विचार-विमर्श कर नीति-निर्धारण का कार्य करेंगे, लेकिन जब इन माननीयों का रिश्ता अपराध जगत् से जुड़ने लगता है तो जनमानस का विश्वास टूटता है और आक्रोश भी फूटता है। जनप्रतिनिधियों की जीवनशैली, बोल-चाल, रहन-सहन एवं व्यवहार को आदर्श मानकर समाज उसका अनुसरण करता था। डॉ. आंबेडकर, सरदार पटेल, डॉ. श्यामा प्रसाद मुकर्जी, लालबहादुर शास्त्री, डॉ. लोहिया, अटल बिहारी वाजपेयी, सुषमा स्वराज, जॉर्ज फर्नांडिस, राजनारायण, मधुलिमये जैसे विभिन्न दलों के अनेक उदाहरण हैं, जिनके तथ्यों एवं तर्कपूर्ण बातों को लोग सुनने के लिए इच्छुक रहते थे। सदन की काररवाई को घरों में सुनने और देखने का प्रचलन था। पूर्व के राजनेताओं को आदर्श मानकर मरणोपरांत चौक-चौराहे पर उनकी प्रतिमा लगाकर, रोड व संस्थाओं का नामकरण कर समाज उन्हें स्थापित करता था, ताकि आने वाली पीढ़ी को ऐसे व्यक्तित्व के बारे में जानकारी मिल सके। दुर्भाग्यवश आज कई नेता संवैधानिक पद पर रहते हुए जनता के पैसे से स्वयं की मूर्ति स्थापित करवाने की होड़ में लगे रहते हैं।

भारत में सन् 80 के दशक से राजनीति का अपराधीकरण हो गया है।

राजनीति में बढ़ते अपराधीकरण के कई कारण हैं। चुनाव में धनबल एवं बाहुबल का धड़ल्ले से इस्तेमाल किया जाता है। चुनाव जीतने के उद्देश्य से विभिन्न राजनैतिक दलों द्वारा आपराधिक छवि वाले व्यक्ति को धनबल एवं बाहुबल के कारण टिकट दिया जाता है। सत्ता के संरक्षण में भ्रष्टाचार कर रहे अपराधियों को इनाम के तौर पर राजनीति में लाया जाता है और फिर उन्हें जनता का सेवक बताकर उनके घृणित कार्य को छुपाने का प्रयास भी किया जाता है। कई बार तो आपराधिक तत्त्वों को राजनीति में उनकी जाति, धर्म एवं समुदाय के आधार पर प्रवेश कराया जाता है। भारत में कई ऐसी राजनैतिक पार्टियाँ भी हैं, जहाँ एक परिवार ही पार्टी है। कहने को तो उस पार्टी का संविधान है, लेकिन वास्तविकता में पार्टी में कोई भी निर्णय लोकतांत्रिक तरीके से न होकर के एक परिवार के इच्छा अनुसार ही होता है। आपराधिक छवि वाले व्यक्ति को टिकट मिल जाता है। जब जनता की अवाज बनने वाले प्रतिनिधि ही अपराध से घिरे होंगे तो वह अपनी जनता को क्या न्याय दिलाएँगे? अब राजनीति में सेवा भाव से आने वाले लोगों की संख्या कम देखने को मिलती है। इस दौर में अधिकांश लोग राजनीति का मार्ग अपनाकर अपने व्यावसायिक कार्यों को मजबूती प्रदान करने में लगे रहते हैं। समय के साथ-साथ राजनीति के तौर-तरीकों में बदलाव हुआ है। पूर्व में अपराधी जनप्रतिनिधि को जिताने का प्रयास करते थे, जो जीतने के बाद उसके कुकर्मों में मददगार बन संरक्षण प्रदान करेगा, परंतु ये अपराधी अपनी ताकत को पहचानकर अब स्वयं जनप्रतिनिधि बनने लगे हैं।

भारतीय राजनीति में कई ऐसे दौर आए हैं, जब अपराधियों को राजनैतिक दलों द्वारा संरक्षण देकर माननीय बनाया गया है। उदाहरण के तौर पर 20 दिसंबर, 1978 को भोला नाथ पांडे एवं देवेंद्र पांडे द्वारा लखनऊ से दिल्ली की उड़ान भरने वाले इंडियन एयरलाइंस के विमान बोइंग 737 को 132 यात्रियों समेत हाईजैक कर बंधक बनाया गया था, जिसे बाद में प्रमुख राजनैतिक दल द्वारा उन पर कठोर काररवाई करने की बजाय मुकदमे वापस लिये गए तथा दोनों को पाक-साफ बताते हुए चुनाव भी लड़वाया गया। अपराधी का बोलबाला इतना कि कई बार तो वह जेल से चुनाव लड़ते और जीतते रहे हैं। वहीं देश में माननीय लालकृष्ण आडवाणी जैसे जनप्रतिनिधि थे, जब उन पर प्रायोजित

आर्थिक अपराध की श्रेणी का आरोप लगा तो उन्होंने स्वयं इस्तीफा दे दिया एवं अपराध मुक्ति के पश्चात् पुनः सांसद बने।

राजनीति के अपराधीकरण होने का नकारात्मक एवं दूरदर्शी प्रभाव हमारे समक्ष है। पूर्व में जब सदन की कारखाई चलती थी, तब सदन में गरिमामयी ढंग से विभिन्न मुद्दों पर सार्थक बहस होती थी। आज उसकी गुणवत्ता में कमी आई है, जिसके परिणामस्वरूप सदन के भीतर की घटनाएँ हिंसात्मक तक हो जाती हैं। इसका प्रमुख कारण आपराधिक तत्त्वों का सदन में पहुँचना भी है। अपराधी राजनीति की शरण लेकर अपने आप को निर्दोष साबित करते हैं। सत्ता के सहारे वह कानूनी कारखाई में धन-बल के माध्यम से बाधा उत्पन्न कर प्रभावित करने का प्रयास करते हैं। मुख्यतः दो प्रकार के अपराधी राजनीति में देखने को मिलते हैं। एक हिंसक अपराधी तो दूसरे आर्थिक अपराधी। हिंसक अपराधी प्रत्यक्ष एवं अप्रत्यक्ष रूप से अपने क्षेत्र में लोगों को डरा-धमका कर स्वयं की मरजी से वोट डलवाते हैं। चुनाव में ऐसे असामाजिक तत्त्वों के बलबूते ही बूथ कैप्चर करने की कई घटना पूर्व में देखने को मिलती थीं। दूसरी तरफ आर्थिक अपराधी पैसों के बल पर नेताओं के प्रिय बने रहते हैं। दोनों श्रेणियों के अपराध में सामान्य बात यह है कि जब वह स्वयं के पैर जमा लेते हैं तो उसी अपराधी प्रवृत्ति के अपने अन्य साथियों को इस कड़ी में जोड़ते हैं, फिर इनका कारवाँ बढ़ता जाता है। अपराधियों को राजनीति में बढ़ावा मिलने से समाज की शांति, सौहार्द भी बिगड़ता है। विगत कुछ वर्षों से पश्चिम बंगाल में इस तरह का वातावरण देखने को मिल रहा है, इसलिए राजनीति का अपराधीकरण हो या अपराधी का राजनीतीकरण दोनों ही राष्ट्र एवं लोकतंत्र के लिए घातक हैं।

राजनीति के अपराधीकरण की समस्या लोकसभा एवं विधानसभा तक ही सीमित नहीं है। इसकी गहरी जड़ें नगर निकाय और पंचायत चुनाव तक फैल चुकी हैं। इसके परिणाम के रूप में अपराधी प्रवृत्ति के लोग चुनाव लड़ते हैं तथा धन और बाहुबल के दम पर जीतते भी हैं, जो लोकतांत्रिक मूल्य एवं संवैधानिक मर्यादा के विरुद्ध है। राजनीति का अपराधीकरण विषय पर पूर्व में कई बार न्यायालय द्वारा भी चिंता जताते हुए कारखाई के आदेश दिए जा चुके हैं। ऐसे में सुप्रीम कोर्ट का हस्तक्षेप स्वाभाविक है। जब सुप्रीम कोर्ट के

समक्ष यह आँकड़ा प्रस्तुत हुआ कि गत चार लोकसभा चुनाव में सांसदों के विरुद्ध आपराधिक मामलों में निरंतर बढ़ोतरी हुई है। सन् 2004 के दौरान कुल लोकसभा में 24 प्रतिशत सांसदों के विरुद्ध आपराधिक मामले थे। 2009 में यह बढ़कर 30 प्रतिशत हुए, फिर 2014 में यह आँकड़ा 34 प्रतिशत पहुँच गया और अभी, यानी 2019 में छलाँग लगाकर यह संख्या 43 प्रतिशत हो गई है। इनमें से कई माननीयों पर हत्या, बलात्कार और अपहरण जैसे गंभीर आरोप हैं।

सन् 1999 में एसोसिएशन फॉर डेमोक्रेटिक रिफॉर्म्स (ए.डी.आर.) द्वारा दायर जनहित याचिका पर सुप्रीम कोर्ट ने मई, 2002 में ऐतिहासिक फैसला सुनाते हुए राष्ट्रीय, राजस्तरीय एवं स्थानीय चुनाव में उम्मीदवार को नामांकन भरने के दौरान अपनी आपराधिक, वित्तीय और शैक्षणिक जानकारी को विस्तृत ढंग से सार्वजनिक करने का निर्देश दिया था। बाद में कोर्ट के आदेश को विधेयक के माध्यम से दिसंबर, 2002 को पलट दिया गया था। इसे पुनः न्यायालय में चुनौती दी गई, जिस पर सर्वोच्च अदालत ने मार्च, 2003 को अपने फैसले में, विधेयक को असंवैधानिक बताते हुए पूर्व के आदेश को लागू कर दिया था। लिली थॉमस बनाम भारत सरकार के चर्चित मामले में सर्वोच्च न्यायालय ने लोक प्रतिनिधित्व अधिनियम 1951 की धारा 8 (4) को असंवैधानिक घोषित करते हुए फैसला सुनाया था कि किसी भी सदन का कोई भी सदस्य यदि अपराध में दोषी पाया जाता है तथा दो वर्ष और उससे अधिक समय के लिए कारावास की सजा मिलती है तो तत्काल प्रभाव से उसकी सदस्यता समाप्त हो जाएगी। सन् 2018 में लोक प्रहरी बनाम भारत संघ के मामले में सुप्रीम कोर्ट के आदेश के आलोक में राजनैतिक पार्टियों द्वारा अपराधियों को मदद पर रोक लगाने की दिशा में निर्देश दिए थे, फिर पब्लिक इंटरेस्ट फाउंडेशन बनाम भारत संघ सितंबर 2018 में सुप्रीम कोर्ट ने अपने आदेश में कहा था कि चुनाव लड़ने से पूर्व उम्मीदवारों को उनके विरुद्ध चल रहे आपराधिक मामलों की जानकारी चुनाव आयोग के साथ-साथ प्रिंट एवं इलेक्ट्रॉनिक मीडिया को देकर सार्वजनिक करना होगा। इस पर कोई पहल नहीं होने के कारण पुनः 14 फरवरी, 2020 को सुप्रीम कोर्ट ने राजनीति में बढ़ते अपराधीकरण के संबंध में याचिका पर सुनवाई करते हुए अपने फैसले में कहा

था कि सभी राजनैतिक दलों को आपराधिक पृष्ठभूमि वाले उम्मीदवारों की सूची सार्वजनिक करनी होगी। प्रत्याशी चयन करने के 72 घंटों के भीतर इस संबंध में चुनाव आयोग को भी सूचित करना होगा। कोर्ट के आदेश पर अमल नहीं करने वाले राजनैतिक दलों पर न्यायालय की अवमानना के अंतर्गत चुनाव आयोग कानूनी काररवाई कर सकता है। राजनीति में बढ़ते अपराधीकरण को रोकने हेतु लगभग आधा दर्जन से अधिक समिति एवं आयोग का गठन किया गया था, जिन्होंने समय-समय पर अपने सुझाव दिए हैं।

एक प्रश्न यह उठता है कि जब जनता द्वारा ही माननीय को चुना जाता है, तो फिर उस पर सवाल क्यों उठाना? यह सही है कि जनता अपने प्रतिनिधियों का चुनाव स्वेच्छा से करती है, लेकिन यह भी सत्य है कि राजनैतिक दलों की पसंद दागी उम्मीदवार रहते हैं, इसलिए जनता के चुनने से पूर्व ही राजनैतिक दल उम्मीदवार के रूप में ऐसे लोगों को चुनकर टिकट दे देते हैं। ए.डी.आर. की रिपोर्ट के अनुसार 70 सीटों वाली दिल्ली विधानसभा चुनाव 2020 में प्रमुख तीन दलों को मिलाकर लगभग 81 दागी उम्मीदवारों को टिकट दिया गया था। जब राजनैतिक दलों के द्वारा ही अपराधियों को बढ़ावा मिलेगा तो जनता उनके द्वारा भ्रष्टाचार एवं अपराधमुक्त के वायदों को कितनी गंभीरता से लेगी, यह भी विचारणीय है। अपराध के रास्ते राजनीति में आए हुए नेता राष्ट्र की बात तो दूर अपनी पार्टी के प्रति भी समर्पित नहीं होते हैं। ऐसे लोग अवसरवाद से घिरे होते हैं। इन्हें सिद्धांत से कोई फर्क नहीं पड़ता। पद और पैसे का भूत उन पर इतना सवार होता है कि यह कभी भी किसी दल में जा सकते हैं। यूपी, बिहार समेत कई अन्य राज्यों में विभिन्न दलों के उम्मीदवारों की सूची देखने से पता चलता है कि यह जनता के प्रतिनिधि नहीं, बल्कि अपराधियों के प्रतिनिधि का चुनाव हो रहा है। कई बार तो जनता ने ऐसे प्रत्याशियों को चुनाव में हराकर प्रतिशोध भी लिया है। ताजा उदाहरण तो उत्तर प्रदेश का विधानसभा चुनाव 2022 में मिला, जहाँ पार्टियों द्वारा टिकट पाने में प्रत्याशी सफल तो रहे, लेकिन जनता ने उसे नकार दिया। राजनीति में बढ़ते अपराधीकरण के कारण कई बार चुनाव में जनता के समक्ष कोई विकल्प नहीं होता है। राजनैतिक दलों द्वारा चुनाव में आपराधिक छवि के लोगों को टिकट मिलने से जनता में नाराजगी

देखने को मिलती है। सन् 2013 से पूर्व भारत में प्रत्याशियों को नकारने की कोई व्यवस्था नहीं थी। मजबूरन जनता उन अपराधियों में से कम अपराध वाले प्रत्याशी को वोट देती थी या फिर स्वयं को चुनाव से अलग रखती थी, लेकिन वर्ष 2013 से नोटा का विकल्प उपलब्ध होने के बाद अंतर देखने को मिला है। जैसे 2013 में छत्तीसगढ़ विधानसभा चुनाव में कुल 77.12 प्रतिशत वोट पोल हुआ था, जिसमें 3.06 प्रतिशत वोट नोटा था। सन् 2015 के बिहार विधानसभा चुनाव में 56.66 प्रतिशत कुल मतदान पोल हुआ था, जिसमें नोटा में पड़े कुल मत का प्रतिशत 2.50 था। वहीं 2013 राजस्थान विस. चुनाव में 75.04 प्रतिशत वोट पोल हुआ था और नोटा में 1.91 प्रतिशत वोट मिले थे, जबकि 2019 लोकसभा चुनाव में 65 लाख से अधिक मत नोटा को मिला था।

इस समस्या के समाधान हेतु प्राथमिक स्तर पर राजनैतिक दलों को आगे आना होगा। किसी भी चुनाव में उम्मीदवार का चयन करते समय बस जीत की जिद नहीं होनी चाहिए। उन्हें पार्टीहित से ऊपर उठकर भारतीय लोकतंत्र को श्रीसंपन्न करने पर विचार करना चाहिए। जनतंत्र में लोगों की आस्था कैसे बढ़े और चुनाव पारदर्शी कैसे हो, पर भी गंभीरतापूर्वक विचार करने की आवश्यकता है। जनता को भी अपने अधिकारों के प्रति सजग रहकर निर्णय करना होगा। इसके अलावा समिति, आयोग द्वारा दिए गए सुझावों को तथा सुप्रीम कोर्ट के निर्देशों को चुनाव आयोग द्वारा गंभीरतापूर्वक लागू किया जाना चाहिए। इसमें राज्य एवं केंद्र सरकार की पहल और भागीदारी भी अति आवश्यक है। ऐसा करने से ही राजनीति में अपराधीकरण रुकेगा और आदर्श स्थिति उत्पन्न होगी। चुनाव में नैतिकता को बल मिलेगा और मूल्य आधारित राजनैतिक वातावरण बन सकेगा।

(इस आलेख का संपादित अंश
28 नवंबर, 2022 को 'राष्ट्रीय सहारा' में प्रकाशित हुआ।)

□

अब बस स्वार्थ की खातिर दल-बदल की राजनीति

राजनीति में कोई व्यक्ति किसी विचाराधारा से प्रभावित होकर उस दल का कार्यकर्ता बनता है और राजनीति में सक्रिय होता है; लेकिन आज के परिवेश में भारतीय राजनीति में कम समय में बहुत कुछ हासिल करने की चेष्टा रखने वाले नेताओं की तादाद काफी बढ़ गई है। ऐसे में बिना परिश्रम एवं संघर्ष किए पद हासिल करने की इच्छा में नेताओं द्वारा कई शॉर्टकट हथकंडे अपनाए जाते रहे हैं। इनमें से सबसे सस्ता और आसान तरीका दल बदलने की रही है। अब दल बदलकर अपने आप को बड़े नेता कहलाने की मानो नई परंपरा की शुरुआत हो गई है। भारत में जब भी दल बदलने की चर्चा होती है तो उसमें पहला नाम हरियाणा का आता है। सन् 1980 में रातोंरात तत्कालीन मुख्यमंत्री श्री भजन लाल ने अपनी कुरसी बचाने के लिए समर्थक विधायकों की दल–बदल कांग्रेस में करवा दिया था। स्वतंत्र भारत में पहली बार देश ने देखा कि कैसे एक सरकार का दल–बदल हो गया। दल–बदल के मामले में उछाल तब और बढ़ गया, जब तत्कालीन प्रधानमंत्री श्रीमती इंदिरा गांधी के नेतृत्व में कांग्रेस कई राज्यों में चुनाव हारने के बावजूद छल–बल एवं जोड़-तोड़ करके सरकार बनाई।

नेताओं द्वारा विभिन्न मंचों के माध्यम से अपने भाषणों में राजनीतिक सिद्धांत, नीति और विचारधारा की बात तो जरूर सुनने को मिलता है, लेकिन सच्चाई यह है कि परिस्थिति के अनुसार नेता चुनाव में जीत दर्ज करने तथा

सदन पहुँचने के लिए दल बदलते रहते हैं। ऐसे नेताओं की चिंता देश एवं दल से ज्यादा स्वयं की होती है। हद तो तब हो गई, जब हाल के वर्षों में कुछ तथाकथित छात्र एवं युवा नेता जिस कम्युनिस्ट आंदोलन और विचारधारा के कारण नेता बन लोकसभा और विधानसभा का चुनाव लड़े और फिर चुनाव हार जाने के बाद विधायक अथवा सांसद बनने की आकांक्षा के लिए दल-बदल करने लगे हैं। दल-बदल की राजनीति में 'आया राम, गया राम' शब्द का इस्तेमाल काफी होता है। यह मात्र कहावत नहीं, वास्तविक घटना है, जिसका संबंध भी हरियाणा से है। बात सन् 1967 की है, जब गया लाल हरियाण के पलवल जिले अंतर्गत हसनपुर से विधायक चुने गए थे। उन्होंने एक दिन में 3 बार दल बदले थे। इस घटनाक्रम के बाद चंडीगढ़ में हुए प्रेस कॉन्फ्रेंस में एक नेता ने कहा था कि 'गया राम अब आया राम' है। तब से ही राजनीति में पाला बदलने वाले के लिए यह किस्सा प्रसिद्ध हो गया।

लोकतांत्रिक व्यवस्था में हर व्यक्ति की अपनी सोच होती है, जिसे वह कभी भी बदलने के लिए स्वतंत्र होता है। यदि किसी व्यक्ति के विचारों में परिवर्तन होने को पूरी तरह से गलत मान लिया जाए तो यह भी उचित नहीं होगा। स्वतंत्र भारत की राजनीति में वैचारिक मतभेद के कारण अलग दल या पार्टी बनाने के कई दृष्टांत हमारे समक्ष हैं, जिसने लोकतांत्रिक व्यवस्था को मजबूती प्रदान की है। उदाहरण-स्वरूप भारतीय जनसंघ के संस्थापक डॉ. श्यामा प्रसाद मुकर्जी एवं चक्रवर्ती राजगोपालाचारी, जो अपने समय में भारत के शीर्ष राजनेताओं में गिने जाते थे। ये दोनों कांग्रेस से जुड़े थे, लेकिन बाद में वैचारिक मतभेद होने के कारण कांग्रेस छोड़ अलग हुए तथा अलग दल का गठन किया, जो आज भी जीवंत है। इसके अलावा आचार्य नरेंद्र देव, डॉ. राम मनोहर लोहिया, आचार्य जेबी कृपलानी जैसे राजनेताओं ने भी अलग पार्टी का गठन किया था। पूर्व के राजनेता अपने विचार, सिद्धांत और आदर्श के कारण दल छोड़कर नया दल बनाते थे, जबकि आज के नेता निजी स्वार्थ, परिवार एवं सत्ता-प्राप्ति के लक्ष्य से ही दल बदलते हैं। राजनीतिक मौसम का अंदाजा एवं परिस्थिति का आकलन कर दल-बदल करते नेताओं को देखकर मालूम पड़ता है कि अब चुनाव मात्र व्यक्तिगत और राजनीतिक महत्त्वाकांक्षाओं को

साधने का साधन बनता जा रहा है। बिहार में राजनीतिक तापमान अन्य राज्यों की तुलना में हमेशा बढ़ा रहता है। कब कौन किस तरफ करवट लेगा, इसका अंदाजा लगाना हमेशा मुश्किल रहता है। यहाँ के कुछ नेता अगला चुनाव किस पार्टी से लड़ेंगे, इसका अनुमान राजनीतिक पंडित भी नहीं लगा पाते हैं।

यह सत्य है कि अपने-अपने राजनीतिक फायदा-नुकसान के अनुसार नेताओं का दल बदलना आम बात है। बेसक, ऐसा करने से कोई नेता अपराधी नहीं कहलाएगा, लेकिन नैतिकता की कसौटी पर जनमानस की नजर में इसे अपराध के श्रेणी में माना जाता है। महज अपने निजी स्वार्थ के कारण ऐसे नेता जिस दल से अपनी राजनीति का गुर सीखते हैं, उसे छोड़कर वे उस विपक्षी दल में शामिल हो जाते हैं, जिसकी विचारधारा के खिलाफ लड़ाई लड़कर ही उन्होंने राजनीति के रणक्षेत्र में अपने पैर जमाए थे। यह स्पष्ट है कि ऐसे नेता अपने सिद्धांतों के बजाय केवल अपने राजनीतिक स्वार्थ को ही प्राथमिकता देते हैं। लोकतंत्र का महापर्व चुनाव आते ही दल-बदलू नेता मौसमी मेढक की तरह दल बदलने की कतार में दिखाई देने लगते हैं। बिहार ही नहीं, संपूर्ण देश में कई नेता प्रायः सभी दलों में दल-बदल किए हैं, कुछ उसमें सफल भी हुए, जिन्हें मीडिया 'बड़ा कद्दावर नेता' का संबोधन करती है, लेकिन उसके विपरीत जो नेता असफल होते हैं, उन्हें मीडिया कहती है कि वे मौसम के रुख को पहचान नहीं पाए। इस पूरे प्रकरण में केवल उन नेताओं को दोषी मानना न्यायोचित नहीं होगा, बल्कि सारी राजनीतिक पार्टियाँ भी बराबर की दोषी हैं, जो सत्ता-लोलुपता के कारण ऐसे बाहरी एवं अन्य दलों के नेताओं को बड़ा नेता का दर्जा देकर अपने पार्टी में जोश-खरोश के साथ स्वागत करती हैं। इन दल-बदलू नेताओं को अत्यधिक तवज्जो देने के कारण वर्षों से पार्टी में रहकर ईमानदारी एवं सच्ची निष्ठापूर्वक कार्य करने वाले कार्यकताओं और नेताओं का मनोबल भी टूटता है। भारत में दल बदलने के इतिहास को देखेंगे तो पाएँगे की सन् 1957 से 1967 के बीच कुल 542 सांसद/विधायक ने दल-बदल किया था। एसोसिएशन फॉर डेमोक्रेटिक रिफॉर्म्स (ए.डी.आर.) की एक रिपोर्ट के अनुसार, सन् 2016 से 2020 के बीच हुए चुनाव में विभिन्न दलों के नेता दल-बदल किए हैं। आँकड़ों के अनुसार, कांग्रेस के 42 फीसदी विधायक अन्य

राजनीतिक दलों में शामिल हुए हैं। दल-बदल का दंश जो गोवा ने झेला है, उसके समक्ष अन्य राज्य काफी पीछे हैं। सन् 1990 से 2002 के बीच मात्र 12 वर्षों के दौरान गोवा में 13 मुख्यमंत्री बने।

यह कितना हास्यास्पद है कि जो राजनीतिक दल अपने आप को विचारधारा से बँधे हुए बताते हैं, लेकिन चुनाव के समय ऐसे विपक्षी नेताओं को अपने दल में शामिल कराते हैं, जिनका विचारधारा के नाम पर ही 5 साल तक विरोध करते रहे। इतना ही नहीं, कई बार तो ऐसा भी देखने को मिलता है कि चुनाव से पूर्व एक-दूसरे के प्रतिद्वंद्वी के रूप में लड़ते हैं, लेकिन चुनाव के बाद अपने विरोधी विचारधारा वाले पार्टी से गठबंधन करके सत्ता प्राप्त करते हैं। इस तरह के व्यवहार से जनता अपने आप को ठगा हुआ महसूस करती है। सन् 2019 में महाराष्ट्र में जनता ने एन.डी.ए. को स्पष्ट बहुमत से चुना था, लेकिन शिवसेना ने मात्र 56 सीट जीत कर जनादेश का अपमान एवं जनता के साथ विश्वासघात कर कांग्रेस एवं एन.सी.पी. से मिलकर सरकार बनाया, जो कि चुनाव में उनके धुर-विरोधी थे। जब दल-बदलू नेताओं को जनता द्वारा नकार दिया जाता है, तब ये लोग जोड़-तोड़ तथा मोल-भाव कर राज्यसभा एवं विधान परिषद् में जाने की कोशिश करते हैं, जो कि चिंता का विषय है। जिस नेता के पास कोई विचारधारा, नियत और नीति न हो, ऐसे लोग अगर किसी माध्यम से सदन पहुँचेंगे तो सदन की गरिमा को भी ठेस पहुँचेगा।

दल-बदल के दलदल से निजात पाने हेतु पहली बार सन् 1985 में दल-बदल विरोधी कानून बनाया गया था। इसे और प्रभावी बनाने एवं मंत्रिपरिषद् की संख्या सीमित रखने हेतु तत्कालीन प्रधानमंत्री श्री अटल बिहारी वाजपेयी के नेतृत्व में सन् 2003 में हुए संशोधन को ऐतिहासिक माना जाता है। यह दुर्भाग्य है कि कानून बनने के बाद भी दल-बदल की राजनीति समाप्त नहीं हो पाई, तभी तो विगत माह महामहिम उपराष्ट्रपति वेंकैया नायडू ने दल-बदल में संशोधन कर उसे और अधिक प्रभावी बनाने की बात कही। उलटे दल-बदलू नेताओं को राजनीतिक पार्टियाँ, विशेषकर क्षेत्रीय दल, अपनी पार्टी में विशेष स्थान देती हैं और उसे दोगुनी ताकत तब मिल जाती है, जब लोकतंत्र का चौथा स्तंभ मीडिया भी अपने समाचार-पत्रों, आलेख एवं टी.वी. शो में इन्हें

बड़े नेता की तरह ही रेखांकित करती है। लोकतांत्रिक मूल्यों को मजबूत तथा जनतांत्रिक व्यवस्था को सुदृढ़ करने हेतु आवश्यक है कि व्यक्तिगत स्वार्थ एवं धन-बल के दम पर दल-बदल की राजनीति करने वालों पर सभी राजनीतिक पार्टियों को ध्यान देने के साथ-साथ उन्हें बढ़ा-चढ़ाकर प्रस्तुत करने से भी परहेज करना चाहिए।

(इस आलेख का संपादित अंश
18 मई, 2022 को 'राष्ट्रीय सहारा' में प्रकाशित हुआ।)

□

सिमटते परिवार से हिंदू समाज पर बढ़ते भयावह खतरे

जनसंख्या असंतुलन भारत के लिए एक बड़ी समस्या बन गई है। इससे समाज और राष्ट्र प्रभावित होता दिख रहा है। इसे गंभीरता से समझना होगा और जनसंख्या नियंत्रण के साथ उन सारे पहलुओं पर आत्ममंथन करना होगा कि इस दौर में विराट् हिंदू समाज कैसे खतरनाक चक्रव्यूह में घिरता जा रहा है। आने वाले संकट से उबरना होगा; लिहाजा सनातन समाज को जनसंख्या संतुलन पर विशेष ध्यान देना जरूरी होगा। यह कोई एक दिन में खड़ी हुई समस्या नहीं है। आबादी को संतुलित रखने के लिए समाज पीढ़ियों से होकर अपने स्वरूप में आ पाता है। इसे बिगाड़ने की बहुतायत कोशिशें की जाती रही हैं। इस मानसिकता को समझने और सचेत होकर ही नहीं, बल्कि सम्यक् भाव से आचरण करना हमारा लक्ष्य होना चाहिए। ऐसा करते हुए ही हम जनसंख्या संतुलन का लक्ष्य हासिल कर सकेंगे।

अपने भारतीय समाज में अब संयुक्त परिवारों के चलन खत्म हो जाने से हिंदू समाज का आनुपातिक जनसंख्या संतुलन बिगड़ता जा रहा है। आँकड़ों को देखें तो 2001 से 2011 के बीच एकल परिवारों की संख्या भी बढ़ी है। 2001 में देश में जहाँ 13.5 करोड़ एकल परिवार थे, वहीं 2011 में इनकी संख्या बढ़कर 17.2 करोड़ हो गई। आज हम संयुक्त परिवार की जगह छोटा परिवार बनाने पर जोर दे रहे हैं, जो भविष्य के लिए बड़ा संकटपूर्ण हो जाएगा। 'हम दो, हमारे दो' की प्रवृत्ति कुछ वर्षों बाद परिवार-परंपरा को सीमित करके रख देगा। जिस दंपत्ति को दो पुत्र और दो पुत्रियाँ हैं उनकी संतानें चाचा-चाची, बुआ, मौसी, नाना-नानी के रिश्तों के

धनी तो होंगे, मगर जिन्हें दो पुत्र और एक पुत्री होगी, उनकी संतानों की मौसी नहीं हो सकेगी। इसी तरह जिन दंपती को दो लड़कियाँ होंगी, उनके बच्चे मामा-मामी के रिश्तों से वंचित रह जाएँगे। जिन्हें एक पुत्र और एक पुत्री होगी, उनके परिवार से मौसी और चाचा गायब हो जाएँगे। सबसे अधिक संकट तो एक संतान वाले परिवारों का होता दिख रहा है। जिन्हें सिर्फ एक पुत्री होती है, उनके बच्चे को नाना-नानी, दादा-दादी तो मिल जाएँगे, पर चाचा, भाई, मौसी और मामा नहीं मिलेंगे। ऐसे ही यदि सिर्फ एक बच्चा हो तो तीन पीढ़ियों बाद वह संसार में नितांत अकेला होगा। उसका पूरे ब्रम्हांड में कोई अपना नहीं हो सकेगा। यह एकल परिवारवाद हिंदू परिवार की घटती श्रृंखला का खतरनाक और भयावह स्वरूप होगा।

एक और पहलू, हमारे हिंदू समाज की बड़ी विडंबना है कि विधवा युवतियों को हमारे समाज में बहुतायत एकाकी जीवन जीने को बाध्य होना पड़ जाता है। जिनकी संतानें नहीं होतीं, उन्हें एकाकीपन के साथ परिवारहीनता की पीड़ा भी झेलनी पड़ती है। इनकी इस समस्या की तरफ हम नजर ही नहीं डाल पाते कि ऐसी युवतियों का दूसरा विवाह हो, ताकि संतति-वृद्धि हो सके। साधु-संतों और समाज-सुधारकों का अविवाहित रह जाना भी हिंदू समाज के जनसंख्या नियंत्रण की एक बड़ी विडंबना है, जबकि मुसलिम समाज में ऐसी बाध्यता और चलन नहीं है। उस समाज के मौलवी और उपदेशक भी बहुपरिवार वाले होते हैं। हमारे साधु-संतों के अविवाहित और परिवारहीन रह जाने का भी हिंदू परिवार-परंपरा पर प्रतिकूल प्रभाव डाल रहा है। हमारे हिंदू समाज के लिए यह बड़ा ही विचारनीय विषय है कि हम घटते परिवार के दबाव से कैसे बाहर आकर संतृप्त जनसंख्या की आवश्यकता पूरी करें? ऐसा करके ही हम अपने समाज को सुगठित और मजबूत कर सकेंगे।

विगत 10 से 15 वर्षों में विश्व में परिवार का स्वरूप का विघटन हुआ है। संयुक्त राष्ट्र को भी इस बात का अहसास दो दशक पूर्व ही हो गया था, तभी तो यू.एन. ने 1993 में घोषणा किया कि प्रति वर्ष 15 मई को 'अंतरराष्ट्रीय परिवार दिवस' मनाया जाएगा। यह दिवस मनाने का उद्देश्य परिवार से संबंधित मुद्दों पर समाज में जन-जागरूकता फैलाना और यह बताना कि एक मजबूत परिवार ही मजबूत समाज एवं राष्ट्र का निर्माण करने में कैसे सहायक होता है। 2023 में तो यू.एन. द्वारा 'अंतरराष्ट्रीय परिवार दिवस' का थीम 'परिवार और जनसांख्यिकी

परिवर्तन' रखा गया था, जिसका मकसद जनसंख्या में होने वाले महत्त्वपूर्ण बदलाव और परिवारों पर उनके प्रभाव को लेकर था।

सच कहा जाए तो हिंदू परिवारों का यह संकुचन हमारे समाज के लिए बेहद घातक होता जा रहा है। इस पर गंभीरता से विचार करने की आवश्यकता है। जरूरत इस बात की है कि हमारा परिवार कैसे समुचित रूप से संतुलित हो, ताकि हम रिश्तों की कमी के बढ़ते दबाव से बाहर आ सकें! इसके विपरीत मुसलिम समाज में दिन-ब-दिन आबादी का भयानक और विस्फोटक विस्तार हमारे समाज पर भारी पड़ता जा रहा है। यह एक दिन बड़ी भयावह विकृतियों को दैत्याकार रूप में हमारे समक्ष ला खड़ा करेगा। हम अपनी संस्कृति और परिपाटियों के विलुप्त होने के खतरों के लिए भी आने वाले समय में बाध्य हो जाएँगे। इस खतरे को भाँपते हुए कभी राष्ट्रीय स्वयंसेवक संघ के सरसंघचालक के.सी. सुदर्शनजी ने अपनी चिंता सार्वजनिक की थी और हिंदू परिवारों को सचेत किया था। सुदर्शनजी ने 'हम दो, हमारे दो' के सिद्धांत को सबके लिए लागू करने का सुझाव दिया था। ऐसा होने से न केवल आबादी बढ़ने से जनसंख्या विस्फोट के खतरे बढ़ेंगे, बल्कि आनुपातिक जनसंख्या असंतुलन की भयावहता नहीं रह जाएगी। समाज अपनी जनसंख्या का दबाव बनाकर हमारी सरकारें मनमाने ढंग से चुन लेंगे। इतना ही नहीं, वे हमारे समाज पर हावी होकर मनमाना फैसला भी थोपते जाएँगे। यह हिंदू समाज के लिए सर्वथा घातक हो जाएगा। कल्पना करें कि कल जब घटते हिंदू परिवारों और बढ़ते मुसलिम समाज की विसंगतियों का दौर सामने होगा तो हमारी कैसी हालत हो जाएगी!

एक संतान के परिवार से हम सबल और समृद्ध कतई नहीं हो सकते। यूरोपीय और पश्चिमी देशों में परिवार-प्रथा को बचाए रखने का संकट हमारे समक्ष एक बड़ा उदाहरण है। पश्चिमी देशों में परिवार-प्रथा विलुप्त होने के कगार पर है। ऐसा इसलिए है कि उन देशों में शादी करके परिवार बढ़ाने में किसी की रुचि नहीं दिखती। ज्यादातर युवक-युवतियाँ लीव-इन में रहने के आदी हैं, जिनकी संतानें पिता का नाम तक नहीं जानती। ऐसी संतानें फिर परिवार-परंपरा का वाहक नहीं बन पातीं। नतीजा यह हो रहा कि बुढ़ापे ओल्ड एज होम्स में कट रहे हैं। इन देशों पर मुसलिम आबादी खतरनाक और विस्फोटक रूप में बोझ बनती जा रही है।

नतीजा यह कि कई ऑस्ट्रेलियाई देशों में राजनीतिक पार्टियाँ परिवार बचाने का नारा दे रही हैं। ये पार्टियाँ पारिवारिक संरचना विकसित करने का संकल्प अपने मैनिफेस्टो तक में देकर चुनाव में उतर रही हैं। पश्चिमी देशों की यह विडंबना हमें आसन्न खतरों से सावधान कर देने वाली है। ब्रिटिश विद्वान् डेविड सेल्वो की बहुचर्चित पुस्तक 'लूजिंग बैटल विद इसलाम' में इन्हीं खतरों को रेखांकित किया गया है। इस बहुचर्चित पुस्तक के जरिए इन बातों की बखूबी चर्चा की गई है कि परिवारों के नहीं बढ़ने से इसलामी आतंकवाद किस तरह जड़ें जमाता जा रहा है।

संयुक्त परिवार सभी को जोड़कर तो रखता ही है, साथ-ही-साथ यह लोकतांत्रिक व्यवस्था भी है, जहाँ सभी लोग मिलकर कोई निर्णय लेते हैं। यहाँ बच्चों का मानसिक और सामाजिक विकास के साथ-साथ सभी दूसरे को अपना समझने की समझ भी विकसित होती है। संयुक्त परिवार का विघटन भी एक कारण है कि लोग अकेलापन और डिप्रेशन का शिकार हो रहे हैं। जो आनंद, सुरक्षा, अनुभव और भावनात्मक जुड़ाव संयुक्त परिवार में है, वह कहीं और नहीं मिलेगा। यहाँ हमें किसी का होने का अहसास मिलता है तो एक-दूसरे के प्रति प्यार सम्मान भी सीखते हैं।

हिंदू परिवार-परंपरा को सीमित और सिंगल फैमिली रखने की बढ़ती परिपाटी भी हमारे बीच वैसी ही विसंगतियों को बढ़ावा देने जैसी है। डेविड सेल्वो ने जिन खतरों से यूरोपीय और ऑस्ट्रेलियाई देशों के लोगों को सावधान किया, उससे हमें भी डरने व सावधान की जरूरत है। डर इस बात का है कि यदि हम भी सिंगल चाइल्ड फैमिली की अवधारणा लेकर चलते रहे तो यूरोपीय और दूसरे पश्चिमी देशों की तरह भारत के हिंदू समाज के आगे भी परिवार-परंपरा का वैसा ही संकट न उत्पन्न हो जाए। हमें इससे भरसक सावधान रहना और हिंदू समाज को बचाए रखना होगा। इसके लिए यह जरूरी हो जाता है कि हम परिवार को सँजोए रखें। इसी में हमारे हिंदू समाज और हमारे संस्कार को समृद्ध रखने का गूढ़ मंत्र छिपा है और यही हमारे राष्ट्रवाद की कल्पना को भी साकार करने वाला है।

(इस आलेख का संपादित अंश 1 अगस्त, 2023 को 'स्वदेश' (भोपाल) और जून 2023 को 'भारतवार्ता' में प्रकाशित हुआ।)

□□□